KB264451

놀면서 하버드 들어가기

글 | 김정수

글 | 김정수

고요아침

놀면서
하면
들어
서
다
가기
생각을 바꾸어야 삶이 바뀐다

머리말

    필자는 아들이 서울대 수석을 한 이외에도, 전국 모의고사 이과 전체수석, 남편의 친척들 중에 서울대 단과대 수석을 하는 등, 여러 결과를 가까이에서 보아 왔었다.

    아들로부터 동문들 중 서울대에서도 공부 잘 한 졸업생들, 남편이 서울 공대에 다닐 때의 학우들과 선후배, 친척들의 이야기들, 또 나의 친척 및 주위의 서울대 최상위권 내에 들어 간 공부를 매우 잘하는 사람들로부터 들어 봤을 때 이들에게는 공통적인 면을 찾을 수 있었다.

    이 글은 하버드에 가 있는 아들과 위의 사람들 그리고 기타 사람들의 이야기로 되어 있다. 이들 중에는 서울대는커녕 지방 국립대조차 안심 할 수 없었던 성적이었지만, 어떤 동기로 말미암아 극적으로 고교 때 성적이 엄청나게 수직 상승하여 그 열악한 환경에도 불구하고 서울대 최상위권에 간 학생들도 있다.

    위 사람들 중 적지 않게 졸업 후 미국 명문대학들(MIT, 하버드, 프린스턴, 칼텍, 콜롬비아, 스탠퍼드, 버클리, 펜실베이니아대학 등)을 포함한 명문대, 또 유럽 명문대에 가서 박사학위를 받았다.

놀면서 하버드 가기의 제목 안에 논다는 것이 그냥 노는 것이 아니다. 노는 것은 이 글에서 설명해 두었지만 또 하나의 공부이며 매우 중요한 과정임을 많은 사람들은 잘 모르고 있다. 어떻게 유익하게 노느냐가 중요하다. 특히 어린 시절에 제대로 노는 것은 놀이 겸 앞으로 펼쳐 질 날들을 위한 은연중의 배경지식을 쌓는 과정이다. 이 글을 읽고 생각을 확 바꿔 버린다면 인생 또한 바꿔 질 것이다.

잘 노는 아이가 공부도 잘 한다는 하버드대 교수의 연구 발표도 이 글 작성 후 1월 말경 우연히 신문에서도 보게 되었다. 잘 놀게 되면 체력 또한 향상된다.

필자와 필자의 가족, 친척들은 많은 사람들로부터 어찌하면 능률적으로 공부를 잘 할 수 있는지에 대해 많은 질문들을 받아 왔었고, 책을 쓰라는 권고도 여러 차례 받아 왔었다. 마침 후손을 위해서라도 글을 남겨야겠다고 생각하던 차에, 책을 출간하기에 이르렀다.

수많은 기자들이 아들을 취재하기 위해 여러 번 찾아온 것은 매우 번거로운 일이었다. 이를 알기에 여기 나오는 사람들이 이 책으로 인해 과중한 주목을 받게되서 오게 되는 심적 부담을 주지 않기 위해 가명을 사용하였음을 미리 밝혀 둔다. 이 책의 내용만으로도 기자들과 많은 학부모, 서울대 동문, 친지들, 기타 여러 분 들의 궁금증은 대부분 해결 될거라 믿는다.

이 글은 학생들뿐만 아니라, 유학을 준비하는 사람들, 각종 국가시험에 대비하는 사람들, 직장인들, 또 아이들을 키우는 부모님들에게도 도움이 될 것이다. 어떤 사람은 최단 기간에 미국의 최우수 대학에서 20대에 박사학위를 따자마자 명문대에서 석학이란 소리를 들으며 교수로 바로 임용되는 사람이 있는가 하면, 1년만 공부하면 족히 합격할 수 있는 국가시험을 장기간 매년 매달려 쓸데없이 청춘을 낭비하고 있는 사람들도 있다. 엄청난 비용 낭비와 시행착오를 겪고 있는 학부모와 학생들이 한국의 잘못된 교육환경에 힘들어 하는 참담한 현실을 오랫동안 보아 왔었다.

이 글은 아들과 남편의 정보 등으로 정리했는데 서울대 최상위권의 우수한 사람들에게서 보여 지는 양상과 주변에서 보아 온 문제가 되는 사람들의 상황에 기초하여 쓴 것이다.

공부 잘 할 수 있는 근본적인 방법의 커다란 골격을 이야기 하고 있는데, 대체적으로 개인차가 있을 수 있는 부차적인 것에 대해서는 말하지 않았다. 일단 공부 잘하는 방법을 알게 되면 그것은 중요하지 않기 때문이고 자연적으로 알아지게 되며 각자에 맞는 방식대로 하면 되기 때문이다.

알만한 위치에 있는 분들도 공부의 사활이 걸린 항목(각 과목의 적정한 정독의 회독수, 선행학습 내지 예습이 독소인지 필수인지, 쉬는 시간 활용, 영어회화를 간편하게 잘하는 방법에 대한 지식)에 대해 잘못 인식하고 있음을 볼 수 있었다.

특히 해석 및 작문에도 영향을 미치게 될 영어 회화 방법에 대해서는 우리가 책을 완성하기 전에 얼마나 우리의 간편한 방법을 잘 파악하고 있나 알아보려고 무작위로 수많은 고교 영어 교사들 및 교수와 통화를 해 보았는데 어쩌면 그렇게 한결 같이 모르던지 놀라웠었다.

영어 하나만 잘 해도 연간 수억 원의 수익을 올리는 사람이 있는데, 그 길에 이르는 단 한 가지 정보만으로도 이 책은 상당한 가치를 지닌 책이라고 자부할 수 있다. 딸과 친척도 남편이 알려 준 방식대로 하면 잘 할 수 있음을 실제 공부해 보고 충분히 확인해 볼 수 있었다.

최근 우리 사회 일각에서 한국을 과소평가하고 있는 것을 볼 수 있다. 우리는 서울대 전체 수석이면 미국 일류대 어떤 곳이라도 수석 내지 차석 하는 것을 심심찮게 볼 수 있었다. 서울대는 세계 전체 대학 중 박사학위를 미국에서 캘리포니아 대학 다음으로 많이 받아 온 대학이다.(최근에는 중국 북경대가 그 인구수로 차고 올라오고 있다.) 한국 사람들은 이런 면에서 긍지를 가져야 한다.

명군이 명군을 알아본다고 이미 선견지명이 있는 곳에서는 그러리라 믿지만, 기업체, 학계 등에서는 차라리 어중간한 미국, 서유럽대학이라면 서울대에 더 비중을 두는 편이 낫다. 오늘날은 일등 그룹에 속하지 않으면 도태되는 경쟁의 시대인데, 혹자의 말처럼 '고래 놓치고 빛나는 새우 스카우트한다.' 라고 그런 식으로 부산해서야 되겠는가!

사람들은 공부 잘하는 사람들이 태어나면서부터, 마치 하늘에서 황금송아지라도 뚝 따고 내려와 잘되는 방식이 있다는 듯이 단 한 가지의 비결이 있는 것으로 생각하지만, 필자는 앞으로 소개할 이 책속에 나오는 방식으로 아이들을 교육하였다.

이 책은 먼저 한국 대표 전자책 기업에서 전자책으로 발행하게 되었는데 그들이 가지고 있는 약 45,000종 이상의 책 중에서 나오자마자 거의 동시에 최고중의 최고(the best of the best book) 20권 중에 한 권으로 선정되었었다. 20권의 책 중 종합 교육에 관한 책은 이 책이 유일 하였다. 우리는 그 내용을 더 보완하고 다듬어 이 책을 간행하게 되었다.

이 책은 남편의 직접화법 형식으로 서술하였다.

2008년 12월 필자 김정수

이 책은 "영어의 명언"(한영 출판사 간행, 1969년 9월 1일 초판, 1969년 10월 20일 재판)에서 약간의 명언을 인용하였다.

차 례 | Contents

Chapter 1 기본부터 갖추어라

01 엄마는 가장 위대한 스승감_p.17

02 따라 하기에 급급한 부모들_p.27

03 실패 중의 가장 큰 실패_p.32

04 감동과 자극이 아이들의 마음을 움직인다_p.37

05 지나친 욕심은 실패의 원인_p.46

06 재미나게 공부하기_p.51

07 아이를 산만하게 하는 것들_p.60

08 아이의 기를 꺾어 놓는 것들_p.68

09 아빠는 밥 잘 먹는 아이가 제일 예뻐_p.74

10 뇌도 몸의 일부라는 것을 잊고 있는 사람들_p.81

11 장미의 집―묘약의 꽃_p.84

12 수도사처럼, 승려처럼_p.88

13 송장처럼 자고 치타처럼 공략하라_p.92

Chapter 2 기회는 누구에게나 주어진다

14 평범한 집의 아이들이 오히려 집중하기 쉽다_p.103

15 IQ가 낮아서 공부를 못한다??_p.106

16 스스로 만들 공부환경_p.113

17 장난감과 게임 놀이_p.117

Chapter 3 그릇된 인식은 파멸의 문이다

18 교만이라는 함정_p.123

19 오아시스 없는 사막―사랑에 빠져 헤매는 아이들_p.126

20 천하의 게으름뱅이들_p.134

Chapter 4 효율적인 공부 / 재치있는 공부

21 호기심으로부터 시작해야 하는 공부_p.143

22 세월은 사람을 기다리지 않는다—끼고 살 영어_p.149

23 짜여진 계획은 탁월한 결과를 가져온다_p.156

24 제대로 된 공부_p.160

25 수학 왕, 물리 왕_p.165

26 실패는 실패의 어머니—장기간 시험에 못 붙는 사람들_p.169

27 가르치는 부모가 아이를 뛰어나게 하는가??_p.175

28 구슬이 서말이라도 잘 꿰어야 보배_p.178

29 집중력은 선택이 아닌 필수_p.184=

Chapter 5 사려 깊은 다스림이 좋은 결과를 낳는다

30 시간은 또 하나의 무기이며 돈이다_p.197

31 속독의 효과, 전자 기구의 효과_p.202

32 매를 아끼면 아이들을 버린다?_p.206

33 진로를 못 정하는 아이들_p.209

34 무기력한 나날들_p.218

35 눈에 안 보이는 보상을 하라_p.222

36 사장이라는 이름의 엄마_p.232

Chapter 6 태산은 하늘 아래 뫼일 뿐이다

37 꿈꾸는 자들이여, 야망을 가져라_p.249

Chapter 1

기본부터 갖추어라

말할 필요도 없이 공부는 취미처럼 해야 능률적으로 되는 것이다. 재미없다고 생각 하는 것을 백날 시켜 봐야 능률이 오르지 않는다. 마음이 콩밭에 가 있으니 눈은 책에 가 있어도 마음에서는 받아들이지 않는 것이다.

놀면서
하버드
들어가기
생각을 바꾸어야 삶이 바뀐다

01 엄마는 가장 위대한 스승감

아들이 서울대를 수석 졸업하자 사람들은 물론 서울대 동문들까지도 우리에게 그전보다 더 어떻게 하면 공부를 잘할 수 있었느냐고 물어보았다. 아들은 서울대 졸업 후 군대를 마치고는 바로 미국으로 유학을 갔는데 몇 해 지난 후 미국에서도 주목을 끄는 인물이 되자 여기저기서 신문기자들의 수많은 인터뷰 요청이 쇄도 하니 참으로 유명해지는 것도 할 짓이 아니라는 생각까지 들었다.

기자들이 많이 연락이 올 때는 100명 정도까지 연락이 오곤 했었다. 이들과의 모든 인터뷰는 다 할 수 없었으므로 아들이 거부하였으나, 여기저기서 심지어 이런저런 연줄이나 대어 보려고 정계는 물론, 재계의 거물까지 직접 찾아오거나 연락이 왔었다. 아들이 한국에 나와서 그간 일어난 일을 말하는 것을 들으면 한국과 미국의 역사가 돌아가는 뒷면이 보였다. 나의 한 친지는 아들에게 이메일을 보냈으나 오랫동안 답이 없자 '하버드면 다냐!' 면서 벌컥 화부터 낸 적도 있었다. 아들이 엄청나게 들어오는 이메일 때문에 친척의 이메일을 알아채지 못한 거였지만 친척을 무시해서 답을 안 한 것으로 오해했기 때문이었다.

『놀면서 하버드 들어가기』 이 책을 쓰는 도중 책 내용 일부를 다른 제목으로 일부 인터넷에 작년 쯤 계몽의 목적으로 올려 보았더니, 금방 코메디의 소재감이 되 가는 모습을 볼 수 있었다.

대학을 여유 있게 들어가는 것에 대한 것을 그 코메디의 소재로 삼고 있었다. 그러나 이것은 매우 잘못된 소재 선택이다. '공부는 시간만 많이 투자하면 잘되는 것'이라고 잘못 인식한 나머지 그런 소재를 선택한 것이다. 어린 시절에 벌써 미적분 등을 푸는 천재 소년들의 이야기를 아는 사람들이나, 아인슈타인, 뉴튼 등의 전기를 읽고 이해하는 것은 놔두더라도 조금만 생각이 깊은 사람들은 이 글들을 매우 잘 이해 할 수 있었을 것이다. 일부 우리민족의 패배주의 의식을 엿 볼 수 있는 한 편의 코메디였다. 다른 나라 사람들도 잘하는데 우리나라 사람이라고 못 하라는 법이 어디에 있는가!!

필자의 경험상 아이들에게 가장 일차적이면서 훌륭한 스승은 어머니라고 말할 수 있다. 보통 아버지는 직장에 가고 어머니가 집에 있거나, 그렇지 않을 경우에도 더 어머니의 얼굴을 대하는 시간이 많은 경우가 대부분이기 때문이다. 그래서 아이는 누구한테보다 먼저 어머니를 통해서 세상사를 배운다.

요즈음 많은 가정의 주를 이루는 맞벌이 형태의 가정은 가급적 아이들이 어린 시절만큼은 하지 말기를 권한다. 부인이 직장을 갖거나 아르바이트 해서 돈 벌어 아이들의 학원비를 대면, 아이들의 공부 량이 늘어 잘 될 것이란 생각은 커다란 오산이다. 이것은 어른들의 인생도 아이들의 인생도 망치기 쉽다. 그러다 보니 사교육비 부담 때문에라도 결혼을 회피하는 젊은이들도 요즘 부쩍 늘어나 나라는 사실상 민족이 점점 사라지는 길을 걷고 있다. 이것은 매우 심각한 문제이다.

생계를 위해서 부인이 일을 하는 경우에는 어쩔 수 없지만, 먹고 살만 하다면 아이들이 중학교를 졸업 할 즈음까지는 집을 지키라고 충고 하고 싶다. 이것이야 말로 진짜 아이들을 위한 제대로 된 투자이다. 부인이 약사, 회계사, 의사, 변호사 등과 같은 전문직 직업이라 꼭 그 공부 한 것을 당장이라도 써야겠다면, 집과 붙어있는 사무실을 쓰면 좋을 것이며, 실제 내가 알고 있는 전문 직종에 있는 사람들 중 그렇게 하고 있는 사람들도 많이 있다.

생계를 위해서 꼭 직장에 다녀야 한다면, 비교적 일찍 퇴근 하는 직업을 가져보는 것도 괜찮으나, 그렇지 않고 정시에 퇴근하는 경우에는 아이들과의 밀착 시간을 어느 정도는 가져 줘야 한다. 직장에 다니면서 너무 자주 계, 회식 등으로 저녁에 늦거나, 심지어 주말조차도 시간을 잘 낼 수 없는 가정은 아무래도 아이들이 더 방황하기 쉽기 마련이다.

아들이 태어난 지 엊그제 같은 데 세월은 참으로 빠르다…….

토요일 저녁에 조선소를 퇴근 하고 나서 아내가 차려주는 술상을 받고 한잔 술을 들이키며 아들이 재롱 떠는 모습을 보던 때는 세상의 어느 가정이나 마찬가지로 인생에 있어서 나에게 가장 행복한 때였다.

아들은 뒷산에 진달래가 울긋불긋 피고 앞에는 푸른 바다가 넘실거리는 회사 사택에 살 때 태어났다. 밤에는 달빛이 영창에 와서 아롱지고, 계곡 물 흐르는 소리가 들렸다. 앞뜰에는 산토끼가 달음질 치고, 뱀이 스르르 지나가기도 했다. 촌스러운 순박함과 한국을 현대화 시킨 현대사회의 첨단 문명이 공존하는 곳이었다. 회사 사택의 아주머니들은 마치 소풍 온 것 같다고 말하곤 했었다. 지금 생각하니 아이가 세상에 태어나 세상사 공부를 시작하는데 좋은 조건이었다.

"인간이 지금까지 고안한 것 가운데서 술집만큼 행복을 만들어 낼 수 있는 것은 아무 것도 없다"는 서양의 명언처럼, 동료들과 조선소 앞에 있는 술집에 갈 법도 하였지만, 나는 주로 집으로 직행하였다. 지금의 조선업도 호황이지만 그때의 조선업 역시 대호황일 때였다.

아내는 아들, 딸, 내 누이동생과 같이 어떤 때는 조선소가 내려다보이고 풀냄새가 물큰 나는 뒷동산에 같이 올라가 놀다 내려오기도 하였다. 조선소 가까이 있는 해수욕장에 있는 앞으로 돌출한 언덕에 봄이면 진달래가 피어 푸른 바다와 강렬하게 대비되면서 기이한 절경을 연출하기도 했었다. 우리는 이곳에도 자주 놀러 갔었다. 바다를 보면서 술도 마시고 음악도 듣고, 시간 가는 줄 몰랐었다.

나는 회사에서 매우 열심히 일을 하고 퇴근 후에 다른 데 들르기 보단 집에 제때 돌아오곤 했었다. 평일에는 어학공부와 기타 공부를 해야 되서 식구들과 오붓한 시간을 긴 시간동안 갖지는 못 했지만 토요일 오후와 일요일은 원도 끝도 없이 식구들과 같이 놀곤 했었다. 여태까지 살면서 멀리 출장 간 날을 빼 놓고는 이런 저런 이유로 밖에서 밤을 새고 들어 온 적이 없었다. 아이의 옆에는 항상 아내가 있었다. 아들은 내가 중등학교 다닐 때와는 훨씬 다른 환경에서 자란 것이다.

나 자신이 그 당시 세칭 일류 중학교라 칭하던 중학교 다닐 즈음에는 언제부터인가 학교가 파한 후 집에 오면 거의 아무도 없었다. 나는 그 때 2층짜리의 덩그러니 제법 큰 적산 집에 거의 홀로 있었는데, 2층은 나의 독차지가 되어 있었지만 마음은 적막강산을 헤매는 느낌이었다. 마음은 안정이 안 되고 무엇인가 나의 마음을 붙잡아 줄 것이 막연히 필요함을 느꼈다.

내 질문에 부모님이 시간을 내는 것을 바라는 것은커녕 나의 마음을 붙들어 맬 대상조차 없었다. 궁금한 것이 있어도 찾아볼 백과사전이나 커다란 국어사전조차 없었다. 훗날 아이들을 키우면서 아이들이 얼마나 많은 질문을 하는 가를 새삼 알게 되었다. 아이들의 질문과 호기심은 직접 충족시켜 주든지, 아니면

책을 찾아보게 해서 간접적으로 알게 하는 것이 나중에 큰 도움이 된다.

나는 나쁜 길로는 빠지지는 않았지만, 초등학교 때와는 달리 공부에 그다지 애착을 느끼지 못했고, 꼭 잘해야 된다는 의무감 같은 것도 들지 않았다. 그래서 내가 좋아하는 공부만 치우쳐서 하였는데 중학교의 한 동안은 사춘기를 맞으면서 일생의 유일한 방황기를 보냈었고 시간을 알차게 보내지 못했었다. 아이들이 다 성장한 지금에도 짬만 나면 책을 드는 나 자신을 생각하면 그 당시의 나는 도저히 나답지 않았고 끔찍하다는 생각이 든다. 나는 집에 오면 부모님이 사 주신 전축에 클래식 레코드판을 넣고 음악을 감상하는 시간이 많았었다.

그 당시에는 아름다운 멜로디에 취해 어떤 것은 노래의 내용이 무엇인지도 모르면서 반복해서 듣곤 하였는데, 어디에다가 딱히 물어볼 때도 없었다. 세월이 지나서 보니 이 노래들은 이탈리아 민요 「돌아오라 소렌토로」, 「오 나의 태양」, 「먼 산타루치아」 등 이라든지, 롯시니가 작곡한 「라 단자」, 베르디가 작곡한 오페라 「리골레토」의 아리아들, 또 미국 민요들, 베토벤과 슈베르트의 명곡들, 드보르작의 교향곡, 비제의 주옥같은 음악 등이있다. 이 아름답고 매력적인 음악들은 감수성이 강하던 시절의 나를 단번에 사로잡고 말았다.

음악을 좋아하는 친구가 놀러 와서 이런 음악들을 같이 듣고 음악에 대해서 서로 논하기도 하고 어떤 때는 그의 형까지 놀러 와서 테너들 별로 부르는 똑같은 노래를 평가하면서 놀다 가기도 하였다. 이 친구는 음악을 매우 좋아해서 길 가다가 레코드점에서 음악이 흘러나오면, 나처럼 서서 다 듣고 가는 아이였다. 그리고 먼 훗날 세기의 테너 "쥬세페 디 스테파노"가 한국에 나왔을 때 공연장과 먼 도시에서도 기어코 짬을 내어 만나러 갈 정도로 극성파였다.

나의 중학생 시절 당시는 이탈리아 테너 "쥬세페 디 스테파노"와 "마리오 델 모나코" 또 미국의 "리차드 덕커"가 세계 성악시장을 주름 잡고 있었는데 바로 "루치아노 파바로티", "플라시도 도밍고"와 "호세 카레라스" 전의 세대였었다. 그리고 테너 "마리오 란자"가 주연하는 음악영화와 수많은 양질의 미국의 명화가 쏟아져 들어 와서 감성적으로는 매우 풍부한 시대였다. 그 당시 이 마리오 란자의 노래들은 많은 사람들이 좋아하였었는데, 어떤 대학생 정도 되어 보이는 청년이 백화점의 구름다리 위에서 발성 연습 하는 것을 자주 봤던 기억이 난다.

어머니가 음악을 좋아하니 그 영향을 나 자신이 받게 되었고 자연스럽게 내 아들딸은 물론 아내까지 음악과 예술을 좋아하게 되었다. 중학교 당시 우리 집은 조망이 좋았는데 창가에 펼쳐지는 시가지의 단아한 경치를 보며 음악을 듣곤 했었다. 찬란한 별빛을 받으며 둥근달이 은빛 장막을 두르며 떠오르는 밤도, 흐느적흐느적 항구도시를 적시며 비오는 날도 우리 집에서는 항상 음악이 흐르고 있었다.

이 당시만 해도 전축 같은 가전제품 가지고 있는 집이 흔치 않아서 내가 음악을 틀면 우리 집은 동네의 음악실 역할을 톡톡히 했었다. 이웃의 아주머니인지 아니면 대학생 정도인지 되는 한 분은 나에게 음악을 틀어 달라고 요청도 하였다. 사방으로 창이 난 우리 집은 여러 단층집이 둘러싸고 있었는데 우리 집의 음악은 창을 열면 이런 집들에게까지 들려서 사람들은 덤으로 즐기고 있었던 것 이었다.

그리고는 어떤 때는 친구들과 가까운 산에 올라가서 지천으로 널려 있는 칠기를 캐서 먹기도 하고 메뚜기도 잡고, 달빛이 비치는 푸른 해변가를 여기저기 쏘다니면서 빈둥거리기도 했었다.

학교에서도 자연히 음악시간을 제일 좋아하게 되었는데, 음악시간만 있었

으면 학교 가는 것이 천국 가는 것만큼 즐거웠을 것 같았다. 제일 꼭대기 층에 있는 음악실에서 음악선생님이 피아노에 앉아 들려 주셨던 「돌아오라 소렌토로」의 노래는 무척 감동적이었다. 미남에 귀공자 티가 나는 서울음대 출신의 선생님이 물가에 달려와 부서지는 파도 소리를 묘사한 반주가 따르는 이 매력적인 곡을 치고 노래 할 때에는 학생들은 넋이 나간 채 듣곤 했었다. 나는 학창 때의 선생님들 중에 음악교사가 항상 뚜렷이 기억에 남아 있었다.

예술은 이렇게 사람을 세련되고 가장 계몽된 사람과 신사 숙녀로 만드는 힘이 있다. 점심시간에는 "베르디"의 「여자의 마음」이라든가, "요한 스트라우스"의 「아름답고 푸른 다뉴브강」 등의 노래가 음악실에서 흘러 나왔다. 집에 와서는 이런 곡을 다시 전축에서 몇 번이고 몇 번이고 듣곤 했었다. 이러다가 전축을 몇 번이나 고장을 냈었는데 그 당시 애프터─서비스 제도가 요즘만큼 발달하지 않았었고 또 전축이 외제라서 아는 아저씨가 와서는 공짜로 고쳐 주곤 했었다. 애꿎은 아저씨만 공연히 귀찮게 하였는데, 다행히 아저씨의 표정으로 봐서 전축 고치는 것이 재밌었던 모양이었다.

할머니께서 이런 내 모습을 보고 어느 날 "애야, 너는 요즘 어찌 학업성적이 부진하냐? 너의 집안은 재주들이 많아 웬만하면 서울대 출신이야. 나는 네가 아버지 쪽을 닮았으리라 기대 했는데 그게 아닌 모양이다." 라고 말씀하시기는 했지만, 할머니는 물론 부모님도 나에게 공부에 대해 강하게 압박하거나 긴 잔소리를 하신 적은 단 한 번도 없었다. 그때는 공부를 할 필요성에 대해 강하게 느낄 수가 없었다. 만일 그때 쯤 내가 내 아이들에게 사준 것처럼 최소한 집에 위인전기라도 마련 되어있었으면 그것이라도 읽고 어떤 동기가 생겼었을 거란 생각이 든다.

훗날 내가 그 당시 서울대 중에서 어느 서울대 단과 대학도 따라가지 못할 정도로 가장 어렵다던 서울공대에 들어갔을 때 할머니는 어떤 생각이 나셨을까. 대학교에 다닐 때 가정교사 아르바이트를 하여 번 돈의 절반 이상을 할머니께 드렸더니, 매우 감격 하시던 모습이 눈에 선하다. 그 당시 아르바이트 하고 받은 돈은 최소한 대기업 신입사원의 월급 이상은 되었다. 시간당으로 계산하면 어느 직종과도 비교할 수 없을 만큼 큰 돈이었다. 세상에 태어나 스스로 처음 번 돈이었다.

내가 결혼하고 나서의 이야기이지만, 아들은 초등학교 때 학교에서 돌아오면 제 엄마를 졸졸졸 따라다녔었다. 어찌나 따라다니는지 꼭 보이지 않는 끈으로 연결시킨 것 같았다. 조선소를 떠나 재벌 그룹 회사로 옮긴 후 이사를 갔었는데 남향의 햇살이 가득히 드는 단독 주택이던 우리 집에는 재미삼아 아이들이 사 온 병아리를 키워 봤었다. 병아리들까지 같이 졸졸졸 마당에서 일렬종대로 아내를 따라 다녔었다. 동물들의 직관은 대단히 뛰어나서 골목입구에서 아이들의 낌새가 나면, 같이 소리를 내는 것이 아이들이 오는 신호가 되어 버렸다.
이렇게 아이들은 엄마에게 많이 의존하는 것이다. 아내는 처음에 아들이 마마보이가 되지 않을까 우려한 적도 있었는데 그것은 쓸데없는 걱정이었다.

간혹 조카를 아내가 돌 볼 때도 있었는데, 제 엄마와 헤어지면 얼마나 우는지 한 번 울기 시작하면 말도 못할 지경이었다. 풋내기 우리 부부는 처음 이런 것을 잘 모르고 하루는 아들이 아기 때 잠들어서 처가에 맡기고 나들이 갔다 왔는데, 얼마나 제 엄마의 빈 옷자락을 부여잡고 울던지 다시는 그 후 이런 일이 되풀이 되지 않도록 하였다. 나 자신도 처음 피난 와서 시골 친척집에 맡겨졌는데 어머니가 주말마다 왔다 가면 어머니가 뭉게구름에 장미 빛 황혼이 물든 들판 쪽으로 떠나가는 먼발치에서 차마 못 헤어져서 '엄마'를 부르며 한 동안 뛰어가면서 슬픔을 가누지 못한 기억이 어렴풋이 난다. 그래서 나는 어린아이의 이런 심정을 누구 못지않게 잘 안다.

그 때 어머니가 오면 나는 들판으로 산으로 다니면서 놀았다. 논에서 메뚜기를 잡아서 구어 먹기도 하고 벼 종류인 까만 '피'라는 것도 따서 먹고, 외갓집 친척 아저씨와 같이 수로에서 물고기를 잡기도 했으며, 또 징그러운 거머리가 몸에 천연덕스럽게 붙어 피를 빨아 먹는 줄도 모르고 멱을 감으며 푸른 하늘을 가슴에 안고 신나게 놀곤 하였다. 자연은 나의 놀이 터였다. 그 당시에는 뱀도 많아서 벼를 칭칭 감고 있는 녀석, 담벼락 위에 한가하게 늘어져서 넘어가는 녀석, 마당에까지 들어와서 친구 인양 애들에게 섞여서 옆을 지나가는 것들도 있었고, 살쾡이도 간혹 나타나 어린애를 해쳤다는 말이 들리기도 했었는데 지금까지 용하게 잘 살아남았다는 생각이 들기도 한다.

사람의 목숨이란 끈질긴 모양이다. 부모님과 잠시 떨어져 살던 때 여기저기 도사리고 있는 그 위험들을 어찌 다 피해 왔는지 믿겨 지지 않는다. 수목이 우거져 다시 산돼지 같은 짐승들도 늘어나 등산하다가 최근 몇 번 보기도 했는네 몸집이 송아지만한 누런 짐승이 쏜살같이 임도를 가로 질러 숲으로 사라지기도 한 일이 있었다. 우리나라에서 호랑이가 마지막으로 나타난 해는 그 후 한참 지난 1970년으로 서울의 인왕산에 나타났는데, 중국인이 주먹으로 때려잡았다고 한다. 아마 세상 험한 줄 모르고 어미 말 듣지 않고 혼자 돌아다닌 새끼 호랑이였든지, 아니면 죽을 날이 다 된 늙은 호랑이였는지 모르겠지만, 호랑이의 내려치는 힘은 삼손이 아니고서야 웬만한 장골들은 당해 내지 못한다. 레슬링의 왕 역도산이나 권투선수 핵주먹 타이슨도 당해 내지 못할 것이다. 그래서 요즘 나는 깊은 산을 갈 때에는 전투용 단도를 가지고 다닌다.

아이들을 어떤 형태(어린이집, 베이비시터 등)로든지 보모에게 맡긴다 한들 그들은 아무래도 엄마만 못하다. 주변에서 수재소리를 듣는 아이들 치고 보모에 맡겨진 아이들을 아직 한 번도 본 적이 없다.

꼭 누구에게 맡길 일 있으면, 보모 대신 이모나 고모, 할머니에게 맡기는 것이 그나마 낫다.

02 따라 하기에 급급한 부모들

근래 조기 교육 열풍이 불어 아이들의 조기 교육에 대한 열성이 대단하다. 심지어 어려운 처지에 있어도 외국어를 위해 외국에 보내기까지 한다. 이것은 대단히 잘못된 것이라고 본다. 아이가 배우면 얼마나 배운다고 이런 극성들인지. 아이들은 우리말부터 제대로 배우기에도 시간이 그리 넉넉하지 않다. 내가 서울공대에 다닐 때에도 1학년 교양 과목 중에 국어 시간이 있었다. 다시 말해 우리말을 더 배우라는 것이라는 것이다.

유치원 시절의 한참 놀 나이에 부모의 강권에 의해서 조기 영어 교습을 위해 유학 간다면 정서/인성 교육은 언제 하나? 무엇이 급하다고 저렇게 조기 교육으로 야단법석을 떠나! 참으로 미련하다는 생각이 든다.

우리는 주변에서 보면 너무나 부화뇌동 하여 남을 따라 하는 주견 없고 배짱 없는 사람들을 많이 본다. 아이들한테는 정서/인성 교육이 공부를 배우는 것만큼 중요하다는 것을 많은 부모는 실제 잘 모르고 있는 것 같다. 이것은 경제 성장을 지향하며 빨리 무엇이든 이루어 내어 보려고 하던 구시대의 잘못된 물량 위주 정책의 산물이기도 하다.

이것은 진짜 공부 할 때에는 별로 도움이 안 될 뿐 아니라, 정서/인성 교육

부실로 인한 성격상의 결함이 아이를 불행한 삶의 길로 인도할 가능성이 높다. 정서/인성 교육 또한 얼마나 중요한지 예를 들어보겠다.

고등 교육을 받은 한 대구 출신의 부인의 경우를 보자. 이 사람은 소위 말하는 명문대 출신이지만 성격문제로 인해 인생을 학벌만큼 성공적으로 살지는 못하였다. 그녀는 어릴 때 부모가 아무 것도 시키지 않고 그야말로 곱게 자라왔었다. 그렇다고 무슨 인생 경험도 다양한 것도 아니고 영어, 수학 등의 학교 공부 이외에 책을 읽은 것도 거의 없었다. 그러니 사람들의 마음을 읽는 식견도 없고, 세상 돌아가는 것이 모두 자기중심으로 잘 돌아갈 것이라고 착각하기 시작하였고 나이가 지긋이 들 때까지도 사실상 계몽이 되지 않았었다. 계몽을 받을 자세도, 시간도 없었다.

보통 설교 하려는 사람은 설교를 듣지 않으려는 경향이 있다. 남을 도무지 이해 못하는 사람이 되다 보니 자신의 며느리와 사소한 일로 갈등이 생기기 시작하였고 급기야 그 부인의 며느리는 수년 전에 남편과 이혼하고 나가 버렸다. 우리가 들어보니 사소한 문제던데, 그 부인이 남을 배려하는 마음이 없어서 문제가 심각해진 것이었다.

그 뒤 그 아들은 배필을 오랫동안 구할 수 없었다. 자식의 행복은 곧 부모의 행복인데 어찌 이런 사람이 행복하랴!

남을 이해하려면 자신이 그 처지가 되어 보든지 아니면 책이라도 읽어서 간접 경험이라도 해보아야 한다. 영어로 "이해하다"는 말인 understand는 풀이 해 보면 "밑에(under)", "서다(stand)"인데 편한 생활을 하며 모든 것이 공급되니 저절로 지구가 잘 돌아갈 것이라고 착각하는 사람들은 어려운 처지의 사람들을 이해하기 위해서는 실제 그 입장이 되어 보아야 된다는 것을 암시하고 있다. 영국 소설 "거지 왕자"에서 보면 어느 날 느닷없이 거지가 되어버린 왕자가 험한 세상의 우여 곡절을 겪고 그 뒤에 왕에 복귀하여서는 좋은 정치를 펴게 된 것을 볼 수 있다.

사실 이런 예 말고도 우리는 요즘 어떤 어린 아이들이 엄마의 머리채를 잡아당기며 맹렬히 공격을 하는 것을 대중매체를 통해서 보게 되었는데 이렇게 된 여러 가지 이유 중 과중한 공부 부담이 아이의 공격성을 갖게 하는 것을 보았다. 이런 문제에 대해 전문가들의 도움이 없었으면 얼마나 오랜 세월동안 서로가 그 원인도 모르고 괴로워했을까. 이것은 결과적으로 행복을 얻으려다 불행을 초래하는 일이다. 불면 꺼질세라 만지면 터질세라 금이야 옥이야 하며 키운 아이가 부모를 공격한다면 얼마나 슬픈 일인가.

얼마나 사람들이 줏대 없이 따라 하기를 좋아하나 하면 예술 사진이나 미술품을 파는데 가보면 알 수 있다. 나는 사실 서양의 클래식 음악은 매우 그 진가를 인정하면서도 서양의 회화는 별로 인정하지 않는다. 중학교 미술시간에 배운 세잔느, 르누아르, 고호, 고갱, 피카소, 밀레 등. 이들 대부분의 그림을 보면 "잘 그렸다", "수고 했겠다"는 생각이 들지만 아름다워서 감동을 받은 적은 없다. 나는 아름다운 것에 대해 남달리 감동을 잘하고 음악, 시, 미술을 좋아하는 사람인데도 불구하고 말이다. 오늘날 이런 화가 또는 딴 화가들의 그림은 100억원 넘는 가격으로도 팔리고 있고 사진은 서양 작가의 경우에 10억 원이 넘는 가격으로도 팔리고 있다. 만일 이들이 한때 세계의 역사를 주름잡던 나라의 예술가들의 것이 아니라면, 이렇게까지 팔릴 수는 없을 것이다. 나는 이런 것들이 자기들끼리의 무엇인가 씌어 진 허깨비 잔치라고 본다.

　　중국의 예술가 위안민진의 경우도 보면 몇 해 전에는 눈도 주지 않던 예술품이 지금은 무려 40억 원도 넘는 가격에 팔리기도 하였다. 사실 별것 아닌 것이 어느 날 갑자기 중국이 강대국으로 진입해 가니까 갑자기 예뻐졌다거나, 감동스럽게 되었다거나, 매력적으로 되었단 말인가!! 나는 그의 예술품에 대해 좋다는 생각만 들지 대단하게 평가 하지 않는다. 나의 이런 생각이 틀리지는 않는지 서양의 화가의 어떤 그림들에 대해서 이미 평론가들은 회의를 느끼며 멀지 않아 이런 그림들이 고가 예술품대열에서 탈락 할 것이라 보고 있다는 신문기사를 본 적이 있다.

　　또 평론가들이 강대국이 되는 것도 예술품인정 받는 것에 필요하다는 말을 하는 것도 종종 듣는다. 이렇다면 그것은 이미 예술이 아니다.

　　예전에는 눈도 별로 주지도 않던 한국의 어떤 화가의 그림도 근래에 와서 억대로 팔리나, 예술은 우선 아름답고, 감동적이며, 매력적이어야 한다고 생각하는 내 눈에는 정신 나간 짓으로만 보인다. 이것은 사람들이 우르르 알지도 못하면서 몰려가 수요가 많아지니 자연히 가격이 올라간 것으로 밖에 볼 수 없다. 못 사면 죽는 줄 아는 모양이다. 조급증은 이런 곳에서도 유감없이 발휘된다.

　　나는 차라리 사진작가들이 찍은 우리나라 풍경 사진들이 감동적이었다. 삼천리금수강산이 기본적으로 예술적인 면에서도 잘 생겼기 때문에 사진에 잘 담으면 폭발적인 매력이 생기기 때문이다. 나는 만일 선택을 한다면 무엇보다 내가 좋아 하는 이유로 이런 사진들을 산다. 그리고 이런 것은 퇴출 될 가능성도 전혀 없다. 왜냐하면 우리는 어떤 생각을 가지고 있어도, 어떤 사람이 되어 있어도, 금강산과 나폴리가 아름답다는 생각에는 동서고금을 막론하고 변함이 없기 때문이다. 항상 그 곳에 가 볼 수는 없고 집에 사진으로 나마 걸어서 간간이 감상 할 수 있다.

이렇게 따라 하기에 급급하면 부모들의 사교육비가 많이 들게 되는데, 요즘 책값도 자식을 사랑하는 부모의 마음을 악용하여 많이 비싼 것을 본다. 영어 회화 공부를 위해 방송국에서 방영하는 영어회화 프로의 번역된 대본의 가격을 알아 봤더니 기껏해야 약 6페이지의 대본을 위해 책이 한 권 그림까지 넣어서 나왔던데, 무려 약 만 원에 가까웠다. 여기저기 흩어져 있는 가족, 친족들을 위해 이 시리즈로 된 번역본을 사려면 한 프로그램만 해도 100만원도 넘게 나오는 계산이 되어서 어이가 없었다. 그래서 나 자신이 짬짬이 일일이 번역하여 복사하여 나누어 주었다.

내가 본 뛰어난 아이들 부모들은 조기교육이다 뭐다 하며 이런 식으로 따라 하면서 극성을 아무도 부리지 않았다. 영어는 여태 오랫동안 해 온 것처럼 중학교에 가서 그 때부터 공부해도 사실은 충분하다. 나는 초등학교에서 배우는 것조차 반대하는 사람이다.

다시 이야기 하지만 아이들이 배우면 얼마나 배우는가!! 먼 앞날을 보고 오늘부터 배짱을 갖고 이런 잘못된 조기 교육 따라 하기에서 과감히 벗어나 보자.

03 실패 중의 가장 큰 실패

실패중의 가장 큰 실패는 시도조차 안해 보는 것이다. 학생은 물론이고 어른들도 시도는 안하고 미리 결과만 예측해 안되니, 뭐니 하며 탁상공론을 벌이는 사람들이 많다. 자신의 틀을 미리 정해 놓고 그것의 옳고 그름은 잘 생각해 봄도 없이 엉덩이가 천근이 되어 도무지 움직이려고 하지 않는 사람들이 많다. 마치 우리가 우리말을 배울 때 그렇듯이 영어작문, 독해와 영어회화를 잘하는 것은 나이는 물론, IQ와도 거의 상관이 없다. 그래서 잘하느냐 못하느냐는 우선 부지런하게 하느냐 안 하느냐에 달려있다.

내가 오래 전에 미국에 회사일로 출장 가서 로스엔젤레스의 교포 식당에 갔을 때의 일이다. 우리가 외국인 하고 영어로 이야기 하고 있을 때 식당의 한국인 종업원이 "영어들 참 잘 하시네." 하고 우리를 가리키며 말하는 소리를 들었다. "영어를 쓰는 나라에 살면서 영어를 쓰는 것은 당연한 건데, 교포들은 영어 회화 공부도 제대로 안하고 막무가내로 미국에 왔단 말인가?? "하며 속으로 생각했다.

대체적으로 보면 그 당시 미국에 온 사람들의 부류는 3가지로 볼 수 있었다.

첫째

외교관이나 유학생, 한국의 대기업/재벌 그룹에서 파견한 현지 직원, 신문

기자 등의 전문직,

둘째

이유야 어쨌든 미국에서 살기 위해서 온 사람들,

셋째

이도 저도 아닌 사람들로 볼 수 있는데 첫째는 그나마 자격심사가 되어서 온 사람이니 언어상의 장애는 다소 있다 하더라도 곧 극복이 되는 사람들이나, '둘째와 셋째'(과거 이들이 대부분의 이민자들임)가 주로 문제가 되는 사람들이다. 이런 사람들 중 대부분이 대화다운 대화를 영어로 결국 늙어 죽을 때 까지 못하는 사람들이다. 이들은 나이가 나이니 만큼 문제가 있다는 둥, 시간이 없다는 둥, 아직 미국 온지 얼마 안 되었다는 둥 이런 저런 평계를 댄다. 나의 귀에는 이 모두가 변명으로 밖에 들리지 않는다. 영어회화를 하겠다고 굳게 마음먹고 시도조차 제대로 해 보았는가? 나는 이것을 묻고 싶다.

바쁘다는 사람들을 보면 바빠서 바쁜 것도 있지만, 생활이 비조직적이어서 그런 것도 있고, 무지한 것 때문에 잘 모르니까 상대적으로 바빠지는 것도 있다. 아무리 바쁘다 해도 미국에 가면서 영어 회화 모르고 가는 것은 무기 안 가지고 전쟁터에 가는 것이나 다름없으니, 짬짬이 공부를 해야 된다. 영어 회화는 현대 생활에서 구구단처럼 선택의 문제가 아니라 꼭 해야 하는 공부인 것이다.

내가 조선소에 근무하던 시절에도 영어는 업무에 있어 매우 필요함으로 그 당시 회화, 듣기 및 필기시험을 매달 쳐서 100점 만점에 70점 이상 되는 사람들 에게는 어학 수당도 지불 하였는데, 40~50대 일의 경쟁률을 뚫고 들어온 이 회사에서도 이 시험에는 못 붙는 사람들이 훨씬 많았고, 붙는 사람들은 주로 서울대 출신, 영문과 출신, 미국 유학 출신이 대부분이었다.

회장은 공장에 내려오면 "대학 나온 놈들이 영어 회화도 제대로 못 한다"고 정면으로 핀잔을 주고 중역들과 간부들은 주눅이 들어 회장을 슬슬 피하며 전전긍긍하였다. 그 회장은 영업이라 하여 반드시 영업부서에만 맡기는 스타일이 아니고 딴 사람에게도 지시하여 경쟁관계를 교묘히 유도 하는 사람이었다. 학교에서는 우리 때까지만 해도 영어 회화 공부를 아예 시키지 않았었다. 그래서 이런 말하기 듣기 공부는 스스로 하는 수 밖에 없었다. 그 당시 중역의 대부분이 서울 공대 출신이어도 영어회화를 제대로 유창하게 하는 사람보다 그렇지 못한 사람이 훨씬 더 많았다. 대한민국은 물론, 세계에 내놓아도 될 대표 기업이 이 모양이니, 딴 회사나 관공서들은 말해서 무엇하랴!!

또 일본어도 영어만큼은 안 되더라도 이 당시 매우 필요한 언어로 거의 제2외국어가 되다 시피 하였는데 많이 방문하는 일본인들의 일 건도 우리 부서에서는 그 당시 일본어 세대인 부장과 스스로 독학하여 익힌 내가 없으면 일 처리가 되지 않았다. 부장은 항상 거의 사무실을 떠나 있으니 내가 처리해야 했다.

사실상 회사에서 이런 언어들을 독려해도 공부를 안 하는 사람들이 대부분이었는데, 제 노력 안 하는 것은 생각 안하고 일부 삐뚤어 진 사람들은 일어 잘 하는 사람은 마치 애국하지 않아서 잘 하는 것처럼 빈정대는 적도 있었다. 문제의 그는 회식하러 가서 술이라도 거나하게 취하면 앞뒤가 맞지도 않게 일본식 대중가요를 불러 나의 귀를 오염시키기도 했는데, 이런 대중가요는 나는 어느 나라 것이든 매우 싫어하였다. 시도 조차 안 해 보고 이런 변명에 급급한 사람들은 꼭 있게 마련이다.

"왜 영어 회화 공부 부지런히 하지 않는가"고 내가 어느 날 잘 아는 사람에게 물어 보았다. 이 사람 대답이 걸작이었다. "머리가 좋지 않아 잘 그런 공부를 못 하는 것이다"고 말하는 것이다. "머리가 안 좋은데 어찌 해서 우리말은 잘 하는가? 네가 미국에서 태어났으면 영어가 국어 아닌가? 결국 우리말처럼 열심히 안 써서 그런 것이다"고 나는 같은 변명을 하는 사람들 누구에게나 말해 줄 것이다.

맥아더 장군이 한 말이 기억이 난다. "작전에 실패 하는 것은 용서해도 보초 못 서는 것은 용서치 않겠다." 영어 회화 공부 하는 것은 수학이나 물리 하는 것과는 달리 누구나 열심히 반복해서 공부하면 되게 되어 있는 공부이다. 즉 열심히, 성실히 보초서는 수준의 것을 요구 하는 것이지 고도의 작전계획을 짜고 승리 하라는 것이 아니다. 이런 공부를 회피 하다가는 반드시 그 대가를 치르게 되는데 특히 교민들의 경우는 앞날의 불행은 불을 보듯 뻔하다. 제 자식들에게 무시당하는 것은 물론이고, 조금이라도 전문용어를 쓰는 곳에는 통역을 달고 다녀야 하는 형편이며, 실제로 교민들이 그렇게 하고 있는 경우가 많다.

만일 맥아더 장군에게 이런 건에 대한 질문을 한다면 그는 틀림없이 이렇게 대답할 것이다. "나는 수학/물리 못 하는 것은 용납해도, 영어 회화 못하는 자는 결코 절대로 용납하지 않을 것이다." 나도 사실 똑같은 마음이다. 사실상 맥아더 전기를 읽어 보면 맥아더가 미국 육사를 1등으로 졸업하였던데, 아인슈타인의 상대성 원리를 그는 이해를 못하겠더라고 고백하는 이야기가 나온다.

한국에서도 예전에 보면 글을 모르시는 할머니들이 집요하게 한글을 안 깨우치고 80 평생을 무미한 인생을 살다 돌아가신 분들이 많았다. 이렇게 공부 자체를 시도부터 안 하려고 기를 쓰는 사람들에게는 할 수 있는 분위기부터 만들어 주는 것이 필요하다.

변명을 하는 사람은 새로운 변명을 해 대지만 그런 변명이 사리에 맞지 않음을 조용히 불러 차근차근 설명해 준다. 형제들이나, 많은 사람 앞에서 이야기 하면 창피스럽게 느끼고 반발감을 사게 되니 은밀히 이야기 해 준다. 이래도 안되면 점점 국제화가 되어가니 수험준비 뿐만 아니라 앞으로 영어회화 못하면 사람구실 제대로 못한다고 말해 가며 자극을 줘 본다. 티비에서 나오는 외국인들의 토크 프로그램인『미녀들의 수다』를 자연스레 같이 보면서 우리보다 어려운 환경의 나라 사람들도 우리말을 잘하는 것에 대해 뭔가 느끼게 하여 변명의 여지가 없게 해야 한다. 잘하는 사람의 예가 신문에라도 나면 자연스럽게 보게 하여 자극을 받도록 해야 한다. 사실 영어의 읽기는 그것을 잘하는 것만으로도 문장을 통째로 외우는 것이 많아져 영어 작문도 매우 능숙하게 되게 한다.

조선소시절에도 보면 어떤 사람은 3페이지 정도 되는 영문계약서를 약 삼~사십 분 정도 하자 없이 작성을 마치는 사람이 있는가 하면 반나절도 훨씬 넘게 이런저런 것 들을 수정하며 보내는 사람도 있다. 보통 웬만한 책 한권 짜리 배계약서에는 얼마나 큰 시간 차이가 나는 지 어림 잡아 볼 수 있다. 교포 의사들 중 보면 영어를 못해서 받는 환자가 거의 한국인으로 국한해서 받는 사람들도 많다. 이러니 불황에는 사실상 어렵게 되는 것이다. 모두 다 열심히 안 한 대가를 톡톡히 치르고 있는 것이다.

시작은 반이라 하지만, 나의 경험에 의하면 제대로 된 시작은 반도 훨씬 넘는다. 이 영어 공부 방법의 구체적인 것은 뒤에 더욱 자세히 다루고 있다.

04 감동과 자극이 아이들의 마음을 움직인다

사람들은 그가 공부 잘하게 되는 계기가 자극이나 감동을 받은 것이 많이 있다. 어떤 사람은 책을 읽고 감동을 받아서, 또 어떤 사람은 무시당하고는 분발하여, 또 어떤 사람은 여행을 하고 나서 새로운 세계에 자극이 되어, 그리고 어떤 사람은 끊임없는 환경 속에서의 자극과 감동 —주위의 훌륭한 인물이 모델이 된다든지, 감동적인 정경, 음악의 자극 등— 으로 말미암아 공부를 하게 된다. 이렇게 자발적인 공부야 말로 진짜 알고 싶어서 하게 되는 강렬한 공부가 된다. 이것은 부모가 강제로 시켜서 하는 공부 보다 훨씬 높은 효과를 발휘하게 되어있다. 위의 각 경우는 내 자신이 직접 여러 가지 사례를 보아 왔다.

위의 2번째와 3번째의 경우는 한 학교 내에서 그 성적이 도저히 서울대 최상위권을 겨냥하기에는 너무나 모자라는 경우이었음에도 불구하고 짧은 고교 시절에 엄청나게 상승한 경우이다. 2번째 학생은 그 환경까지 엄청나게 열악했다. 그러나 이들 모두는 그 당시 서울대 최상위권인 공대에 다 합격하였다.

경치 좋은 산과 바다로 또 야경이 멋진 도시로의 여행을 통한 놀이에서 아이들은 자극을 받은 기회를 가질 수 있다.

그래서 나는 먼저 유년기와 초등학교 때는 마음에 여유를 갖고 아이들에게도 즐길 여유를 충분히 주라고 말 하고 있다. 사실 우리는, 또 내가 주위에서 본 뛰어난 아이들의 집에서는 공부를 절대 강요나 강박하지는 않았다. 공부에 관한 한은 나는 거의 자유방임주의자이다.

될 대로 되어라 하면서 놔둔다는 뜻이 아니고 꼬치꼬치 간섭을 안 하겠다는 것이다. 나의 아는 사람 중에는 중학생 정도 되는 아이들에게 벌써부터 일류대학 타령하여 그 아이들이 매우 힘겨워 하다가 결국 훗날 지방대에도 떨어지는 것을 봤었다.

말할 필요도 없이 공부는 취미처럼 해야 능률적으로 되는 것이다. 재미없다고 생각 하는 것을 백날 시켜 봐야 능률이 오르지 않는다. 마음이 콩밭에 가 있으니 눈은 책에 가 있어도 마음에서는 받아들이지 않는 것이다.

어릴 때 아이들을 맹목적으로 공부만 시킨다고 무리하게 젓 담지 말고, 부모들이 짬나는 대로 문만 열면 웬만하면 자연에 관한 한 천국인 이 나라에서 아이들이 어릴 때 데리고 산으로, 바다로, 강으로 놀러 가자. 경치감상도 하고 좋은 노래도 들려주고 시도 읊어 주자.

아이들은 이곳에서 적어도 우선 미술적인 감성을 키운다. 어떤 위치에 서니 미술에서 매우 중요한 구도가 잘 나오는 지도 자꾸 가보면 알게 된다. (우리는 각 시·도에서 찍어 놓은 명승지의 사진 대부분이 예술성이 결여되어 있음을 볼 수 있다. 이 경우 찍은 사람이 미술적 소양이 없거나 그저 바삐 대충 찍어서 그런 것으로 볼 수 밖에 없다.)

이것은 우리 생에 있어서 결국 그 무엇과도 바꿀 수 없는 무형의 재산이 되는 것이다. 세상에는 돈과 권력으로도 안 되는 것이 있는데 이런 시심이 마음에 심어지는 것도 그 중에 하나이다. 아이들은 여기서 자극은 물론, 자연의 아름다움을 체험하게 되고 자연과 삶에 대해 많은 호기심을 갖게 되며 자연의 공부도

동시에 저절로 하게 된다.

액자에 좋은 풍경사진이라도 넣어서 벽에 걸어주고, 우리가 학교에서 배운 클래식음악을 가족들이 식사 시간에 같이 듣는다든가 하는 것도 좋다. 생각해 보면 나는 음악적인 환경 안에서 많은 시간을 살아온 것 같다. 아무리 훌륭한 컴퓨터라 해도 이것을 작동 할 수 있는 기본 프로그램이 깔려야 작동하듯이 아이들한테 공부 할 수 있는 마음의 준비를 시켜 주자는 것이다.

나는 아이들을 주말마다 데리고 매우 많은 곳을 돌아다녔다. 산과 바다, 어린이 공원, 동물원, 식물원, 박물관, 고궁, 과학관, 미술관, 고적, 클래식 음악회 등등. 유치원 갈 나이도 되기 전의 아들이 경주에 가서는 내가 유적들의 설명 문구를 읽는데 아들은 연신 "뭐래요?" 하면서 물어 보곤 했다. 어른들도 모르는 문구가 나오는 설명문 들이었으니, 우리말을 쉬운 우리말로 다시 옮겨 주어야 했다. 아이들이 공부를 잘하게 만들어야겠다는 것을 염두에 두고 여기저기 간 것은 전혀 아니었다. 부모로서 식구들에게 이런 것을 당연히 해 줘야 하는 의무로서 생각하였다. 외국에는 출장이나 연수 간다고 어쩔 수 없이 혼자 갔었으나 우리나라에도 혼자 보기에 아까운 풍경들이 너무나도 많았다.

아직도 이 글을 이해하지 못한 사람은 이 바쁜 세상에 무슨 노는 이야기냐 하겠지만 빨리만 가려고 무리 하다가는 발병 나서 아무 것도 못하 듯이, 빨리만 한다고 세상일이 되는 것이 아니다. 노는 것도 분명히 하나의 공부 하는 과정이며 공부를 준비하는 단계이다. 다 큰 자식을 부모가 둔 집에서는 누구나 경험상 느끼겠지만, 아이들은 어차피 대충 중학교 졸업 할 때 즈음부터는 부모로부터 독립하려고 하므로, 그 후에는 보통 데리고 다니려 해도 잘 가지 않으려 한다.

내 친구 중 하나는 해외 관광 여행을 마음대로 못하던 시절에 불란서 영사관에 근무한 적이 있는데, 불란서 있을 때 고교 다니는 아이를 데리고 주말에 스위스에 놀러 가려고 하니 이런저런 핑계만 대고 결국은 안 가더라는 것이었다. 마음에 무슨 천국이 들어앉아 있다고 그 좋은 스위스를 안 가겠다는 것인지.

교육자 페스탈로찌의 전기를 보면 '학교에서 50분 공부하고 10분 쉬고 하는 시스템이 능률적이다'라는게 통계적으로 나와있다. 공연히 욕심을 내어 공부를 하다가는 능률이 잘 오르지 않는다. 이런 점에서 본다면 쉬는 것도 공부 못지 않게 중요한 것이다. 짧게 쉬는 것 뿐만 아니라 휴일에 어느 정도 긴 시간을 쉬는 것도 매우 중요하다.

그리고 음악, 시, 미술이란 참으로 위대한 힘이 있다. 특히 클래식 음악은 사람의 마음을 감동시키며, 지친 마음을 치료하고 다스려 주는 것은 물론 육체의 병도 고쳐지는 것이 이미 과학적으로도 입증되었다 한다. 여기서 세상 살아가는 커다란 힘을 얻기도 한다. '벅찬 감동'은 참으로 커다란 힘을 용솟음치게 하는 것이다. 음식만이 사람에게 살아가는 힘을 주는 것이 아니다. 부모를 떠나 먼 곳에 가 있는 동안에도 이런 취미는 그 외로움을 잘 달래어 주고 '저속한 취미생활에 빠져 들어 공부를 게을리 하는 것'을 막아 주기도 한다.

여가시간을 이용하여 등산을 한다고 할때 시간이 없으면 꼭 먼 산에 갈 필요도 없다. 도시락을 싸서 바다가 내려다보이는 뒷동산에라도 「돌아오라 쏘렌토로」의 노래를 콧노래라도 부르면서 올라가자. 이왕이면 그 노래가 만들어진 뒷이야기를 알면 그 이야기도 들려주자. 해외여행을 많이 해본 나는 이 나라의 풍광이 하늘 아래 흔하지 않은 것임을 잘 안다.

어쩌면 내가 사는 곳은 이탈리아의 나폴리와 그 근교를 닮은 곳이 그리도

많은지. 베스비오 화산, 산타루치아 해변, 마리카레, 쏘렌토, 아말피, 카프리 섬, 지금도 눈을 감으면 그곳의 정경이 이곳과 오버랩 되어 하나의 음악과도 같이 가슴속에 떠오른다. 이런 아름다운 곳은 한국에 얼마든지 있다.

이 노래와 몇몇 다른 노래는 나와 또 우리가족의 가장 좋아하는 애창곡 중 하나가 되었다. 이런 음악이나 예술에 취미를 붙이는 것은 돈 별로 들지 않고 좋은 취미를 갖게 되는 길이다. 이렇게 함으로써 가장 저렴한 비용에 가장 고급스러운 양질의 취미를 갖게 된다.

예전에 내가 스위스에 연수차 머무르는 동안 스위스의 청초하고 수려한 자연의 풍광에도 반했지만 스위스 사람들의 정리정돈을 잘하는 절도 있는 모습과 집집마다 예쁜 꽃이 핀 화분을 놓아둔 것에 무척 감명을 받은 적이 있다. 스위스라는 작은 나라에서 많은 노벨상 수상자가 나온 것은 그만한 이유가 충분히 있는 것이다. 사실 아인슈타인도 독일에서 대학에 들어가는 것이 껄끄러워지자 스위스 최대의 도시 취리히의 연방공과 대학을 다녔다. 그리고는 젊은 시절 스위스의 특허국에서 일 하기도 하였다.

예술로서 우리의 마음을 채우는 것은 마치 컴퓨터나 디지털 사진기에 내용을 깔 때 포맷을 하여 내부 소제를 시키는 것과도 같다. 바이러스 없는 순수한 환경에 지식과 정보를 확실하고 강하게 담자는 것이다. 음악이라고 해서 모두 다 같은 것이 아니며 예술적인 음악이어야만 되며 사람들은 이미 중·고등학교에 다니면서 그런 좋은 음악을 배우기 때문에 저속한 예술과 구별할 수 있도록 교육 받는다.

나는 부모로서 아이들이 공부 할 수 있는 환경을 만들어 주는 것에는 첫째 정서적인 안정감을 제일 우선으로 꼽는다. 기후 좋고 풍치 좋은 우리나라는 사실 공부하기 좋은 조건 중 하나를 이미 하늘에서 거저 받고 있는 것이다. 덥고, 추운 나라, 건조한 나라, 재해가 많은 나라에서는 아무래도 지쳐서 공부하기가 쉽지는 않을 것이다.

음악에 취미가 없다고 말할지도 모르겠으나, 태어나자마자 노래하는 아이는 아무도 없다. 이런 취미도 후천적으로 길러지는 것이다. 보통 그 부모가 영향을 주기도 하지만 환경에도 영향을 받는 것을 알 수 있다. 어느 학교에서는 교장선생님이 점심시간마다 클래식음악을 틀어 주었더니 아이들이 구분 없이 그 음악에 많이 빠져 들었다 한다. 이것은 참으로 좋은 생각이다.

이런 클래식 음악은 아이들의 심성도 곱게 한다. 나는 의학책에서 심리적인 면을 다루는 것을 우연히 보게 되었는데, 사람의 성격은 웬만하면 강력한 종교로도 이길 수 없는 것을 보았다. 한 번 잘못되어 깊숙이 고정된 성격을 고치기란 그만큼 힘들다는 것이다. 좋은 음악을 일찍부터 들려주면 이런 긍정적인 결과도 얻을 수 있다.

아이들에게는 좋은 영화를 보여 주는 것도 매우 좋다. 내가 중학교, 고등학교 때에는 참으로 좋은 영화가 많았는데 요즘은 스케일은 클지 몰라도 그리 감동을 주는 명화가 별로 없다. 그 좋은 영화란 다음에 나오는 것들로 이런 영화들을 예전에는 '주말의 명화' 시간에 TV에서 곧잘 방영 해 주었는데 요즘은 이런 영화 들을 잘 보여 주지 않고 대신에 몇 사람 모아 놓고 별 의미없는 농담이나 하는 식의 프로그램이 많아졌다.

아래의 영화를 방송국에다 방영해 달라거나 그 테이프를 구해서라도 보자. 나는 아래의 대부분의 영화들을 온 가족이 같이 보면서 녹화까지 하여 여태까지 집에다 보관 해 두고 있다.

내가 중학교 때 미국 음악가 포스터의 일생을 영화화 한 『스와니 강의 추억』을 처음 단체관람으로 보았을 때는 너무나 아름다워서 영화가 끝나고 나올 때 마치 환상의 나라에서 느닷없이 쫓겨 나온 느낌을 받을 정도였다. 이 영화는 나를 잡고 온통 흔들어 놓았다. 만돌린으로 연주하는 '오! 수잔나'의 경쾌한 멜로디로 시작하면서 영화 내내 애수가 깃든 음악 '꿈길에서(Beautiful Dreamer)'가 배경 음악으로 깔려 있었다. 광대뼈가 튀어 나왔다고 아이들이 해골이라고 별명을 붙여 준 우리 담임선생님이 "내일 스와니강의 추억이란 영화를 보러 간다. 낙동강의 추억도 안 보았는데, 이런 영화부터 봐야 될지 모르겠다." 라고 하셨는데, 이 영화를 보는 순간 전혀 생각지도 못한 세상이 내 앞에 펼쳐졌었다.

어찌 사람의 머리에서 그토록 아름다운 멜로디가 용솟음 쳤을까!! 수국이 만발한 감미로운 여름이 흐르는 시골풍경을 연상케 하는 '켄터키 옛집', 노을 진 강가에 금발을 나부끼고 달려 오는 연인 제니를 생각하게 하는 '금발의 제니', 떠나 온 고향을 간절히 그리워 하는 나그네의 처량한 심정을 그린 '스와니 강' 등의 노래들로 이 영화는 별천지를 나에게 보여 주었다. 이 스와니 강이란 사실 포스터와는 연고가 없는 곳인데 운율에 맞는 강 이름을 찾다가 지도를 펴 놓고 더듬어 내려 가던 포스터가 바로 '이것이다!'라고 외친 강(미국 플로리다 수에서 흘러 내려 멕시코 만으로 흘러 드는 암청색의 강)으로 이 곡은 현재 플로리다 주의 주곡이다.

그 후 이 영화를 혹시 티비에서 하나 하고, 하면 아이들에게 보여 줘야지 하면서 수많은 세월을 기다렸지만 이 좋은 영화는 결코 방영 되지 않았다. 포스터의 일생을 영화화한 다른 영화인 금발의 제니는 방영 해 주었는데 이는 노랫말처럼, 한송이 들국화 같은 제니의 이미지가 말괄량이로 표현되서 스와니강의 추억보다 그 감흥이 적다고 생각한다.

미국 작가 헤밍웨이 원작의 『누구를 위하여 종을 울리나(For whom the bell tolls?)』는 내가 고등학교 다닐 때 영어 선생님으로부터 배경 설명을 듣고 단체 관람으로 갔는데, 너무나 감동적이어서 일곱 번쯤 다시 보았었다. 이 영화는 헤밍웨이가 평소 잘 알고 지내던 미남 미국 배우 '게일리 쿠퍼'를 염두에 두고 썼다고 하는데, 그래서 그런지 이 영화에 매우 잘 어울렸다. 나의 어머니는 이 영화에 나온 여배우 '잉글릿드 버그만'을 보시더니, 얼마나 예쁘고 귀여운지, 같은 여자지만 한번 만나서 얼굴을 쓰다듬어 보고 싶다고 말씀하셨다. 사실 이 당시의 배우들은 참으로 멋진 사람들이 많았다. 그러고 보니 그 키 큰 영어선생님도 게일리 쿠퍼를 좀 닮았었는데, 내가 좋아했던 선생님들 중의 한 분 이셨다.이 당시 아이들은 영화를 보고 오면 다시 그 다음날 선생님들 보고 그 영화 이야기를 해 달라고 하곤 했는데, 이것은 그 영화의 쉬운 해설보다는 다시 그 멋진 영화의 분위기에 젖어 들고 싶은 심정 때문이리라.

나는 이 영화 중 대부분을 수없이 영화관에서도 보고 비디오테입으로 반복해서 아이들과 함께 보곤 하였다. 학생들 뿐 아니라 이 영화 들은 죽기 전에 누구라도 꼭 보기를 나는 강력히 추천한다. 이 모든 영화들은 카리스마가 있다든지, 낭만이 흐르는 감동적인 영화이다.

| 스와니강의 추억 | 돈 아메시 주연
너무 오래 되서 정확히 기억 하는지는 모르겠으나, 제목이 혹시 『그리운 스와니』 일지도 모른다. ―요즘 인터넷의 유투브(Youtube)에 이 영화에 나오는 음악(오 수잔나, 시골경마, 스와니 강등)이 더러 나온다. |
| 오케스트라의 소녀 | 디아나 더빈 주연 |

누구를 위하여 종은 울리나	게이리 쿠퍼, 잉글리드 버그만 주연
마음의 행로	로날드 콜맨, 그리아 가슨 주연
벤허	찰턴 헤스턴, 스티븐 보이드 주연
바람과 함께 사라지다	비비안 리, 크라크 케이블 주연
가극왕 카루소	마리오 란자 주연
소렌토의 염문	소피아 로렌, 빗토리오 데시카 주연
나폴리의 향연	소피아 로렌 주연
이별의 노래	폴무니, 코넬 와일드 주연
폭풍의 언덕	로렌스 올리비에, 멀 오베론 주연
사브리나	오드리 헵번, 윌리엄 홀덴 주연
삼손과 데릴라	빅타 머추어 주연
애수	로버트 테일러, 비비안 리 주연
전쟁과 평화	오드리 헵번, 멜 화라, 헨리 폰다 주연
쿼바디스	데보라 커, 로버트 테일러 주연
작은 아씨들	자넷트 리, 에리자베스 테일러 주연

05) 지나친 욕심은 실패의 원인

흔히 학부모 모임, 동창 모임 등에 가면 아들이 어찌 공부를 했는지에 대해 질문을 받는다.

> – 학원을 다녔는지
>
> – 과외공부는 안 했는지
>
> – 하루에 공부는 몇 시간이나 하는지
>
> – 잠은 하루 몇 시간이나 잤는지
>
> – 아이큐는 얼마나 되는지
>
> – 누구를 닮았는지
>
> – 원래부터 잘 했는지
>
> – 공부 잘 하는 비결이 있는지
>
> – 뭘 잘 먹는지
>
> – 조기 유학이 필요 한지.
>
> – 아버지는 어떤 배경의 사람인지 등등

우선 학생들이 진정으로 공부를 잘하기를 원한다면 학원가는 것을 단호히 끊어야 한다. 마구잡이로 많이 공부만하면 되겠다는 생각은 크게 잘못된 생각이다. 설령 도움이 필요해서 학원가는 학생의 경우에도, 웬만하면 가지 말것을 권하고 싶다. 남의 도움이 조금이라도 필요한 공부를 굳이 말하라면 수학이나 물리, 예능 등과 같은 이공계나 예능계 공부라 할 수 있다.

사실 서울대 상위권에 다니는 학생들과 인터뷰 해보면 정작 수석이라든지 기타 공부를 잘한 학생들은 과외나 학원가서 수업 받거나 그 외 유사한 곳을 다닌 적이 없다는 말을 많이 들을 수 있었다. 즉, 학교공부를 충실히 했다는 이야기이다. 이것을 잘 안 믿는 사람들이 있는데 이것은 확실한 사실이다.

과외나 학원을 가서 아는 것도 듣고 모르는 것도 또 듣는 낭비를 왜 해야 하는가? 공부를 잘해서 학원에 안 갔다기보다는 안 갔기 때문에 시간이 넉넉해서 오히려 능률적으로 시간을 이용할 수 있는 것이고 학원에 간 학생들은 시간을 뺏겨서 오히려 문제가 되었다는 것이다. 다만 만일 재수를 할 경우 시간적 여유가 있어 분위기 전환상 너무 낭비하지 않는 범위에서 다니는 것은 예외라고 할 수 있다.

학교 공부하기도 바쁜데 학교 공부하랴, 학원 공부하랴 또 학습지 하랴 이러니 어느 것 하나 온전히 공부하지 못하고 공연히 겉으로만 헛배 부른 일을 하고 있는 실정이다. 이것은 우리 한국의 대체적인 외화내빈(속은 비어 있으면서 겉만 번지르르한 것)의 모습이다. 우리나라에서 공업특허는 세계 4위 일 정도로 많이 나오는데 산업화되는 비율이 적은 것도 이 일례이다.

학원을 그만 두었더니 성적이 많이 올랐다는 어느 학생에 관한 것이라든지, 또 미국 일부 학교에서 숙제를 줄였더니 오히려 학생들의 성적이 오르더라는 것이 최근 신문보도에도 나온 적이 있다. 많은 분량만 욕심대로 채우겠다는 것은 겉만 그럴싸하고 속은 비어 있는 것 밖에 안되니 남이 하면 줄줄이 깊은 생각도 없이 따라 하지 말자.

세종대왕의 '한권의 책을 백 번 읽는 것이 백 권의 책을 한번 읽는 것 보다 낫다'는 말씀은 참으로 지당한 말씀이다. 또 여러번 책을 반복해서 읽으면 그 뜻을 자연히 알 수 있다는 말도 옳은 이야기이다.

박사들 방에 들어가면 꽂혀 있는 많은 책들을 박사들이 다 읽었을 것이라고 생각할 지 모르겠지만, 사실 주로 읽은 책들은 따로 있고 나머지 책들은 참고용으로 비치되어 있는 경우가 많다. 심지어 이런 예도 있다. 내가 잘 아는 어떤 의학박사가 공부다운 공부를 하는 것을 한번도 본 적이 없었다. 집에는 수많은 책들이 꽂혀 있는데 이는 허영심이라면 대한민국에서 둘째 가라면 서러울 정도인 박사의 부인이 장식용으로 사다가 꽂아 둔 것에 불과하였다. 나에게는 아예 노골적으로 장식용이라고 말하기까지 한다. 그 책장의 책들은 세상에서 가장 비싼 책이 되어 버린 것이다. 부모가 이렇게 살면서 아이들에게 어릴 때부터 학원이다 뭐다 해서 과도한 짐을 지우려고 한다면 말이 되지 않을 뿐더러 오히려 심하면 아이들이 노이로제 걸리게 할 뿐이다.

귀중한 시간을 아는 것은 제쳐 놓고 모르는 것에 써야 된다.

나는 아이들을 어려서부터 여러 가지 학원에 보내지 않았다. 다만 애들이 음악 좋아하니 취미 삼아 피아노 배우는 것은 허락했었다. 이런 예술적인 것은 아이가 취미가 있으면 비록 음대에 보내지 않을 계획이더라도 너무 무리하지 않는 범위 내에서 교습을 받게 하는 것도 좋다. 음악은 이미 이야기 한 것처럼 사람의 마음을 다스릴 뿐만 아니라, 심성도 고와지게 해준다. 클래식 음악을 좋아하는 사람치고 크게 사고 치는 사람은 없다.

노벨 물리, 화학, 의학상 수상자 하나 내지 못한 우리나라에서나 학원의 수가 많지, 정작 노벨상 수상자 배출 1위의 미국같은 곳에는 그리 발달 되지 않았

다. 이해가 안되는 과목은 학원으로 해결하기 보다 부모님이나 잘하는 동급생에게 묻거나 잘 가르치는 선생님에게 모르는 부분에 대해서 개인 지도를 받는 것이 좋다.

 육박지르는 권위주의적인 선생님보다 자상하고 인내심 많은 선생님이 더 낫다. 사람들의 상처는 신체적인 것 보다는 정신적인 것이 더 오래 남을 수 있다. 아이들이 산만하게 공부시간에 딴 전을 피우면 '너, 노략질 하지마.', '참, 이 애도 대책 없는 아이구나!! 앞이 보여.' 따위의 말들을 함부로 하는 사람이라면 이미 스승으로서의 자격이 없다. 아이들은 그저 아이들일 뿐이다.

 이렇게 노기 띈 말은 결국 빨리 공부의 성과를 보자는 것인데, 인내가 억지보다 낫다는 것을 모르는 경우이다. 일례로 연산군은 매우 엄한 스승과 부드러운 스승이 있었는데 그 중 엄한 스승은 훗날 사형을 당하고 만다.

 육박지르게 되면 아이들이 주눅이 들어 능률이 오르지 않는다. 괴로운 상황을 벗어나려고만 할 것이다.

 이렇게 하면 돈도 적게 들 수도 있고 시간도 많이 절약 할 수 있다. 선생님의 교습이 적절치 않으면 바꾸는 것도 중요하다. 아픈 곳이 잘 낫지 않을 때 의사를 바꿔 봄으로서 놀라운 효과를 얻게 되는 것을 경험을 통해 알 수 있다. 내가 잘 아는 한 분도 뻣뻣한 근육이 양방병원에 아무리 다녀도 긴 기간 동안 낫지 않자 한방 병원으로 갔더니 바로 나은 적이 있었다. 의사마다 서로 아는 정도도 경험 분야도 달라 가려운 곳을 제대로 긁어 주는 의사가 있듯이 선생님도 마찬가지이다. 잘 알지도 못하면서 무책임하게 이야기하는 사람들을 보고 어이가 없었던 적이 여러 번 있었다.

 나는 컴퓨터 문제로 전자회사 상담원들에게 전화를 수많이 건 적이 있다.

어떤 때는 수없이 전화했는데도 문제가 풀리지 않아 오랫동안 문제를 안고 살았는데 어느 날 우연히 한 상담원에게서 이야기 들은 방식으로 하였더니 한 번에 문제가 해결 된 적이 있었다. 복사 속도가 너무 늦은 것을 해결 한 것이다.

　어린 아이들을 이 학원 저 학원 보낸다는 것은 효과도 적을 뿐만 아니라 아이들 성격을 오히려 신경질적으로 만들 소지가 매우 크다.
　아이들을 불쌍하게 학원 보낼 시간이 있으면 차라리 주말에 산과 강으로 놀러 가자. 다음주의 능률적인 학습을 위해서 일보 후퇴 이보 전진하자는 이야기이다. 시내물에 발도 담그고, 가재도 잡고, 흐르는 폭포수도 감상하고, 김소월의 쉽고도 아름다운 시 「풀따기」도 읊으면서.

06 재미나게 공부하기

하루 3시간 자고 공부하면 서울대에 붙고, 4시간 자면 떨어진다는 항간의 말은 잘못된 말이다. 이 말대로라면 이 책에 나온 내 아들은 매일 그렇게 공부하였다는 것이고 지금은 아마도 병이 났을 것이다. 그러나 내 아들은 건강하다. 사람들은 오늘은 영 컨디션이 좋지 않아서, 잘 안 풀린다고 말하는 적이 있다. 누구나 다 이런 말을 한 경험이 있을 것이다. 극단적인 예로 아무리 머리가 기본적으로 좋은 대(大) 과학자라도 죽음에 임박한 혼미한 정신 상태에서는 간단한 수학 문제도 풀 수 없다는 것을 우리는 알고 있다. 잠이 부족하면 자연히 멍청해 지고 공부를 재미나게 할 수 없다.

공부는 하고 싶은 마음에서 능률적으로 빨리 해야지 시간을 끌고 오래만 한다고 잘하는 것이 아니다. 사실은 하고 싶지도 않고 궁금하지도 않은 분야의 공부를 세상의 유행의 물결에 휩쓸려 남들이 하니까 억지로 하면 효율적으로 될 수 없다.

꼭 그런 과목까지 해야 된다면, 하기 싫은 공부는 나중에 하고 하고 싶은 공부부터 먼저 해 두는 것이 좋다. 그렇게 함으로써 우선 만족감을 느끼게 되고, 마음의 여유가 생기게 된다. 여유가 생긴 마음에는 재미없는 공부도 받아들일 아량이 생긴다. 이리하여 별로 재미없어 하던 분야도 알게 되면 친하게 된다.

그러나 그 친숙도는 아무래도 원래 좋아하던 분야보다는 못하다.

나는 등산 할 때 녹음기를 휴대하고 가는데 클래식 테잎에 여러가지 노래가 들어 있지만, 내가 더 좋아하는 곡을 일일이 골라서 듣는 것이 번거로워서 그냥 한 면을 다 듣게 된다. 그러나 아무리 많이 들어도 별로 호감이 안 가는 음악이 있다. 성악곡을 기준으로 하면 매력이 있는 「돌아오라 쏘렌토」나 「오 나의 태양」, 「여자의 마음」 애잔한 감상을 노래한 「사랑의 기쁨은」, 「매기의 추억」, 「켄터키 옛집」, 「꿈꾸는 가인」 등 약 200여 곡은 아무리 들어도 물리지 않지만, 나머지 곡들은 일부러는 별로 듣지 않는다. 친숙도라는게 반복한다고 해서 꼭 그만큼 생기는 것이 아니다.

매우 로맨틱한 사촌 형님께서는 나처럼 매우 음악을 좋아하셨는데 공부할 때 클래식 음악을 틀어 놓고 공부를 하셨다. 아마 살짝 낮게 틀어 놓았을 것이다. 후일에 서울상대에 입학하셨다. 비록 나와 아들은 대부분의 동문들과 마찬가지로 음악을 들으면서 공부하지 않았지만 집중하는데 방해만 되지 않는다면 이것도 공부를 재미나게 하는 하나의 방법이 될 수 있다.

박대통령 시절 내가 대학 다닐 때는 대한민국에서 서울 공대생들은 우상중의 우상이었다. 이들은 졸업한 후 제철, 조선, 중화학, 자동차, 전자, 항공 등의 각 기업 분야 또 국내외의 학계, 연구소 등에서 활약하여 우리나라 경제 성장에 크게 공헌을 한 사람들이다. 10여년 전에 IMF 구제 사태다 뭐다해서 기업에서 정년이 빨라지고 직장이 불안한 것이라든지, 또 점점 수학, 물리 등의 어려운 학문을 피하게 되는 경향까지 합쳐져서 요즘은 예전의 열기만 못하나 그 당시의 열기는 대단했었다.

　그 당시는 일류 중·고교가 있던 시절인데 내가 다니던 세칭 일류 중학교에서 전교 석차 적어도 1~ 20위 까지는 거의 나중에 고교 졸업 후 서울 공대에 지원하였다. 이렇게 되면, 이런 방면에 적성이 맞지 않는 학생들은 아무래도 대학에 들어와서 쉽지 않은 학창 생활을 보내게 된다.

　얼마나 열기가 대단했나 하면, 요즘에는 박사 학위 받으려고 미국에 많이들 가지만 박 대통령 시절만 해도 미국에 유학 가는 사람들이 적어서 그 당시 박사 학위도 거의 다 서울 공대출신들이 독식하다 시피 하여 신문에 간간이 소개 되었는데 박 대통령이 축하 전보까지 보낼 정도였다. 또 박 대통령은 유학 갈 때 비행기 삯이 없어 형편이 딱한 서울 공대생을 미국 방문 시에 전용기에 같이 태우고 가는 배려도 해 주었다.

　사람의 취미와 소양은 각각 각색일 터인데 서울공대 바람이 부니 너도나도 적성이 맞든 맞지 않든 서울공대에 지원하게 된 것이다. 이리해서 그 당시 서울 공대에 맨 끝으로 붙어도 그 커트라인은 어느 서울대의 단과대학도 따라 오지 못하는 경우가 생기기노 했었다.

　이 당시 얼마나 공대열풍이 대단한 바람이었는지는 지금 자동차 운전사를 기사라 하는 말의 유래에서도 나타나 있다. 공대 출신을 엔지니어라 하고 우리 말로는 기사라고 하는데 운전사들도 운전하여 자동차를 아니까 기사라 불러 달라 하여 말을 일방적으로 끌어다 쓰다 보니 그대로 고정되어 버렸고, 이래서 오늘날 엔지니어들은 이 말을 쓰지 않는다. 엔지니어란 말도 잘 쓰지 않는다. 이 말조차 어떤 회사의 기술 상담자들이 끌어다 쓰니, 그 소속에 자신들을 넣지 않겠다는 말이다. 이렇게 일부 계층의 명예욕이 말의 참뜻을 왜곡시켜 버린 것이다. 공학계통의 책 뒤의 저자 약력 중에 예컨대 서울대 공대 졸업학사, 석사, 대한중공업기사, 미국 ○○대학 박사라고 기재 되어 있으면 이는 저자가 대한중공업의 운전수도 아르바이트 좀 했다는 이야기가 아니다. 기술 지도하는 관리직에 있었다는 말이다.

이렇게 이공계 계통의 취미와 소양이 부족한 아이들이 힘겹게 공부해서 이공계에 들어오면 아무래도 학창시절이 별로 재미가 없어지게 마련이며, 들어가기 전까지도 무리하게 공부하게 되는 것이다. 이공계 공부는 아무래도 많은 체력이 소모되는 공부이다. 인문계 공부처럼 책상에 가만히 앉아서 얌전히 하는 공부도 아니며 실험도 서서 오랫동안 해야 되고 현장에도 가 봐야 하는 것이다. 어떤 어려운 수학 문제는 세칭 수재들도 몇 시간씩이나 끙끙 앓아서 푸는 경우도 적지 않다. 수재라는 아이들 모아 놓았다는 서울공대 교과목 중에 고체역학이란 과목이 있는데 이를 오죽하면 골치역학이라 불렀겠는가?

아들은 고등학교, 대학교 때 하루 평균 적어도 6시간은 잤다. 대학 다닐 때는 방학 때에 잠을 마치 동면하는 곰처럼 많이 잤으므로 사실 연평균으로 봐서는 하루에 적어도 7시간 이상은 충분히 잤다고 할 수 있다. 중학교 때는 평균 7~8시간을 자고 많이 놀기도 했었다. 중학교 때 까지는 충분히 놀면서 공부 한 것이다. 이렇게 방학 때 많이 자는 것은 아들의 고등학교 동문 중 서울대에 같이 간 동문들도 비슷했다.

서울대 수석 졸업자든 입학자든 보면 물론 공부하다가 쓰러져 봤다는 경우도 있었다. 퀴리 부인의 경우처럼. 그러나 대개 보통 사람들이 생각 하듯이 그렇게까지 무리하여 공부를 하지는 않는다.

부족하지 않게 자면서 하고 싶은 공부를 해야 한다. 인기에 영합하는 학과를 택해 보았자 그것은 자꾸 바뀌게 되니 별 의미가 없다.

또한 공부를 할 때는 그 기초부터 해야 한다. 특히 이공계 공부에는 기초가 안되면 상위 학년에서 배우는 공부를 제대로 해낼 수가 없다. 공부가 점점 재미 없어지게 된다. 지방대 전자과에 들어갔다가 수많은 물리와 수학적 지식을 감당 할 수 없어서 결국 인문계로 전과해 버린 경우도 있다.

어떠한 공부라도 흥미를 가지려면 공부를 왜 해야 하는 가를 아이들에게 알려 줄 필요가 있다. 해 봤자 소용없을 공부나 일은 잘 안 하려 한다. 아이들에게 왜 공부를 해야 하는가를 알려 주는 가장 좋은 방법 중의 하나는 긴 잔소리를 늘어놓는 것 보다는 아이들이 말귀를 알아 들을 즈음 해서 수준에 맞는 재미있는 동화 책을 사서 듣기 좋게 세상 이야기를 구성지게 읽어 주는 것이 좋다.

아이들은 더 재미난 이야기를 자꾸 들으려 할 것이며, 그러다 보면 여러 가지 동화책을 접하게 되며, 나중에 반복해서 읽어 주면 이미 거의 외우다 시피 한 알고 있는 동화책을 스스로 읽는 흉내라도 내어서 글을 이래저래 자연히 깨우치게 되는 것이다. 이러다 보면 동화책은 어느덧 걸레처럼 너덜너덜 떨어져 나가게 된다. 이리하여 세상사를 조금씩 배우게 된다.

나중에 조금 커서 초등학교 졸업 정도의 나이가 되면 어린이용 다양한 위인전을 사서 아이들에게 여러 분야의 다양한 세상사는 이야기를 알려 줄 필요가 있다. 내가 아들에게 초등학교 2학년 쯤에 사준 50권의 문고판 위인전(대충 200페이지가 조금 넘는 『계림출판사』가 발간한 것으로, 글자크기는 약 8정도 됨)에는 아래의 여러 위인(과학자, 음악가, 장군, 정치가, 사업가, 탐험가 등)들을 포함한 위인들의 이야기가 매우 재미나게 나와 있어서 아이들이 읽으면 아이들의 흥미범위가 다양해져 장래의 포부를 매우 다양하게 해 줄 수 있다. 이외에도 『톰 소여의 모험』이라든가, 기타 문학책들도 다양하게 사 주었지만 절대로 책 읽는 것을 강요하지 않았다. 어른들이 재미나게 읽으니까 아이도 자연히 따라 읽게 되었다.

위인들의 이야기는 아이들에게 꿈을 심어 주게 되고 이 위인이 모델이 되어 공부를 해야겠다는 분발의 커다란 원동력이 된다. 아이들은 위인이 되고 싶다는 마음이 생기고 그러려면 반드시 공부를 해야 된다는 것을 전기를 통해서 알게 된다. 그래서 결심이 빠른 아이들은 이미 초등학교 때 그 진로의 밑그림을 그려 나가는 것이다. 커서 사업가가 된다든지, 학자나 탐험가가 된다든지 아니면 음악가, 시인, 등으로.

목표가 세워져야만 능률적이며, 적극적인 공부가 가능하다. 예전에 학문의 업적이 남성들에게서 많이 나온 것은 여성들에게는 사회적 활동에 많은 제한을 가하여 그 목표를 둘 바가 없는 것도 큰 이유이다.

과학자 및 발명가	아인 슈타인, 뉴톤, 에디슨, 퀴리 부인
사업가	카네기, 헨리 포드
군인	이순신, 맥아더
정치가 및 왕	세종대왕, 링컨, 간디, 드골
의학자 및 생물학자	슈바이처, 시튼, 파브르, 파스퇴르
성인	예수, 석가모니

독립투사	잔다르크, 유관순, 안중근, 김구
탐험가	마젤란, 콜럼버스
음악가	베토벤
기타	헬렌 켈러 등

이 책들은 우리 집에서 어른 아이 가릴 것 없이 그 바쁜 와중에도 모두 다 보았다. 아인 슈타인과 이순신, 베토벤은 재미있어서 몇 번이나 읽었다. 어떤 책은 애들이 이 책을 읽고 나서는 커서는 어른들이 읽는 수준의 책을 더 사서 읽기도 하였다.(아인 슈타인, 파인만, 베토벤, 퀴리부인 등) 이순신에 관한 것은 몇 해 전에 『칼의 노래』, 『징비록』, 『난중일기』 등도 사서 읽었다.

시집도 우리 나라의 근대 시인들(김소월, 노천명, 유치환, 이육사, 박목월, 김광균, 신석정, 한용운, 한하운, 서정주 등)의 주옥같은 시들과 "윌리암 워드워즈", "괴테" 등의 서양시들도 비치하였다. 어른용의 세계 명작 문학책들도 아이들이 초등학교 때 샀었다.

이 이외에도 어른용의 역사 소설(『삼국지』 6권짜리, 『초한지』 3권짜리, 『손자병법』 4권짜리 등)을 사 두고 어른들부터 읽기 시작하니 아들도 중학교 때에 따라 읽게 되었다. 너무 재미있어서 3번 씩은 읽었다. 역사공부의 일부는 자연히 하게 된 것이다. 요즘은 인터넷이 발달해서 『네이버』 같은 포탈 사이트에 지식 검색하면 웬만하면 다 말의 뜻을 알게 되나 예전에는 두꺼운 국어사전이 용어를 아이들이 찾아보는데 매우 도움이 되었다. 커다란 백과사전이 있으면 더 좋겠지만 그것은 없었다. 다만 약 10여 권으로 구성된 학생용 백과사전의 시리즈를 아들이 초등학교 3학년 때에 사 주었고 국어사전은 초등학교 입학 전에 일찌감치 사 놓았었다. 『플루타르크 영웅전』은 최근에 샀다. 이것은 그냥 나와 나의 아내가 보기 위해서 산 것이다. 이런 책들을 읽음으로서 아이들에게 여러 사람 들의 삶을 대신 경험하게 하고 취미 분야를 넓히게 되는 것이다.

책은 우선 재미나게 쓴 것을 골라야 된다. 아무리 재미난 이야기도 재미없게 쓴 책은 자연히 누구나 외면할 수 밖에 없으므로 책들을 잘 골라야 된다.

그리고 아이들은 TV에서 『이조 오백년』 같은 사극을 즐겨 보았다. 아이들이 공부하러 서울로, 미국으로 떠난 뒤에는 같이 못 본 『태조 왕건』, 『무인시대』, 『불멸의 이순신』, 『대장금』, 『징기스칸』, 『황진이』, 『연개소문』과 같은 것도 좀 큰 아이들에게 매우 교훈적이며 재미있는 사극이다.

하고 싶은 분야의 공부라 하여 다 잘하는 것은 아니다. 게으르다든지, 마음이 산만한 사람이라면, 아무리 취미가 많은 사람이라도 공부라는 것을 제대로 할 수가 없다.

책은 그 각각의 쓸모가 다 있는데, 모든 책들은 국어 공부 하는데 우선 도움이 된다. 역사소설이나 위인전은 사람을 지혜롭게 만든다. 사람의 거동은 비슷하기 때문에 특히 기업가들이 앞날을 점 칠 때에는 이런 책들을 보고 배운 지식에 기초하여 판단하기도 한다. 조선소 시절의 회장은 삼국지가 그의 스승이었다.

시는 사람을 재치 있게 한다. 수학은 사람을 예민하게 하고 물리와 같은 이학은 사람에게 날카롭고, 깊은 통찰력을 갖게 한다. 사실 이 날카로운 통찰력은 과학자나 공학자와 관련 일을 하는 사람들에게 매우 필요할 뿐만 아니라 사건을 판단하는 판사에게도 매우 필요한 것이다. 그래서 공대 출신의 판사가 재판을 잘 한다는 말도 듣게 된다. 윤리학은 사람을 중후하게 한다. 논리학과 웅변술을 익히게 하는 수사학(修辭學)은 논쟁함에 있어서 뛰어나게 한다.

07 아이를 산만하게 하는 것들

오랫동안 아이들과 살다가 아이들이 서울로 떠나 버린 뒤 언제부터인가 내 집 근처는 근년에 들어와 점점 번화해 가면서 예전의 주택가의 모습은 없어지고 유흥가 비슷하게 변하게 되었다. 이 곳에는 수많은 식당, 술집, 가게들이 나타났다가는 사라지고 오랫동안 명맥을 유지하는 곳이 거의 없었다.

말하자면, 어떻게 파는 것이 고객의 마음을 사로잡는가 하는 연구 등도 없이 그저 막연히 하면 될 것이라 생각하고 개업한 뜨내기들 이었던 것이다. 이 사람들은 골목같이 약간만 들어간 외진 곳이나 집 주변의 장소는 거의 청소를 하지 않아 거리는 점점 지저분해졌다. 장사를 하는 영업장 주위가 이 모양이니 이런 사람들은 보나 마나 자기 집 청소도 제대로 할 리가 없는 것은 불을 보듯 뻔한 노릇이다. 그래서, 나는 이 오래 살던 동네를 떠나 새로운 곳으로 이사를 해 버렸다.

정돈된 환경이라 것은 공부를 떠나서라도 우범화를 막는 길이기도 하다. 미국 뉴욕의 줄리아니 시장이 뉴욕의 빈민가 거리의 부쉬진 집의 창들을 시에서 수리 해주고 거리를 정돈 하였더니 범죄율이 현저히 준 사실이 있다. 정돈된 환경이 사람의 마음을 움직일 수 있다는 것을 알 수 있다. 이것은 우리가 상식적으로 생각해도 알 수 있는 일 일 것이다.

내가 70년대 중반쯤에 처음으로 일본에 출장을 갔을 때는 오사카와 교토에 갔었는데 아무 식당이나 들어가면서 느낀 것은 식당은 물론 그 주변도 청결 한 것이었다. 그래서 일본에 갈 때는 식당 고르는데 아무 어려움이 없었다. 게다가 음식도 적정량 만 나오니 별로 음식쓰레기가 생길 수 없다. 이러니 일본에서는 스위스와 마찬가지로 식당이 깨끗하였다.

우리나라는 세계적으로 아름답기로 손꼽히는 금수강산이지만 많은 사람들 이 참 더럽게 해 놓고 비위생적으로 산다고 느낀 것이 한두 번이 아니다.

내가 본 공부 잘하는 학생들의 환경은 부유하든 가난하든, 그 부모의 직업 이 무엇이든, 취향이 무엇이든 간에 최소한 좋거나 크지 않더라도 지저분하지 않은 집안이라는 점이다. 청소라 해서 무슨 고급가구로 바꾼다든지, 으리으리 한 집에 살면서 반질반질 하게 닦는 것을 말하는 것이 아니고, 집은 물론 마당 이나 골목길, 길 앞에 널부러진 종이, 비닐, 애완동물 배설물 등 이라도 간단하 게 치우면 한결 명랑한 분위기가 만들어 질 것이다. 여기다 집집마다 마당에 예 쁜 꽃이라도 심고 아파트 같으면 실내에 심는 나무를 심든가 최소한 화분이라 도 놓으면 분위기는 확 바뀌어 버린다. 향기로 사람을 자극하는 향기요법이라 는 것도 있지 않는가! 화단을 가꾸면 나무 잎이나 꽃이 떨어진 곳이 온상이 되 어 오히려 파리나 벌레가 생기기 쉬우니, 떨어진 곳은 자주 치워 주는 청소를 해 야 된다.

집안은 온갖 빨래, 흩어진 잡동사니들로 을씨년스럽고, 집 주위는 그에 못 지 않게 지저분하고, 아버지는 아이의 공부를 닦달이나 하고, 엄마는 부동산 투 기나 일삼는 복부인이어서 제대로 얼굴도 볼 수가 없고 아이들에게 어른의 대리 욕망을 채우려는 듯이 어느 대학교에 가야 한다는 둥 하면서 어릴 때부터 부모들이 강압하는 집안에서 뛰어난 아이가 나오는 것을 본적이 없다. 오히려 아이들의 반발감과 적개심만 키울 뿐이다. 안 그래도 웬만하면 아이들이 크면서 사춘기 정도 되면 공연히 멀쩡한 상대까지 적으로 만들려고 으르렁 거리며 삐뚤어지기 쉬운데, 제대로 될 리가 없다. 잘 통제되고 질서 있는 집에서도 사고는 일어나게 마련(이것은 서양의 명언집에서 인용한 말이다)인데 하물며 다른 집이랴! 한 집의 실례(實例)를 보자.

세상 물정 모르는 아이들(사춘기든 아니든)은 어른이 아무런 문제를 일으키지 않으면 아무 일 일어날 것 같지 않지만, 실제 오히려 바람직한 어른의 행위라도 아이들은 불평의 대상으로 삼는다.

예컨대, 아버지가 신문에 난 기사를 보고 이러 이러 할 때에는 이렇게 대응하라 하며, 법의 맹점을 이용하여 사기 행위를 한 사람에 대해서 법률 관련 지식을 아이들 모아 놓고 잠시 주의 주면서 알려 주면, 그만 그것이 트집의 원인이 된다. 귀찮다는 것이다. 그래서 이런 문제되는 건을 그 뒤 건건이 알려 주지 않다가 보면 그만 아이들이 어느 날 문제에 말려들어가 말로 다 못할 어려운 입장에 처해서 고통에 시달리는 일이 생긴다. 가장이 꽤씸해서 그냥 자업자득하게 내버려 두려는 마음도 생기겠지만, 그러나 자식은 자식이다.

그래서 그 문제를 천신만고 끝에 아버지가 잘 해결 하여 주면 아이들이 고마워하고 이제 가장이 가르쳐 주는 지식들을 얌전히 앉아 들을 것 같아도 여전히 시비의 대상이 되는 것이다. 즉 얕은 경험으로부터는 그리 잘 배우지 않는다. 아이들 중에는 이런 식으로도 말도 안 될 생트집을 집요하게 잡는 경우도 있다. 이것은 세상사의 경험이 직접이든 간접이든 불충분하기 때문이다. 어른들은 주눅들 필요가 없다. 세월이 가면 자연히 알게 되기 때문이다.

미국 코메디 영화 『다웃파이어 부인(미세스 다웃파이어)』에서 보면 부부는 남편의 산만함과 비조직적인 성향 때문에 성격이 맞지 않아 이혼을 하는데 어느 날 남편이 아이들이 보고 싶어 여자 가정부로 위장하여 이 집에 들어 오게 된다. 깐깐한 부인이 어느 날 퇴근해 보니 정결한 식탁 위에는 맛있는 요리 뿐 아니라 예쁜 꽃으로 장식 되어 있어 감탄하는 장면이 나온다. 이 작은 변화가 사람에게 감동을 주는 것이다.

환경이 시끄러운 곳 보다는 조용한 곳이 공부하기는 당연히 좋지만, 소리가 떠들썩한 것 보다는 마음이 시끄러운 것이 사람을 훨씬 더 산만하게 한다. 아버지가 교수인 이정이는 다섯 형제중 맏이였는데, 방 4칸 정도 되는 결코 조용할 리 없는 집의 한구석에서 공부하고는 서울대 여자 수석을 하였다. 민권이는 부유하지도 않은 대서소 집안에서 많은 형제들 틈바구니에 끼여 공부하여 서울 공대에 입학하여 지금 재벌 회사에 중역으로 있다. 정동이는 아버지가 초등학교 교사로 서울공대에 입학하였는데 수석은 못했지만 모의고사 성적으로 보아 아마 서울대 전체 2~3위는 했을 것이다. 영준이는 아픈 아버지를 대신해 어머니가 일을 하여 생계를 꾸리는 집안의 아이로서 서울공대에 들어갔는데 서울대 전체 수석을 하였다.

박대통령 시절 즈음의 서울대 수석은 곧장 서울공대 화공과가 제일 많았고 그리고는 전자, 기계 전공에서도 수석들이 나왔다. 그리고 자연 과학대학 물리학과에서도 서울대 전체수석이 나오기도 하였다. 이런 사람들의 집안은 대게 공통적으로 마음에 심각한 갈등을 심는 문제가 일어나지 않는 수수한 집안이다.

부부 사이에 갈등이 전혀 없거나, 말싸움이 일체 없는 집안은 거의 없겠지만 혹여 말다툼 할 일이 있어도 아이가 집에 오는 시간에는 삼가해야 한다. 훗날로 미루던지, 꼭 말다툼을 연장전까지 벌려 그날로 끝을 내려면 조용히 소리 없이 나가 경치 좋은 뒷동산에라도 가는 것이 좋다. 올라가면서 소나무 향내를 마시면 엔돌핀도 팍팍 분비 될 것이고 좋은 경치에 취해 반은 저절로 해결될 수도 있다.

어린 시절 부모가 자식과 가능한 한 같이 있는 것도 매우 중요하다. 그러나 차라리 심각한 갈등만 주는 부모 같으면, 오히려 떨어져 있는 것이 좋을 수도 있다. 만유인력을 알아 낸 뉴턴은 어릴 때 어머니가 다시 시집을 가서 할머니 밑에서 자랐다. 전기를 보면 뉴턴의 집안도 이렇다 할 갈등은 없는 집안이었다. 외로웠겠지만, 어쩌면 어느 정도 성년이 되어서는 마음껏 스스로의 방식대로 생각하고 공부할 수 있었던 것으로 보인다. 뉴턴은 결혼하지 않고 홀로 살았는데, 홀로 산 것도 방해 받지 않고 꾸준히 연구하는데 큰 도움이 되었을 것이다.

내가 본 한 사람은 부동산 투기가 본업으로 이사를 무척 많이 다녔다. 그래서 돈은 제법 벌었지만, 그 자식에게는 이것이 큰 재앙이 되었다. 공부라는 것은 맥을 이어가는 것도 중요한데 자꾸 학교를 전학하게 되면, 배우는 범위가 달라져, 착실한 아이가 아니라면 혼란스럽게 된다. 특히 수학, 물리와 같은 과학은 기초가 안되면 올라갈수록 어렵고 귀찮은 공부가 되는 것이다. 게다가 이런 집에서는 공부를 하지 않아도 돈을 벌 수 있다는 비뚤어진 방법을 배움으로써 아무래도 아이들이 공부를 해야하는 동기가 약해진다.

세상에 영원히 변하지 않는 것은 없는데 영원히 번영하리라는 착각 속에서 살면서, 결국 그 자식은 이것도 저것도 아닌 어중간한 사람이 되어 버렸다. 미국

하버드 대학에 보내겠다는 부모의 야망은 산산이 깨어져 하버드는커녕 지방으로 원정 내려와 지명도도 별로 없는 한국의 세칭 3류 대학도 졸업하는 둥 마는 둥 하였다. 이런 식의 삶의 방식은 아이들을 산만하게 한다.

내가 초등학교 시절 살았던 동네에 문제아가 하나 있었는데, 이 아이는 경제적으로 풍족한 녀석이 20대 중반 정도 되어 본지 10년도 전인 예전에 일면식이라도 있는 사람이라면 용케도 있는 직장 등을 찾아내어 놀러 다니면서 잠시 자리를 비우는 사이에 물건을 훔쳐 달아나곤 했었다. 나도 한번 당했는데 우연히 이 녀석이 이런 짓을 여기저기서 하고 다닌다는 것을 딴 사람을 통해 알게 되었다. 얼마나 훔치는 버릇이 고질적인 병이 되었으면 별로 친하지도 않는 본지 10년도 더 된 사람들 직장까지 추적하여 찾아 왔을까! 직장을 찾는 것은 그리 쉬운 일이 아닌데, 너무나 병적이다. 그의 어머니는 부산스럽게 나 다녔었다. 그 부모는 얼마나 가슴이 아팠을까마는, 어쨌든 자식은 어떤 형태로든 훈육을 시켜야만 한다. 아니면 아예 산만함도 넘어서서 마음이 이렇게 온통 도심으로 가득 찬 아이까지 만들 수도 있다.

아이들 산만 하게 하는 또 하나의 단순하면서도 매우 큰 문제는 흡연이다. 말할 필요도 없이 아프면 아무 것도 능률적으로 할 수 없다. 아픈 경우가 아니더라도 몸이 고단해도 비능률적임은 말할 필요도 없다.

2007년 2월 24일자 『조선일보』 A29페이지에 보면 우리나라 초등학교 학생의 41%가 간접흡연에 노출된 2005년의 환경부의 통계가 나온다. 우리 집에는 아무도 담배를 피우지 않는다. 흡연은 뇌 세포를 죽일 뿐만 아니라 많은 암, 호흡기 질환을 발생시키고 그 질환을 악화시키기도 하는 것은 이미 밝혀진 사실이다. 전문가들의 말에 의하면 담배 연기 속에는 대부분의 발암물질이 들어 있다고 한다. 담배는 의학적으로 마약으로 분류 된다는데, 이 담배를 끊지 못하는 적지 않은 부모들이 아이들의 공부 환경을 해치고 있다. 당국이 이런 문제를 적극적으로 대처하도록 학부모들이 적극 나서야 될 것이다.

아이들이 잘 앓는 병은 감기와 같은 호흡기 질환이 많은데 안 그래도 오염된 대기에 담배의 독성물질을 마구 뿜어 대니, 숨쉬는 것만 해도 괴롭다. 감기 끝에 축농증이라도 걸리면 이것만으로도 머리가 무거워서 집중하기가 쉽지가 않다. 담배 피우는 집은 비록 바깥에서만 피우고 들어 와도 그 옷에 묻혀 와서 아이들의 잔병치레가 많다는 것에 주목해야 한다.

흡연연령들이 보면 갈수록 낮아진다. 아이들이 담배 피우는 원인 중에는 호기심도 있고, 또 담배가 멋있어서, 스트레스 때문에 시작하였다고 하는 아이도 있다. 의사의 말에 의하면 의과대학 시체실에서 시체의 폐속을 들여다 본 사람들은 기겁을 하여 담배를 끊을 것이라 한다. 피시방 같은 곳도 우리 동네만 봐도 사실 담배를 못 피우게 한다고 하지만, 형식적으로 흉내만 낼 뿐 제대로 지키는 곳은 그다지 많지 않고 단속도 잘하지 않는 듯하다.

아이들 공부방은 환기를 잘 시켜 주어야 한다. 보온만 생각하여 거의 밀폐시켜 놓으면 아무래도 답답하여 산만한 분위기가 되어 버리니 아예 이중창으로 되어 있으면 맞바람이 치지 않게 서로 어긋나게 아주 조금만이라도 항시 열어 놓는 것도 괜찮다. 신선한 공기를 실컷 마셔야 된다.

나는 직장생활 하다가 그 당시 서울 무교동 근처에 있었던 본사에 발령이 나서 있을 때 지방의 신선한 공기를 마시다가 간 터이라 도심지의 탁한 공기는 현기증이 날 정도였다. 나는 서울에서 대학 공부할 때만 해도 학교까지 들어가는 만원버스가 너무 혼잡해서 진저리가 났었는데, 대학을 졸업하고 재벌회사에 취직이 되어 지방으로 발령이 났을 때는 만세를 부르고 싶을 정도였다. 얼마나 복잡했나 하면 책가방을 아예 들고 있을 필요도 없었다. 몸과 몸 사이에 끼여 떨어지지 않고 잘 유지되어 있었다.

진달래가 흐드러지게 피는 뒷동산과 푸른 강물이 바다와 만나는 조망 좋은 지방도시에서 보낸 것은 아이들 교육에도 아주 좋은 환경이었다. 사실 아이들 공부하기 좋은 환경은 고등학교까지 서울 보다는 지방이 낫다. 서울 타령을 할 필요가 없다. 내가 서울을 좋아하는 유일한 것은 남쪽에는 거의 눈이 잘 안 오니 눈 오는 날의 풍경 뿐이다. 김광균의 시에 나오는 눈 오는 밤의 서울 정경이다. 길거리의 정경이 내다보이는 영화배우의 거리이기도 한 퇴계로 3가 술집에서 친구들과 함박눈이 펑펑 쏟아지는 날 창가에 소리없이 스치며 내리는 눈을 바라보며 술을 마시던 추억과, 흰 눈에 덮여 온 도시가 잠든 밤에 물기 낀 기적소리가 들려 오던 용산의 삼각지 거리, 원효로 근처의 거리풍경 뿐이다.

08) 아이의 기를 꺾어 놓는 것들

부모들은 막연히 자신들의 아이가 남들 보다 아주 똑똑하다고 과대평가 하기도 하지만 반대로 이 아이는 장래가 글렀다고 미리 성급히 멋대로 예상하여 과소평가하기도 한다. 또 부모들이 그러지 않더라도 학교에서 과대평가하거나 과소평가하는 경우도 있다.

초등학교에서 조금만 잘 하면 이 아이가 앞으로 뛰어난 인물이 될 것이라고도 생각하는 부모들도 있다. 그러나 세상은 넓고도 넓다. 서울대 들어가면 예전에 초등학교 때 한 반에서 일, 이등 안 해 본 학생이 거의 없다. 과거 학교 때 공부 잘한다고 학부모들이 자랑하던 수많은 아이들은 물론 어린 아이 때 천재라고 불리던 아이들 어디 갔는지 흔적도 없다. 서울대에서 공부 잘 한다던 학생들이 미국 유학 가는 것을 보면 여기서 또 등급이 갈리게 된다. 서부의 명문(칼텍, 스탠포드 등)이나 동부의 명문(하버드, 예일, 프린스턴, MIT 등), 기타 명문대학에 들어가는 경우도 있으나 그렇지 않은 경우도 많다. 명문 안에서도 또 다시 갈린다.

위대한 일들이 도전과 좌절 또 반전에 의해서 엎치락뒤치락 하면서 이루어지는 많은 경우를 우리는 살면서 보게 된다. 그래서 이런 우여곡절을 알 수 없는 남의 것, 멀리 있는 것이 더 그럴 듯 해 보여 제 고장에는 뛰어난 인물이나 영웅이 나지 않는다고 아예 단정하여 사람들은 가까운 곳보다 먼 곳에서 무엇을 잘 구하기도 하는 것이 세상사이다. 그래서 세계적인 특허같은 것도 오히려 남의 나라에 가서 먼저 받기도 하는 경우도 많다.

오늘날 세계인이 즐겨 감상하는 불란서의 대표적인 음악가 '비제'의 오페라 『칼멘』은 처음 파리에서 공연되었을 때는 혹평을 받고 그 인기가 없었으나, 강렬한 색채로 그린 그림을 보는 듯한 이 매력적인 음악이 다른 나라들 여기저기에서 선풍적인 인기를 끌자 불란서에서는 뒤늦게 놀라서 그다음부터 이 음악의 진가를 알아보고 파리에서도 수많이 상연되었다. 하지만, 이미 비제가 세상을 떠난 후의 일이다.

피아노의 시인이라고 불리는 '쇼팽'의 일대기를 그린 '코넬 와일드', '멀 오베론'과 '폴 무니'가 주연한 미국 영화 『이별의 노래』를 보면 쇼팽이 그 스승인 '엘스너' 교수와 함께 그 당시 파리의 유명한 음악 관련 사업가 '프리엘'에게 연주 주선을 해 달라고 찾아갔으나 '파리에서는 천재 화가들이 싸구려로 그림을 팔고 있다'는 이야기를 프리엘로부터 들으면서 박대를 받는 장면이 나온다. 쇼팽은 파리에서 인정받기까지 많은 우여곡절을 겪는다. 쇼팽은 어릴 때부터 유럽에 그 이름이 신문을 통해 알려 졌지만 세월이 10년쯤 지난 다음에는 이렇게 다시 잊혀진 사람이 된 것이다.

이렇게 재능이 있어도 세상에서 바로 인정받기 힘든 것이 다반사인데 부모들이 아이들의 기를 죽이는 일들이 많이 있다. 패배주의에 물든 사람은 아예 안 된다고 생각하고 어떤 일이든 시도조차도 하지 않는다. 아예 처음부터 안될 것이라 여기고, 노력조차 안하니 될 일도 안될 수 밖에 없다. 살기가 힘들다 보니 밖에서 좌절하다 보니까 세상사를 비관하게 되는 것이다. 이리하여 용기를 북돋아 주어야 할 사람이 도리어 찬물을 끼얹게 되는 것이다.

회사나 국가와 같은 단체에서도 이는 마찬 가지이다. 내가 초등학교 다니던 어릴 때만 해도 한국의 조선 사업 중 약 80%는 부산 영도에 있는 『대한 조선공사(지금의 『한진 중공업』)』가 차지했었지만 지금은 워낙 우리나라의 조선공장들 규모가 커지다 보니 상당한 규모의 대한조선공사조차도 규모가 왜소해 보일 정도이다. 만일 관리층들이 패배주의에 젖어 계속 불가능하다고 생각하고 회장도 이에 확신을 갖지 못하고 우유부단하게 일을 진행하였다면 종업원들의 기가 꺾이어 분명히 오늘날과 같은 세계 제 1위의 조선국이 되지는 못 하였을 것이다.

도전정신이 없는 사람들이 보통 이런 큰일에 부딪치면, 아예 거대한 선박을 만들면 배가 뜨지도 않을 것이라는 등, 기계 공업은 전통이 있어야 된다는 등 하면서 학설 아닌 학설을 만들어 고집을 위한 고집을 부리기 십상이다.

세종대왕 때에도 세종이 한글을 만들려하니 신하들의 반대가 이만저만 한 것이 아니었다.그래서 세종대왕이 몇몇 신하들을 결국 사형을 시켰는데, 아마 이런 신하들은 집에서도 자기 아이들 교육시킬 때 도전정신을 심어 주기는커녕 기를 꺾는 말들을 하여 아이들에게 스스로 한계의 선을 근거없이 일방적으로 그었을 것임에 틀림없다.

아이들에게 이러이러할 것이다고 미리 단정해서 기를 꺾는 말을 해서는 안 된다. 아들이 고등학교 다닐 때 선생님들이 모여서 우리 학교에서도 서울대 전체 수석이 나왔으면 좋겠다고 하자 교장선생님이 '내가 무슨 복이 있다고 내 학교에서 그런 학생이 나온단 말인가!'하고 푸념을 한 적이 있었다. 담임선생님은 예상하였으나 아들이 수석 졸업 할 줄을 교장 선생님은 예상하지 못한 것이다. 이런 것은 학교에서 나온 이야기이니까 그나마 괜찮지 집에서 아이에게 학습 되어 가는 경과도 진득하니 제대로 안 보고 '너는 안되니 공연히 명문대 지원하지 마'하는 식으로 의욕이 있는 아이에게 이야기 해봐야, 아이 기죽이는 것 밖에 안 된다. 길고 짧은 것은 대봐야 안다.

나는 학교 다니기 전 어릴 때 할머니가 원 둘레 위에 놓여 있는 사과를 세어 보라고 한 적이 있다. 내가 사과를 세어가니 할머니가 표시도 하지 않고 세면 되느냐고 나무란 적이 있다. 표시하지 않고 원 위의 사과를 세면서 계속 빙빙 돌아 갈 것이라고 미리 단정한 것이다. 그러나 나는 마음속으로 이미 표시를 하면서 세고 있었다. 즉 출발점을 원의 맨 위 중간으로 잡고 반 시계 방향으로 세어 맨 위 중간 직전에서 멈추려 하고 있었다. 하지만 그 당시 내성적인 나는 할머니의 위엄 앞에 눌려서 이미 그렇게 하고 있다는 표현을 하지 못했었다.

한번은 이런 일도 있었다. 내가 초등학교도 들어가기 전에 언덕배기에서 산 적이 있는데, 여러 아이들이 집 뒤의 언덕에서 놀다가 한 아이가 언덕 밑으로 떨어져 다친 일이 있었다. 어느 아이가 뛰어 내려 보라고 말했는지, 아니면 스스로 뛰어 내렸는지 모를 일인데 나는 이 일과 아무 상관도 없으면서, 그냥 그 자리에 있은 것 만으로도 이 일과 관련된 것으로 몰려 어른들에게 엉뚱하게도 야단을 맞았었다. 이때도 어른들의 위세에 주눅이 들어 아무런 이야기도 입 밖으로 나올 수가 없었다.

위와 같은 일 들은 더 이상 살면서 없었지만, 만일 이런 식으로 계속 된다면 아이들은 기가 꺾이게 된다.

　　아들은 초등학교 다닐 때 산수 시간에 분수를 이해하지 못한다고 선생님에게 야단을 심하게 맞고 온 적이 있다. 학교 일은 학교 일이고 나는 아들에게 집에서는 기를 죽이는 말은 일체 하지 않았다. 모를 수도 있지 어찌 다 알 수 있다는 말인가. 나는 아이가 공부하는 것 자체도 거의 간섭하지 않았다. 자유스럽게 놔두었다.

　　어린 아이 때부터 똑똑하다고 TV출연이라도 시켜 보라는 이웃의 이야기도 있었는데, 우리는 요란 떠는 것을 싫어해서 귓등으로만 듣고 말곤 했었다. 아이는 수학의 분수를 정말 이해를 못했는지 어땠는지는 모르겠지만 그 교사는 교사로서의 분수를 모르던 것이 아니었던가 하는 생각도 든다. 과연 윽박지르지 않고 잘 이해하게 가르쳤는지 모르겠다.

　　이 당시 우리는 아이들 학교에 거의 가지 않았다. 우리 집에는 소위 말 하는 치맛바람이란 것이 없었다. 성적이 괜찮은 아이들 엄마들은 보통 학급에서 이런저런 것을 맡고 학급에 내는 돈도 도맡아 자의반 타의반으로 내곤 하였는데 이런 것은 우선 무엇보다 영 우리의 생리하고는 맞지 않았다.

　　중학교 때에는 아이가 반 일등을 하니 한턱 내라고 교사가 액수를 구체적으로 정해서 알려 오기도 했었다. 세월이 한참 지난 후이지만 몇 해 전에 여러 학교들의 비리를 인터넷에서도 보게 되었는데 그 뒤로는 아예 그런 사이트는 좋은 이야기만을 하는 것으로 개편 된 것을 보게 되었다. 말하자면 자신들의 부끄러운 점들을 숨기겠다는 이야기이다. 손바닥으로 태양을 가린다고 가려지는 것이 아니다. 귀를 열고 올바른 말을 들어 반영하려는 의지가 없는 것이다. 이런 경향은 사회의 여러 분야에서 보게 되었다. 이런 불미스러운 일은 고등학교 들어가면서부터는 다행히 좋은 선생님들을 만나고 없어졌다.

　중학교 때 딸 애한테는 담임이 엄마에게 무슨 직책을 맡기려 하여 '우리 오빠 반에서도 아무 직책을 엄마가 맡지 않았다' 하니, '아무 것도 안 맡은 것이 큰 자랑이다'라고 담임이 빈정대기도 하였다. 이렇게 학교에 비협조적인 것은 원칙을 지키겠다는 것인데, 아름다운 원칙의 힘을 사람들이 잘 모르는 모양인지 한국에서는 이것이 잘 지켜지지 않는다. 이리되면 자연히 아이들은 여간 잘하지 않으면 미움 받기 좋은 위치에 놓이게 된다. 그래서 더욱더 부모들은 아이들의 기가 죽지 않게 하여야 한다. 기 죽으면 의욕이 잘 안나고, 자신감이 생기지 않기 때문이다.

09) 아빠는 밥 잘 먹는 아이가 제일 예뻐

내가 좋아하는 시인 중 한 명인 '박목월'의 시 『밥상 앞에서』를 보면 '밥 많이 먹는 애가 아빠는 젤 예뻐'라는 시구가 나온다. 어느 부모나 밥도 잘 안 먹고 칭얼대는 아이보다 밥 잘 먹고 건강한 아이가 더 예뻐 보일 것이다.

아이들이 식사를 하루 3번 제대로 하는 것은 매우 중요하다. 두뇌도 에너지원이 있어야 제대로 움직인다. 음식은 너무 먹어도 과 영양으로 문제를 일으키지만 음식을 몸 크기에 비해서 적게 먹으면 졸음이 온다는 것을 경험적으로 확실히 알게 되었다. 졸음이 오는데 무슨 책의 글이 머리에 들어오며 회사일, 나랏일이 되겠는가?

그래서 기숙사를 운영 하는 학교에서는 일괄적으로 음식 용기의 크기를 만들것이 아니라 3단계 정도로 구분해서 스스로 용기를 선택하거나 학생들이 음식을 선택하도록 하게 하는 것이 좋다.

우리 식구들은 매일 3번 제시간에 밥을 충실히 먹는 것을 철칙으로 하고 잘 지켜 왔다. 한 번도 식사든 식사대용이든 거르지 않았다. 편식도 잘하지 않는 편이다.

아이들 중에는 편식하는 아이들이 있는데 이런 아이들에게는 선택의 여지를 주지 않아야 한다. 반찬 수를 적게 하여 먹을 수 밖에 없도록 해야 된다. 부족한 것은 자주 메뉴를 바꾸면 된다. 비빔밥을 해 줘도 가려내는 까탈스런 아이도 있지만, 일단 비빔밥을 해서 섞어 주는 것도 한 방법이다.

아무리 맛있는 오렌지도 어린 아이에게 처음 먹이면 찡그린다. 내가 초등학교 다닐 어렸을 때 어른들이 어쩌다 밖에서 양식을 사주면 처음에 나는 집에 와서 밥을 다시 먹었다. 배가 고픈 것이 아니라 뭔가 심리적으로 공허한 느낌이 들어서였다. 우리나라 음식처럼 똑 떨어지는 맛이 없어서 먹어도 먹은 것 같지 않았기 때문이다. 그러나 식성은 반복적 습관에 의해서 다스려 진다.

아무 것이나 잘 먹어야 한다. 공부하다 보면 집을 일시적으로라도 떠나 있는 경우가 있는데 여행을 가더라도 한국이든 외국이든 그 지방의 음식에 잘 적응하도록 해야 한다. 병이라도 얻게 되면 학창생활에 큰 지장이 생긴다. 음식에의 적응은 현지 음식을 얼마만큼 부지런히 먹는가에 따라 달라진다.

나는 연수, 출장 등으로 유럽, 미국을 많이 돌아다녔는데, 그 당시 새로운 세상을 보는 눈의 즐거움은 있어도 입은 그다지 즐겁지 못했다. 유럽에 간지 한 달 정도 지나니 느끼한 양식에 대한 거부감은 없어지고 적응이 잘되어 갔다. 지나고 나서 생각하니 경험이 없어서 음식 먹는 요령이 없었다. 먼저 우리 입에 처음부터 딱 맞는 이태리 요리 "스파게티"와 불란서요리 "아니언 수프"를 먹으면서 딴 양식을 조금씩 먹고 차츰 차츰 늘려 먹었으면, 처음부터 별 무리가 없었을 것이다. 이 요리들에는 마늘/양파를 사용하니까 거부 반응이 없었다.

우리 집에서의 음식이나 기호 식품에 대해서 특별한 것은 없다. 원칙만 몇 가지 있을 뿐이다. 사실 우리가 이런 원칙을 비교적 잘 지켜온 것도 온 식구들이 크게 아픈 일이 없는 것에 기여한 것이 사실이다.

매운 것, 짠 것, 뜨거운 것, 탄 것을 먹지 말 것

이는 암의 원인이다. 남도의 음식은 짠 정도가 북부지역과는 다르다. 아마도 기온이 따뜻해 음식을 보존하기 위해 짜게 해 온 것 같다. 나는 친척 의사나 티비의 의학 프로에서 이 사실을 알게 된 날 즉시 행동으로 옮겼다. 예전에는 매운 함흥냉면도 즐겨 먹었는데 이제는 냉면이라면 순한 평양 냉면만 먹는다. 의사들이 안 좋다 하니 그날부터 이런 맵고, 짜거나 또는 뜨거운 음식은 아예 조건 반사 하듯이 먹고 싶지가 않아졌다. 나는 안 좋다 하면 이별 연습을 장기간 하지 않고 뜸들이지 않으며 바로 단호히 실행에 옮긴다. 식구들은 자연히 따라 하게 된다.

아이가 어느 정도 성장하고 나면
네 발 달린 짐승의 육류를 가급적 먹지 말 것 (특히 소고기)

나는 어릴 적부터 육류는 거의 먹지 않았다. 내가 어릴 때에는 사실 육류가 비싸서 많은 사람들이 잘 먹지 않는 편이었다. 소고기가 돼지고기, 닭고기보다는 안 좋다는 사실은 오래 전부터 알고 있었지만 그 구체적인 이유는 최근에야 겨우 알았다. 한 친절한 보건소 여의사로부터 들었다. 소고기는 돼지고기, 닭고기와 달리 기름이 고기의 육질 사이에 배어 있어 지방의 섭취가 많이 된다는 사실을 알려 주었다. 그래서 소고기는 먹으려면 지방이 밑으로 떨어질 수 있도록 석쇠에 올려서 구어 먹어야 된다고 하였다. 닭고기야 껍질을 벗기고 살코기를 먹으면 지방의 대부분은 제거 된다.

육류는 구운 것 보다 삶은 것을 먹을 것

같은 요리법이라도 육류는 끓여 먹는 것이 좋다. 끓이면 국물 위에 뜨는 지방을 제거하기 쉽기 때문이다. 건강보험 공단에서 온 건강 지침서자료를 보면 우리나라사람들 2004년도 사망 순위가 1위 위암, 2위 뇌혈관질환, 3위 심장질환, 4위 자살, 5위 당뇨병 순이다. 자살 빼고는 모두 지방과 관련이 되어 있다.

『먼 나라 이웃나라』유럽편 책에서 보면 불란서 사람들의 최하급요리는 삶은 것이라고 쓰여 있는 것을 기억하고 있는데 구운 요리는 맛은 더 있을지 몰라도 건강에는 안 좋은 것이다.

가급적 다시마, 미역 등의 해조류와 채소 과일 등을 먹을 것

다시마 같은 것은 초장에 찍어 먹으면 맛있는데 열량도 거의 없으면서, 변비도 방지하고, 피돌기도 좋게 하고, 뼈도 튼튼하게 해주는 것을 읽은 적이 있다. 또 몸에 들어가서 퍼짐으로 배가 불러서 과식을 하는 것을 자동적으로 막게도 해 준다. 물에 넣어서 소금기를 충분히 뺀 후에 먹는다. 골다공증에 걸려 넘어져서 뼈라도 부러질 정도면 사는데 무척 힘들 수 밖에 없다.

과자와 인스턴트 식품은 자주 먹지 말 것

최근에는 과자류의 트랜스 지방의 문제가 대두되면서 나의 이런 원칙에 좀 더 힘을 실어 주고 있다. 과자와 인스턴트 식품이 먹고 싶어진다면 대신 떡을 먹는다. 그래서 많은 사람들이 떡을 사 먹는지 빵 값보다 떡값이 제법 비싸다.

가급적 생선을 먹을 것

나는 어렸을 때 어른들이 생선찌개를 자주 해 주었다. 생선도 맛있었으나, 생선의 향을 밴 무우가 더 맛있었다. 그러나 생선 중에도 우리 몸에 각종 문제를 일으키는 콜레스테롤이 높은 어종(마른 오징어, 물오징어, 장어, 미꾸라지, 새우 등), 알 등은 가급적 제한한다.

마늘과 버섯등을 자주 먹을 것

이것들은 항암 작용을 하는데 특히 마늘을 쓰는 우리나라 김치는 그래서 매우 훌륭한 식품이다. 우리는 매우 자주 김치찌게를 해 먹는다. 최근에는 생각보다도 양파도 각종 성인병에 매우 훌륭한 식품이라는 것을 알게 되었다.

가급적 아이는 모유로 키울 것

우리 아이들은 모유를 그다지 많이 먹이지 못했지만 모유가 적게 나오지 않는 이상 가능하다면 이렇게 하는 것이 아무래도 가공과정을 거치는 우유보다는 좋다.

살아가면서 경험하고 다양하게 접해 본 지식들에 의하면 음식은 주부가 하기 귀찮게 될수록, 또 토속적으로 단순한 것(도라지 나물 무침, 고구마 구이, 시금치 된장국, 꽁보리밥, 삶은 콩, 미역 식초 무침, 두부 김치, 김치멸치찌개, 오이 소박이 등)을 먹을수록 몸에 문제도 안 일으키고 그 진가를 발휘한다.

사실 우리가 먹는 음식은 우리에게 힘을 줄 뿐 아니라 많은 부분에서 약리 작용도 하고 있다. 그래서 의사한테 줄 돈을 요리사한테 주는 것이 낫다는 말이 생긴 모양이다. 아이들이 어릴 적에는 잘 몰랐는데 나중에 기침 감기에 잘 듣는 음식의 조합을 알게 되었다. 가족들은 딴 사람들에 비해 대체적으로 세상을 건강하게 살아온 편이지만 종종 감기나 비염은 걸리기도 했다. 감기는 예전에는 병원에 다녔으나 지금은 항생제를 많이 쓰는 병원 가기도 꺼림칙하여 웬만하면 집에서 만들어 먹는다. 이렇게 먹으면 사실 식품이니까 부작용도 없어 좋은 것이다. 의사인 친족의 말을 들으면 감기는 이렇다 할 정해진 약이 사실상 없다고 한다.

음식과 성격이 상관관계가 있다는 것이 실험적으로 밝혀졌다. 일본의 한 유아원에서 아이들 간식을 평소에 주던 것(아마도 인스턴트 식품인 것으로 기억함)을 떡으로 바꾸어서 주었더니 아이들의 성격이 많이 온순해졌다는 연구 보고를 티브이에서 본 적이 있다. 오늘날 우리 때 없던 왕따라는 괴이한 현상이 왜 생겼나를 생각해 보았다. 한국 부모들의 어떤 부분의 범죄율은 20년 전이나 지금이나 공식 통계를 보면 거의 변동이 없다. 또 경제 수준도 그때보다 지금이 더 낫다. 그럼에도 불구하고 이런 현상이 생기는 것은 아마도 쓸데없는 학원수업이다 뭐다 하는 극성스런 것에 연유한 스트레스 외에도 과잉 섭취한 인스턴트 식품의 폐해로 이것이 아이들을 포악하게 한 것이라고 생각된다. 우리 아이들은 인스턴트 식품을 별로 먹지않았다.

나는 회사 생활시 회사에서 무료로 주는 점심을 먹지 않고 직장에서 걸어서 약 20분 걸리는 사택까지 가서 집 밥을 먹은 때가 많았다. 회사 음식이 영양가가 없다거나 입에 맞지 않다거나 딴 문제가 있어서가 아니고 나는 집에서 밥이 먹고 싶었기 때문이다. 큰 회사이다 보니 밥을 대규모로 하여 삽으로 퍼대는 것을 우연히 지나다가 보고 비위생적이란 느낌이 들어서 그런 것 같았다. 그러고 보면 참으로 아이들하고 클 때까지는 밀착하여 산 셈이었다.

나의 고객 중 한명은 '자신은 지저분 한 것은 참지만, 영양가 없는 것은 참지 못한다'고 말 한 적이 있는데 사실 그 지저분 한 것이 어떤 기준인지 몰라도 지저분한 음식은 식중독 걸리기 딱 알맞으니 우선 청결해야 한다. 그 다음부터 이것 저것 보아야 한다. 아무래도 후진국 사람들이 많이 지저분하게 하는데 내 고객 한명은 방글라데시에 출장가서 그 나라 토속음식을 먹고 싶다고 해서 자청해서 손으로 막 집어 먹는 식당에 들어가서 수저도 없이 먹었더니 맛은 있었는데, 그 날 당장 배가 아팠다고 한다.

　　그리고 중국 같은 곳은 쥐를 잡아서 껍데기 벗겨 내고 구워서 딴 고기로 위장하여 노점에서 판매하는 경우도 있다 하니 이런 뉴스를 모르고 간 사람들은 공연히 낭만타령 하면서 길거리에서 먹고 병이라도 걸리면, 여행은 커녕 잘못하면 인생을 끝내 버리는 비극도 생길 것이다. 예전의 김찬삼 여행기를 보면 아프리카 어느 지역에 가니 '이것 하나 드실래요?' 하면서 불쑥 내민 것이 구운 쥐였다 한다. 얼마나 기겁을 했을까!! 마젤란의 전기를 보면 항해 중 양식이 떨어지니, 배 위에 있는 돛도 뜯어 먹기도 하고 나중에는 갑판 위에서 쥐 사냥까지 하는 장면도 나온다. 이것은 죽음에 직면한 극한 상황이니까 어쩔 수 없다 하여도 정말 식당을 고를 때는 위생적인 곳을 골라야 한다. 얼마 전 어떤 티비의 고발 프로에서 보니 몇몇 한국 식당들의 더러운 위생상태를 알게 되었는데 구석진 설비 뒷면에 수 많은 바퀴벌레들이 우글 거리고 있었다.

　　우리는 보약이라고는 의도적으로 아이들에게 따로 이렇다 하게 먹이지 않았다. 약이라고 해서 다 좋은 것이 아니다. 간에 무리를 준다. 아는 할머니 한 분 돌아가실 때 얼른 숨을 거두지 못해 힘들었다고 하는 이야기를 들었다. 젊었을 때 보약을 많이 먹었기 때문 이란다.

10 뇌도 몸의 일부라는 것을 잊고 있는 사람들

말할 것도 없이 뇌도 몸의 일부이다. 몸이 불편하거나 아파서야 공부가 제대로 될 수가 없다. 몸이 아픈 것도 육체적으로 아픈 것도 있지만 심리적으로 아프기도 하다. 아이들이 어릴 때 키우면서 제일 힘든 것은 표현을 제대로 못하는 아이들이 아플 때 이다. 이렇게 아프다는 것이 어떤 때는 보면 애매해서 자식농사는 반타작이란 말이 있듯이 많이 출산하던 우리 한국의 선대의 시절에는 낮은 의료 수준으로 인해 아이들이 많이 죽기도 했다.

어떤 경우에는 대수롭지 않게 생각하고는 그만 기회를 놓쳐 죽는 안타까운 일을 주변에서 보아왔다. 맹장염을 단순히 배가 아픈 것으로 착각한다든지 해서 시간을 놓쳐버리는 일이 있다. 단순히 하루정도 경과 되어도 죽는 것이다.

그러고 보니 우리가족, 친척, 동문이든 간에 공부를 썩 잘하는 아이치고 입원하거나 휴학할 정도로 심각한 질병을 앓은 아이들은 없었다. 선천적으로 물러 받았던 건강도 있겠지만 살아가는 패턴(운동, 수면 등)과 음식이 많은 도움이 되었다.

적지 않은 사람들이 건강이나 운동을 별로 크게 공부와 상관없게 생각한다. 내가 다니던 중학교에서 전교 마라톤에서 일등을 한 학생은 나중에 서울공대에 합격한 학생이었다. 그 당시 뛴 거리가 약 9km나 되는 거리였다. 건강하지 못한

몸으로 그런 장거리를 잘 뛸 수 없다.

　서울대의 야구부는 거의 항상 시합에 나가면 져 왔다. 하지만 공부 잘하는 사람은 운동을 잘 못한다든가 운동 경기 못하는 사람은 건강하지 못하다고 생각 하는 것은 매우 잘못된 생각이다. 한 예를 보자.

　물리공부를 한 사람 같으면 물체를 공중에 던졌을 때 똑같은 힘으로 던져도 수평으로부터 45도의 각도로 던지면 가장 멀리 나간다는 것을 알고 있다. 그러면 누구 못지않게 그런 사실을 알고 있는 서울대생이 그것을 제대로 오히려 못한다는 말인가? 결론부터 말하자면 공부도 해야 하는 그들의 입장으로서는 아무리 그런 사실을 알아도 우선 연습이 부족하니 제대로 될 리가 없는 것이다. 사람 팔이 기계가 아닌 이상 45도의 각도로 던지려면 부단히 연습해야 한다.

　야사에 보면 이조 때로 기억 하는데 어떤 사람이 병들어 방에 매일 누워 있다가 너무나 심심하여 벽에 붙은 날벌레를 젓가락을 던져 잡는 연습을 수 없이 하였는데 나중에는 백발 백중의 솜씨를 갖게 되고 몸이 나아서는 전쟁터에 나아가 적군을 물리치는데 맹활약을 하였다고 한다.

　나는 공부에 대해서는 아이들에게 간섭하지 않았지만 건강에 대해서는 아는 정보를 성년이 된 지금이나 어릴 때나 잘 이야기 해줘서 어떤 때는 '한번만 더 말씀 하시면 백번 이예요'라는 이야기를 듣기도 하였다.

　병원을 잘 선택하지 않으면 비용만 들이고 오랜 시간을 낭비하게 된다. 의사가 소상하게 환자에게 묻지도 않거나 알려주지 않는 의사는 피해야 한다. 나는 내가 가든 식구들이 가든 병원에 갈 때에는 적어도 의사의 경력 등을 파악해두고 간다. 의사는 한 해에 많이 배출되니까, 아무나 믿을 수가 없었다. 그리고 건성으로 진단하여 날림 기록부에 적은 어처구니 없는 일도 당해 보았다. 종합 검진을 받으러 병원에 갔었는데 내가 충치와 스케일링 할 것이 있다는 것이었다. 딴 치과에서 스케일링을 받은 직후에 종합검진 하러 병원에 갔었는데 이런 결과가 나온 것으로 알고 보니 종합검진 한 병원에서 잘못 판정했다. 이 종합 검진 한 병원은 내가 사전에 알아 보고 간 병원이 아니었다.

우리가 살아가는 것은 선택의 연속이다. 선택할 수 없는 것도 많지만 선택할 수 있는 것이 더 많다. 배우자, 의사, 학교, 직장 등. 이 넷은 잘못 선택해 놓으면 정말 골치 아픈 것을 실생활에서도 책에서도 간접적으로 많이 볼 수 있다. 나는 무엇을 선택하기 전에 항상 그 기준을 가장 기본 적인 것부터 본다. 이렇게 하면 선택이 쉬어 진다.

이것을 고르려 하니 저것이 아깝고, 저것을 고르려 하니 이것이 아깝다고 생각해서는 잘 골라지지 않는다. 그나마 저것이 아깝다고 사람들이 가정하는 자체도 과학적으로 근거도 없이 주먹구구로 판단하고 있음을 많이 본다. 본인이 직접 경험을 하지 않으면 사람들이 잘 판단할 수 없는 일들도 있다. 성실하지 못하면 그 무엇을 겸해도 제쳐 버리고 나머지에서 고르면 된다.

11) 장미의 집 - 묘약의 꽃

예술적 분위기를 좋아하는 부모님 덕택에 그 동안 살아온 대부분의 집에 마당과 정원이 있었고, 정원에는 내내 예쁜 꽃들이 피어 있었다. 장미는 거의 언제나 나의 둘레에 피어 있었고 음악은 항상 삶의 일부가 되어 있었다. 이러다 보니 내 아이들도 자연히 이런 환경에서 살아오게 되었다. 내가 초등학교 다닐 때는 언덕배기에서 양옥집에 산 적도 있었는데 이 집은 항구 도시의 멋진 풍경이 한 눈에 들어오는 집이었다. 남쪽으로 난 창을 통해 해풍을 머금은 산들바람에 마당의 꽃들이 물결을 이루고 춤을 추고 있는 모습이 들어왔다. 정원은 인간이 가진 최초의 기쁨이란 말에 동감을 한다.

마당에 핀 장미의 우아한 자태는 단연 돋보였었다. 담 넘어 우리 집을 침범한 옆집의 감나무까지 빨갛게 익은 과일의 탐스런 모습을 경쟁이나 하듯 과시하고 있었다. 훗날 결혼한 후에 출장와서 처가집에 잠시 머물렀을 때도 처가집의 줄 장미는 황제가 은전을 내리는 것처럼 창을 휘감고 아래집을 어루만지며 뻗어가고 있었는데 창은 항구 도시를 그린 스케치 같았다.

최근에 안 일이지만 이 장미의 향이 기억력에 도움이 된다는 연구결과를 보았다. 이것은 정서적 작용뿐만 아니라 이렇게도 작용한다는 것이다.

어찌 그 향기가 장미 향기뿐이랴. 우리가 상식적으로 생각해 보더라도 꽃향기를 맡으면 기분이 상쾌해진다. 기분이 상쾌해지면 나쁠 때보다도 마음이 안정이 되고 공부하기 좋은 분위기가 될 수 있다.

서울대가 예전처럼 서울 시내 여기 저기 흩어져 있지 않고 한 곳으로 모아서 한국의 대표적인 명산의 하나인 관악산 자락에 자리잡은 것은 참으로 잘한 일이다. 감기 걸려 입학식 하러 서울 올라 간 아이가 서울대에 도착해서 좋은 공기를 마셨더니 감기가 약도 쓰지 않고 씻은 듯이 바로 나았다고 한다.

최근에 서울, 부산, 울산, 밀양을 비롯한 전국 도시들의 여기저기에 꽃들과 나무들을 많이 심는 것도 참으로 바람직하다. 최소한 우리 나라의 혼탁한 도시의 공기를 정화 할 것이기 때문이다.

아이들이 클 때에는 남향인 우리 1층 단독주택에 무화과, 장미, 치자, 천리향, 동백, 해동화, 수국, 팔손이, 소나무를 심고 실내에도 선인장, 오렌지와 몇몇 나무의 화분을 들여다 놓았다. 치자와 천리향의 향기는 참으로 고상하고 여태까지 맡은 여러 가지 꽃 향기보다도 더욱 그윽한 향기였다. 처음에 내가 이 집을 샀을 때에는 마당에 나무가 덩그러니 두 그루 정도 심어져 있었다. 아마 전 소유주는 별로 이런 정서적인 면을 고려하지 않은 사람 같았다.

나무에 대한 지식이 없어서 그냥 물이나 주고 방치해 두었는데도 나무는 잘 자라 주었다. 무화과와 팔손이는 어찌 빨리 자라는지 중간 중간 나무 자르는 가위로 잘라 주었다. 선인장은 겨울에 얼른 실내에 들여 놓지 않다 보니 얼어서 죽은 것도 있었다. 팔손이는 꽃 필 무렵이 되면 그 향이 파리들을 잘 불러 들이므로 꽃이 피기 전에 꽃을 피우지 못하게 그 줄기를 잘라 주었다. 가까이 있는 은행 앞 정원에도 팔손이를 비롯한 꽃들이 있어도 파리가 안 보였는데, 한달 마다 주기적으로 그 은행에서 구충제를 뿌려서 그렇게 된 것을 알게 되었다.

회사의 사택에 살 때에는 그에 달린 조그만 꽃밭도 있었지만, 나는 가급적 조망이 좋은 방을 택하였다. 해가 잘 드는 남향으로 진달래가 화사하게 피는 호젓한 오솔길이 난 산을 바라볼 수 있고 나무의 향내를 흠뻑 바로 들이킬 수 있는 곳으로 하였다. 그러다 보니 스팀 난방이 부실해졌을 때는 겨울에 추워지는 부작용이 있었다.

우리나라는 산이 유달리 많아서 웬만하면 어디에 살던 근처에 거의 다 산이 있다. 산이 있으니, 나무들이 있고 그래서 가급적 이런 곳 가까이 사는 것이 아무래도 아이들에게는 정서적으로 좋고, 또 운동도 자연히 되니 건강면에서도 좋다. 그러고 보니 아이 학교들이 거의 다 산비탈에 있었다.

세계의 여러 나라를 돌아 다니면서 가장 인상 깊었던 곳 중 한군데가 싱가폴인데 싱가폴 공항에 밤에 내리자마자 달콤한 꽃 향기가 온 도시를 뒤덮고 있는 것이 매우 인상적이었다. 낮에 시내를 돌아다녀보니 도시가 열대의 강렬한 색조의 꽃으로 잘 장식 되어 있었다.

선진국 어디서나 나무 심기에 열을 올리고 있는 것을 세계를 돌아 다니며 알 수 있었다. 그리스 아테네의 오렌지 나무, 미국 아리조나 주(州) 피닉스 시의 오렌지 나무, 이태리 소렌토의 오렌지 나무, 일본 신간선 주변에 있는 집 마당의 밀감나무 등 유독 오렌지 나무, 밀감 나무들이 많이 눈에 띠였다. 이런 곳은 풍치도 좋지만, 아이들 공부하기에도 여건이 좋다. 여러 해 전에 우리 나라 동해시와 영동시에도 감나무가 가로수로 보였지만 감이 떨어져 터진 것을 보니 흉물스러웠는데, 이런 것은 딴 나무로 대체 하는 것이 우선 미관 상 좋을 것이다.

아이들이 자라면서 알레르기 비염에 잘 걸리기 쉬운데 이런 경우 공부에 아무래도 지장이 있게 된다. 알레르기 비염이 있는 아이들은 좋은 공기만 해도 크게 도움이 된다. 알레르기 비염이 있는 사람이 단지 집 밖에 나가는 정도 만으로도 콧구멍이 뻥 뚫리는 경험이 있을 것이다. 이런 곳에서는 집에도 나무들이 많으니 공부하기에 좋은 환경이 자연히 된다.

산소가 부족하면 우선 잠이 온다. 잠이 오는 상태에서는 공부도 건성으로 하게 된다. 백화점에 따라서는 들어가서 어느 정도 있으면, 답답해서 기분이 좋지 않다. 마케팅 방법으로 백화점의 사주가 창을 모조리 막아 놓았기 때문이다. 고급 물품을 구매 하다가 창밖의 초라한 현실 세계를 보고는 마음이 바뀌게 되는 것을 막기 위함이라고 한다.

나무를 심을 때는 너무 촘촘히 심으면 그리고 오랫동안 방치하면 나무가 집을 거의 덮어 햇볕을 받을 수가 없어 이 또한 문제이니 어느 정도 크면 가지치기를 해 주었다.

12) 수도사처럼, 승려처럼

중학교 시절 간혹 옆방에서 신문 넘기는 소리를 듣고 이것이 귀에 거슬렸었는데 그 당시 일본식의 적산집이라는 것이 옆방의 소리를 차단 할 만큼 그렇게 잘 지어 지지 않았었다. 그러고 보면 지금 살고 있는 집은 방음이 매우 잘되어 있어서 옆방의 TV소리나 이야기 소리는 전혀 들리지 않을 정도이다.

언제부터인가 마이크를 이용해서 장사 하는 행상들이 슬슬 나타나 마이크로 장사하기 시작 하더니, 이제는 매우 당연하다는 듯이 소음은 아랑곳 하지 않고 시도 때도 없이 마이크로 떠들어대면서 장사를 하고 다닌다. 이런 사람들 중 많은 사람들은 아무리 좋은 말로 계몽해봐야 소 귀에 경 읽기란 것을 경험을 해 본 사람들은 잘 알 것이다. 내가 가 본 수많은 나라에서 이 모양으로 방치하고 있는 나라는 아무 곳도 없다. 한국의 기강은 땅에 떨어질대로 떨어져, 당국은 규제 할 의지도, 재대로 재단할 의지도 없다. 우리가 예전에 살던 동네 소관 관청의 관련자들은 복지부동 정도가 아니고 아예 사면이 막힌 콘크리트 블록에다가 넣어 둔 미이라들 같다는 느낌이 들 정도였다.

우리는 아이들이 이미 다 대학교를 졸업했고 위의 소음문제는 그 후부터 생겨서 아이들한테는 문제가 없지만 많은 가정에서는 이런 문제 때문에 골머리를 앓고 있는 것을 보았었다.

그러나 똑같은 소리라도 음악적인 소리는 별로 소란스럽게 들리지 않는다. 종달새 소리, 뻐꾸기 소리, 매미 소리 등. 집이 산에 가깝고 이웃집들에 나무가 많아서 이런 소리가 잘 들리고 어떤 때는 메뚜기까지 집으로 들어 온 적도 있었다.

생선을 파는 한 행상은 "칼아아알~ 치, 고오~등어~" 하면서 적당한 크기로 느긋하고 구성지게 소리 내면서 오는데, 마치 판소리의 일부를 듣는 것 같아 거부감을 주지 않는다. 의사 전달도 되면서 별로 거부감을 주지 않으니 요령있게 잘하는 것이다. 또 밤중에 돌아다니는 찹쌀떡 장사는 마이크를 쓰지 않고 예전처럼 그리 크지 않은 소리로 "찹싸아알~ 떡" 이라고 구성지게 하면 향수마저 느껴진다.

개인차가 있어서 어떤 사람은 시원스런 매미소리도 시끄럽다 한다. 이런 사람은 아마도 늦가을 산록에 낙엽이 떨어져 있으면 지저분하다고 밖에 생각지 않는 운치없는 사람일 것이다.

소음을 일으키며 장사하는 사람들의 식재료는 아예 사 먹지 않는 운동을 하면 점점 없어질 것이기 때문에 나는 절대 이런 식재료는 사지 말라고 이야기 해 두었다.

아이들에게는 소음이 일어나지 않도록 잘 배려해 주어야 한다. 부엌에서 먼 방으로 방을 정해 준다든지 식기를 금속제나 사기가 아닌 나무를 쓰는 것도 좋다. 수고한다면서 간식을 챙겨 준다고 부산스럽게 아이방에 들락날락하는 것도 좋지 않다. 요즘 같은 영양과잉 시절에 간식 자체도 바람직하지 않지만, 아이들이 공부 특히 수학 문제 등을 풀 때는 맥을 끊어 놓아서는 안 된다. 냉장고에 넣어 두고 스스로 알아서 먹도록 해야 한다.

내가 초등학교 저학년 정도 되었을 때 살았던 집 이웃에 술주정뱅이가 있어서 술만 마시고 들어오면 집안의 기물들을 두들겨 부셔서 난장판을 만들곤 했었다. 그 다음날에는 그것을 고친다고 또 한 번 야단법석을 떨고. 이런 이웃을 두고 있는 것은 매우 불행한 일이았다.

우리는 그 집에서 일 년도 안 살고 이사 간 것으로 기억된다. 그 뒤 그런 식으로 시끄러운 주정뱅이 이웃을 둔 적은 여태껏 한 번도 없었다. 이런 일이 심해지면 조용히 잘 타일러 보고 계속 막무가내면 떠나는 수 밖에 없다.

나는 주택 중에서 어떤 곳이라도 아파트를 제일 싫어한다. 단독 주택이 제일 좋고 그 다음은 빌라고 아파트는 아예 생각 조차 않는다. 아파트는 매주 덩어리 쌓아 올린 듯이 너무나 몰개성하고, 웬지 가축의 우리같이 생각되고, 낭만이라고는 별로 없고, 집에 나무 한 그루 심을 수도 없고, 사고라도 나면 대형화되니 나 혼자 잘한다고 해서 막아지지도 않고, 듣자 하니 어떤 경우에는 아래 위층의 방음이 잘 안되어 시끄러울 때도 있다는 등의 이유 때문이다.

결혼하기 전에 대학 졸업 후 첫 직장 다닐 때 딱 한 번 아파트에서 잠시 1년 정도 살아 보았는데, 문을 열면 밖의 차 소리가 시끄럽고 문을 닫으면 너무 더워서 사철을 여름처럼 지내야 했었다. 중앙 집중식 난방 시스템을 쓴 곳이라서 아파트 할머니들의 요청으로 방을 덥게 하다 보니 딴 세대들도 때 아닌 복더위에 시달려야 했다. 어느 날 아파트에 불이 나서 우리 옆집까지 탄 일도 발생했었다.

그 뒤 내가 결혼하고는 단독 주택으로 이사했다. 직장에서 임시로 잠시 아파트에 있던 것을 제외하고 다시는 아파트에 살지 않았다. 아이들이 초등학교에서 대학을 졸업할 때까지는 조용한 단독주택에서만 살았다.

아이들이 공부 할 때는 티비 소리를 낮게 하고, 발걸음 소리조차 죽이며 도둑고양이처럼 조용히 걸어, 아이들이 수도사, 승려가 된 것처럼 공부하게 해 주

었다. 아들이 고등학생이 되자 우리는 좋아하는 음악도 일요일 외에는 거의 듣지 않고 가급적 등산가서 녹음기로 듣는 정도였다. 피아노도 거의 치지 않았다.

아이가 중학교 때 수학 올림피아드에 뽑혀 대전에 가서 잠시 공부할 때도 우리는 다른 부모들처럼 요란스럽게 먹거리를 싸들고 찾아가서 위로한다는 둥 사진 찍는 다는 둥 부산을 떨지 않았다. 아들은 여기서 훗날 다시 만나게 될 한국의 대표적인 수재들과 만나게 되었다.

이 글을 혹시라도 읽게 될 장사 하시는 분들은 꼭 소리를 내어 물품을 팔려면 위의 예와 같이 너무 반복하지 않는 정도로 하여 느긋하게 적당한 크기로 리듬감 있게 소리를 내면서 팔기를 바란다. 그러나 가급적 안하는 것이 제일 좋다. 이렇게 소리 내지 않았어도 예전 사람들은 다 먹고 살았으니까.

13) 송장처럼 자고 치타처럼 공략하라.

초식 동물 중에서 맹수에 쫓기는 어떤 동물은 잠깐 눈만 붙이고도 잠을 해결하는 것을 『동물의 왕국』에서 본 적이 있다. 사람이 만일 이런 식으로 자다가는 얼마 있지 않아 피로가 누적되어 죽을 것이다. 이 프로는 아이들과 온 식구들이 잘 보는 티비 프로그램 중의 하나이다. 수년 간 보았는데, 요즘은 안 하는지 못 본 지가 오래됐다.

특히 뱀, 사자, 호랑이, 도마뱀, 상어, 하이에나, 늑대, 악어 같은 험상궂은 동물이 나오면 아이들, 어른 할 것 없이 좋아했다. 극적인 짐승들의 모습이 관심을 끄는 것 같았다. 사냥에 연거푸 실패해서 식사를 거른 어미 사자와 어미 젖이 나오지 않아 며칠 굶은 파리한 새끼 사자들의 모습이라든가, 먹을 것이 없으니 풀도 뜯고 덩치에 걸맞지 않게 메뚜기도 앙증스럽게 사냥해 보는 것, 암사자가 사냥해 온 영양을 혼자 먼저 먹겠다고 암사자와 새끼 사자들을 내치고 으르렁 거리며 먼저 먹는 비정하고 버르장머리 없는 숫사자, 사자의 배설물을 먹으려고 사자 주위를 눈치를 보면서 계속 맴도는 하이에나, 늑대와 사투를 벌이는 물소 같은 것들이 지금도 뇌리에 남아 있다.

잠을 얼만큼 어떻게 잘 자는 가는 매우 중요하다. 군에 있었을 때 힘들었던 것이 보초를 서기 위해서 중간에 잠을 깨는 것이었다. 특히 겨울에 비상시에 신까지 신고 자는 잠은 자고 나도 잔 것 같지 않았다. 가까운 동양권에 출장 갈 때에는 문제가 되지 않았지만, 미국과 유럽처럼 먼 곳에 갈 때면 아무리 어떠한 곳에 가더라도 제일 먼저 잠부터 잔다.

한 번은 고객이 초청하여 미국을 방문하였는데 그 날이 마침 추수 감사절이었다. 나의 이런 피곤함을 고객은 잘 몰랐는지, 연극도 보고 자기 집에 초대하여 저녁식사를 하였는데 상당히 괴로웠다. 이때 처음으로 예전의 '일등석'(지금 이것은 '비즈니스 클래스'인 것 같다)을 고객이 보내 온 항공권으로 타고 갔음에도 그랬다. 그러니 하물며 평소에 많이 타 온 '이코노미 클래스'에서는 잠을 이룰 수가 없었다. 앉아서는 도무지 잠다운 잠을 잘 수가 있는 훈련이 안되어 있었다. 그런데 이런 와중에서도 잠을 제법 자는 사람들도 있었다. 특히, 나이 든 사람들이 그랬는데 아마도 오랜 생활을 이렇게 하다보니 적응이 되었는가 보다. 지금의 일등석은 발을 완전히 펼 수 있으니 문제가 없다. 아들이 기업체에 올 때에는 일등석으로 표를 보내 타고 오기도 하니 이럴 때에는 두 다리 뻗고 잘 잘 수 있다.

우리는 복잡한 친지간의 왕래가 없어서 많은 집들에 비해서 조용한 환경을 아이들 초등학교에서 대학교 다니는 내내 유지할 수 있었다. 조용히 해도 낮에 뒤숭숭한 일이 생기면 대게 밤에 악몽을 꾸게 되는데 어떤 경우에는 이런 악몽 때문에 잠잔 것이 개운하지가 않다. 내 아이들은 잠을 잘 잤었다.

앞뒤 가리지 않고 제멋대로 살아가는 집에서는 아이들이 아래와 같은 꿈자리 사나운 잠을 잘 일이 생길 수 있다.

이혼 한 엄마와 조용한 아파트 맨 위층에 홀로 사는 고등학생 '이엄'이란 아이는 어떤 때는 밤에 잠을 제대로 이루지 못한다. 낮에 엄마가 친구라고 데리고 온 사나이가 괴물 같았기 때문이다. 공연히 기분 나쁜 분위기가 온 몸에 감도는 자를 엄마는 좋다고 말하니 뭣이 좋다는 것인지 도무지 납득이 가지 않는다.

빈대도 낯 짝이 있다고 하는데, 반반하고 그럴싸한 엄마가 좋은 아빠하고 헤어지고는 어찌 저 따위의 인간들만 골라서 사귀면서 괜찮다고 하는지 엄마도 꼴이 보기 싫어진다. 이엄이는 밤에 꿈을 꾸었다. 하이에나 몸통에 낮에 본 사나이의 얼굴을 단 자가 나타나 말을 타고 이엄이를 위협하며 쫓아오니 이엄이가 달아나다가 똥 밟은 꿈이었다.

가위 눌린 꿈을 꾸고 난 이엄이는 매우 피곤하다. 엄마가 시무룩한 이엄이를 보고 왜 그러냐니까, 어제 엄마 친구가 나타난 똥 꿈을 꿔서 그렇다고 이엄이는 설명하니 이엄이 엄마는 좋은 꿈이라고 하면서 철없는 소리를 늘어놓는다. 이엄이는 재수 없다 생각하고 학교에 간다.

그런데 이웃집에 사는 동급생이 너희 아버지 요즘 요란하게 차려 입고 다니더라고 빈정거린다. 우선 아버지라고 잘못 알고 있는 것에 대해 매우 비위를 상하게 된 것이다.

"그 따위 망종을 우리 족보에 끌어 넣다니….." 이엄이는 혼잣말로 중얼거린다. 그렇다고 엄마 친구라고 말하기에는 더 창피스럽다.

그 말을 들으니, 이엄이는 족보가 오염이 되고 똥물을 마구 뒤집어 쓴 것 같이 느낀다. 그래서 피가 거꾸로 솟는 듯하여 감정으로 잔뜩 힘이 실린 주먹이 날아가 상대의 얼굴을 강타하고 이엄이는 학교에서 문제아로 낙인 찍힌다. 이엄이는 그의 엄마를 무척 경멸하게 된다.

그리고 엄마가 종종 부르는 대중가요 유행가가 이엄이에게는 지옥의 고통이 된다. 사실 이엄이 엄마도 그 아들 이엄이가 부르는 제 또래의 팝송도 매우 천하게 생각하며 티비에서 그런 노래 나오면 채널울 아예 돌려 버린다. 그러면서 이엄이에게 "저런 천한 노래들 따라 부르지 말란 말이야. 그러니 넌 공부를 못하지. 재는 지 아비한테 저런 노래 부른다고 두들겨 맞았대. 세상 참 잘 돌아 간다. 어찌 대중 매체가 좋은 길로 계도는 못할 망정 저런 식으로 운영하고 있나? 이러니 나라가 망해가지"하면서 맹비난 한다. 이 말을 들은 이웃들은 "그 어미에 그 아들"이라 면서 자기들끼리 비웃는다.

이렇게 잠을 설친 것도 커다란 문제가 되는데 이런 잠은 환경이 시끄러워서가 아니라 부모의 문제(이 사람 저 사람 마구잡이로 사냥하듯 낚아 차고 다니는 것 등)가 자식의 마음을 시끄럽게 한 것이다.

이런 사람들은 자기만 좋으면 세상 다 좋은 줄 아는 것으로 착각을 하고는 부끄러운 일도 광고까지 하면서 다니는 사람들이다. 그래서 더욱더 가족을 분노케 한다. 한 명의 자식만 낳아서 오냐오냐 하면서 키우는 세태가 지속된다면 앞으로 이런 사람들이 점점 많아 질 것이다.

이런 남녀 사이의 일은 매우 민감한 사안이다. 어떤 여자는 미인대회에서 걸린 자기 언니가 꼴 같지 않은 자하고 돈만 보고 어울린다고 그 예비 형부를 마치 더러운 동물처럼 보더니 결국 일생에 단 한 번 밖에 없는 결혼식에도 참석 하지 않았다. 우연한 기회에 나 자신이 그 두 부부를 본 적이 있는데 그렇게 한 행위를 이해할만 했다. 결국 그 두 쌍은 결혼을 했지만 이런 결혼은 환영 받지 못하니 첫 단추를 억지로 잘못 끼워 두고두고 가족의 짐이 되어 아이들에게도 좋지 않은 영향을 끼칠 것이다.

내가 아는 어떤 사장은 딸이 식장에 나타나지 않아서 하례객들에게 창피를 단단히 당한 적이 있었다. 아마도 그 딸은 신랑의 결정적인 하자를 결혼직전에 잡아내어 파혼을 결심한 모양이다. 사람들에게 돌렸던 청첩장 때문에 이 커플이 결혼했다면, 아마도 이 집은 사는 내내 이런 문제로 걸핏하면 싸울 것이고, 꿈에도 이런 일이 나타나 잠을 편히 못 자는 날이 많았을 것이다. 지금쯤은 아마 그 사장이든, 하례객이든 잘 이해를 하고 웃으면서 옛날 이야기를 하고 있을 것이다.

이 글 속에서 나오는 주연이든 조연의 이름들은 가명이다. 이미 잘 알려진 저명인사가 실명으로 나오는 예외는 있다.

미국 영화 『사운드 오브 뮤직 (Sound of Music)』에서 보면 홀아비 주인공 가장이 아이들을 위해 가정 교사(줄리 앤드류스 분)를 집에 들인다. 그녀는 주견이 뚜렷하고 사려 깊고 선한 이미지를 가진 여자이다. 주인공은 결혼할 상대여성과 이즈음 자주 만난다. 그는 미모의 부유한 여성이나 웬지 주인공은 그 여인에게 깊이 빠지지 않고 가정 교사쪽으로 마음이 끌린다. 아이들은 가정교사를 잘 따랐는데 아버지와 결혼하자 뛸 뜻이 좋아한다. 이 정도 되는 집 같으면 아이들이 행복한 꿈을 꾸면서 깊은 잠을 잘 수 있다.

어떤 사람은 그 딸의 일기에 '나는 오늘이 가장 슬픈 날이다. 아버지에게 여자 친구가 생겼다'고 적혀 있는 것을 보고 흠칫 놀라기도 한다. 슬프다는 것은 아버지의 사랑이 딴 쪽에 갈 것이 두려워 그런 것도 있겠지만, 위의 예와 같이 어울리지도 않은 상대와 만나는 것이 매우 못 마땅해서 그럴 수도 있다.
그러나 자기도 호감이 가는 사람의 경우에는 오히려 응원하며 나선다. 자기

가 호감이 가는 사람에게는 자기 파트너도 양보하기도 하는 세상이다. 어른들
은 아이들이 돼먹지 않은 이성과 교제한다고 매우 못 마땅하게 생각하나 그 자
식들도 마찬가지이다. 아이들도 어른들도 우선 잠을 푹 자게 하기 위해서도 이
런 일들은 발생하지 않아야 한다.

잠이 올 때는 얼마나 오는가 하면 전쟁 나서 피난 갈 때 며칠동안 못 잔 사람
은 적의 탱크가 가까이 와도 잔다는 말을 들은 적이 있다. 혼신의 힘을 다하여
공부를 한다든지, 등산 등을 하여 몸에 개운한 피로가 많이 누적 되어 있을 때
깊은 잠을 잘 수 있다. 처음으로 연수차 유럽을 갔을 때 스위스에 토요일 밤에
도착하였는데 너무 고단하여 처음 온 나라의 바깥을 둘러 볼 생각도 없이 잠을
월요일 아침까지 자 버린 일이 있다. 긴 여행시간도 시간이지만 외국 간다고 한
국에서 떠나기 전날 환송회에서 술 마신 것도 원인이었다. 정말 깊고도 깊은 잠
을 송장처럼 잔 것이다.

종종 잠을 들지 못 하고 중간에 깨는 사람들이 있다. 마음에 걱정거리가 있
든지, 아니면 예민해서 잠을 잘 못 자기도 한다. 숙제를 안 하고 잔다면 마음에
부담이 생겨서 뱃심 좋게 깊이 잠들기는 누구라도 어려울 것이다. 중간에 깨어
아무 것도 안 하고 뜬 눈으로 밤을 새는 사람들도 있다. 이럴 때는 따끈한 우유
를 조금 마시면 잠이 잘 오고 아니면 누어서도 바로 끌 수 있는 갓 있는 램프를
켜고 딱딱한 책이 아닌 재미있는 가벼운 읽을 거리라도 읽으면 스르르 잠이 온
다. 깊은 잠은 존경이나 사랑과 마찬가지로 참기름 짜듯이 억지로 짠다고 해서
얻어지는 것이 아니다.

내가 초등학교 시절 잠시 침대에서 지낸 적은 있었지만 우리는 아이들 학창
시절 내내 침대 생활을 하지 않았다. 사실 침대라든가 방에 까는 털이 북실북실

한 매트 같은 것은 부지런히 소제하지 않으면 진드기 균의 온상이 되어 도리어 아이들을 알레르기 등에 노출시키기 쉽다. 알레르기 비염 같은 것에 걸려 놓으면 숨도 잘 쉬지 못하고 잠도 설친다.

잠을 잘 자는 또 하나의 요령은 저녁 먹기 전 4시간 정도 이전에 수분이 많이 포함된 과일류나 쥬스류는 먹어 버려야 한다. 아니면, 소변이 보고 싶어서 중간에 잠을 깨게 된다.

일단 충분한 잠을 자고 나면 힘이 솟는다. 인제부터는 맹렬히 공부를 해야 한다. 치타, 사자는 지구 상에서 단거리에서 가장 빨리 달리는 동물들이라고 한다. 목표를 선정하고 나서는 맹수의 교만한 마음을 버리고 살금살금 도둑 고양이처럼 다가가 공격권 내에 들어가면 혼신의 힘을 다하여 사냥감을 쫓아 간다. 아무러한 맹수라도 잘 공격 하려면 먼저 잘 먹고 잘 자 둬야 한다. 이것은 적진을 칠 때 보면 군사들이 잘 먹고 잘 자두는 것과 같다. 공부도 이와 같다.

기본부터 갖추어라

Chapter 2

기회는 누구에게나 주어진다

사람들 중에는 부유하고 힘있는 사람들이 공부하기가 유리하다고 생각한다. 물론 당장 오늘 먹을 끼니가 없어서 굶어 죽는 사람보다는 부유한 아이가 공부할 여건은 좋다. 그러나 그런 극단적인 경우 말고는 오히려 돈 없는 아이가 더 공부할 여건은 잘 되어 있으니, 너무 염려하지 않아도 된다.

놀면서
하버드
들어가기
생각을 바꾸어야 삶이 바뀐다

14) 평범한 집의 아이들이 오히려 집중하기 쉽다.

사람들 중에는 부유하고 힘있는 사람들이 공부하기가 유리하다고 생각한다. 물론 당장 오늘 먹을 끼니가 없어서 굶어 죽는 사람보다는 부유한 아이가 공부할 여건은 좋다. 그러나 그런 극단적인 경우 말고는 오히려 돈 없는 아이가 더 공부할 여건은 잘 되어 있으니, 너무 염려하지 않아도 된다.

돈이 없으니 요란스런 간식을 할 여건이 안된다. 특히 당류의 간식은 전문가에 의하면 사람의 몸에 칼슘의 섭취를 방해하여 인내심을 잃게 하고 화를 잘 내는 성격으로 만든다고 한다. 공부를 하면서 공부와 친해지지 않고 적이 되어 신경질을 내어서는 도무지 공부를 잘할 수가 없다. 공부는 문과 공부의 대부분처럼 무조건 외어야 되는 것도 있고 이과 공부의 많은 분야에서처럼 깊이 있게 생각하면서 해야 되는 공부도 있다.

왜 우리가 1945년도라는 해에 해방 되었느냐 하는 것은, 그저 외우는 수 밖에 없다. 이런 것은 시비하고 말고가 없다. 이과 공부에서는 깊이 있게 서로 관련 지우면서 공부하려면 차분하게 생각하고 고도로 집중을 할 필요가 있다. 신경질을 내어서는 더더욱 제대로 할 수가 없다. 신경질을 내는 것과 예리한 통찰력과는 별개의 것이다.

돈이 없으면 놀러 다닐 수도 없고 놀러 다니려는 유혹도 쉽게 제한되므로 자연히 오히려 더 공부에 치중 할 수 있다. 조망이 대단히 좋은 으리으리한 저택에 살면서 그것도 이층 이상에 살면 주위의 여러 가지 현란한 요소가 자극을 주게 되어 사람을 산만하게 만들 수 있다.

방음 장치는 잘 되었다 하나 매일 잔칫날 같은 해변이 훤히 내려다 보이는 이층 방에서 온갖 재미나는 축제가 벌어지고 있는 것이 눈에 들어오는데 여간 독한 마음 먹지 않으면 집중할 수가 없다. 방안의 조망은 부모들이 흔히 간과하기 쉬운 문제이다. 차라리 못살아 지하 셋방에서라도 살면 보이는 것이라고는 통 막힌 시멘트 덩어리 벽 뿐이니 유혹의 환경은 벗어나게 된다.

나의 아이들은 대학 가기 전에 초등, 중등, 고등학교 통틀어서 공부방의 문을 열면 쉽게 들어오는 정경은 집안의 뜰에 있는 향기로운 꽃나무들과 푸른 하늘뿐이었다. 이 기간을 통해서 내내 주택가 일층 집에서만 살았는데 간간이 들려오는 옆집의 피아노 소리도 삶의 청량제가 돼 주었다. 아이가 어릴 때, 내가 회사 단독주택 사택에 살 때에도 환경은 비슷했다.

작년에 신문에서 어느 교도소의 수감자들이 학력 테스트에 모조리 다 합격했다는 기사가 나왔었다. 교도소 내에서 어떤 외부 자극이란 것이 있을 수 없으니, 공부에 마음 붙이기가 쉬었을 것이다.

나의 학창 때 본 학생 중에는 집에 사업이 잘되어 용돈을 많이 받는지 적지 않은 돈을 가지고 다니는 학생이 있었다. 이런 아이들은 아무래도 이성에 신경을 많이 쓰게 되고, 결국은 공부를 소홀히 하게 되는 것을 보았다. 부모가 어릴 때부터 용돈을 제대로 또 나이에 맞게 쓰게 하는 습관을 못 길러 준 것 같다.

내가 아는 미국 고객도 보면 벤츠 자동차, 자가용 비행기, 200여명이 탈수 있는 요트를 가지고 있는 부자이나, 그의 아이에게는 어린 나이부터 아르바이트를 시켜 한눈을 못 팔게 하는 것을 보았다.

내가 초등학교 1학년 쯤 인가 일 때 친척 어른께서 집에 찾아와서 할머니와 만나고 가실 때에 그 어른은 나에게 큰 용돈을 주고 가셨는데 아마 지금 돈으로 한 10만 원 정도는 되지 않았나 싶다. 어린 아이에게 이것은 매우 큰 돈이다. 나는 어리석게도 그 돈을 쓸 마음으로 한껏 부풀어 있었는데, 이 소박한 장미빛 꿈은 그 어른이 가시고 난 뒤 1분도 안되어 깨져 버렸었다. 할머니께서 내가 받은 돈을 회수하셨기 때문이다. 그때는 야속했지만, 세월이 지나고 보니 교육상 잘 하셨다고 생각된다. 할머니가 회수했다 한들 결국 나에게 조금씩 조금씩 나눠져서 오게 된다.

내가 그 돈을 썼다면, 여기 저기 다니며 쓰다가 돈 맛을 알아 초등학교 공부를 게을리하였을 것이다. 하기야 뭐 초등학교 공부라 해봐야 범위랄 것도 별로 없지만 어쨌든 최소한 조금은 영향을 받았을 것이다. 내게 돈을 주고 가신 친척 어른은 알고 보니 고참 판사로서 아이들에게 큰 돈을 줘서는 안되는 것 정도는 알고 있었을 텐데 아마도 너무 반가운 나머지 잠시 오판을 하신 것 같다.

내가 대학 다닐 때는 천애의 고아도 동문으로 있었는데, 악조건에서 공부하였음은 틀림없으나, 다른면으로 그에게 갈등을 일으킬 복잡한 인간관계가 없어 홀가분한 마음으로 공부하였을 것이다. 영국의 유명한 물리학자면서 천문학자, 수학자인 뉴턴도 이러한 경우라 할 수 있다.

15 IQ가 낮아서 공부를 못한다??

아들과 마찬가지로 나도 IQ에 대해서 크게 믿지는 않는다. IQ의 내용 자체가 언어 관계도 묻는 등 보편적인 재능을 TEST하는 것 같아 어떤 특별한 재능을 테스트 하는 것으로는 적절치 않은 것처럼 보이고 사실이 그렇다. 아들은 IQ가 낮은 것은 아니나 대단히 높은 것도 아니다. 친척, 동문들도 보면 매우 높은 아이도 있었고 그렇지 않은 아이도 있었으나, 그렇다고 매우 높은 아이들이 잘한 것도 아니다.

아들은 대학 다닐 때 거의 매번 가정교사 아르바이트를 했었다. 나 자신이 학창생활 때 많이 했듯이. 아들은 줄곧 서울대 장학금을 받고 또 외부 장학금들도 들어온 경우라서 학비는 들지 않았다. 어떤 때는 2명을 동시에 가르치기도 하였다. 하기야 아들은 관악동 근처에서 아르바이트를 했으니 왕복 교통시간은 별로 걸리지 않았을 것이다

IQ보다는 다른 여러 가지 요소들을 나는 더욱 믿는다. 피아노를 결혼 후 늦게 배워서도 잘하는 한 부인이, 딸을 낳았는데 그 아이는 초등생 시절부터 음대생들도 잘하지 못하는 청음(음계를 알아 맞추는 것)에 매우 탁월한 귀신 같은 재주를 가졌다. 임신 중에도 계속 주옥 같은 노래를 피아노로 즐겨 쳤고, 훗날

아이가 어느 정도 자라서는 피아노도 배우게 되어 은연중에 즐거운 환경 속에서 엄청난 훈련이 된 것이다. 그 아이의 IQ도 낮지는 않았지만 그렇다고 대단히 높은 것도 아니었다. 아버지나 어머니가 음악을 좋아하고 음악이 삶의 일부가 되니 이런 방면으로 매우 발달한 것이다. IQ에는 청음을 테스트하는 항목은 없다. 이 아이는 엄마 등에 업혀 공원에 놀러 갈 경우에도 테너들이 잘 부르는 노래를 '라 돈나 에 모빌레 쿠알피요마르 벤토(여자의 마음은 바람에 날리는)~' 하면서 혀짜래기 소리로 웅얼거려 지나가는 사람을 놀라게 하였다.

이런 환경적 요소가 얼마나 중요한 가를 내가 좋아하는 음악가, 과학자의 관련 전기를 인용해 본다. 그렇다고 그런 환경이 되지 않다고 해서 비관할 필요는 없다. 스스로 만들면 된다. 운치 있는 곳으로 이사를 간다든지, 음대생들이 있는 곳에 자주 간다든지 등등 방법은 찾으면 나온다. 하다못해 집에 꽃들도 심고, 좋은 음악이라도 오디오나 전축 등으로 식사 시간에 듣는다든지 할 수 있는 방법은 많이 있다. 아파트에도 화분 형태로 나무가 제법 많은 집도 있으니 아파트라고 해서 불가능한 것도 아니다.

'베토벤'의 아버지는 궁정에서 성악가로 음악관련 일을 하였고, 불란서 대표 음악가 '죠르쥬 비제'의 부모도 음악을 한 사람이지만 이탈리아의 '베르디' 같은 오페라의 대가는 부모가 경영하는 여관에 들락날락 하는 바이올린 연주자로부터 음악적인 영감을 얻었다. '아인슈타인'은 자주 만나고 도움을 받았던 작은 아버지의 공장에서 본 작업과정들이 아마도 물리에 관한 기초 지식을 다지는데 도움이 되었을 것이다.

애수를 띤 감미로운 음악을 많이 작곡하여 미국의 체면을 살린 미국의 대표적 작곡가 '스티븐 포스터'의 전기를 보면 부모가 음악계에 종사한 것도 아니었고 어떤 음악에 조예가 깊은 사람들도 아니었다. 다만 그가 태어 난 집이 '피츠

버그' 시(市)의 강변 위의 언덕에 있었는데 선박이 오르내리는 '알리게니' 강(江)이 내려다 보였을 그곳의 그윽한 정경 등이 그의 시심을 돋우고 발전시켰을 것이다. 미국을 여행할 때 그곳을 가 본 적이 있는데 US STEEL 이라는 한 때 세계 최대의 제철소가 있는 도시이고 가 본 당시에는 큰 건물들이 제법 많이 있었다.

이 작곡가는 보통의 작곡가와는 달리 자신의 곡에 직접 가사까지 쓴 사람으로 참으로 재주꾼인데, 말하자면 음악가이자 시인인 것이다. 그의 대표작 중의 하나인 『켄터키옛집』은 어느 날 시골 친척집에 방문하러 갔었는데, 뜻밖에 그의 눈 앞에 전개 된 길가에 흐드러지게 핀 튤립과 감미로운 여름이 흐르는 아름다운 시골 정경이 그를 단박에 사로잡아 이 곡을 만들게 하였다.

『돌아오라 소렌토』를 작곡한 곳은 이탈리아의 나폴리 근교 '소렌토(나폴리 중앙역에서 약 40분 정도 전철로 간 것으로 기억한다.)'인데 작곡자 '쿠르티스'가 작곡을 한 적이 있는 호텔에 직접 가 본적이 있다. 이 곳은 이탈리아의 대표적인 시인인 '타소'가 태어난 곳과도 매우 가까운 곳으로 이 곳에 서면 그 누구도 시인이나 음악가가 되지 않고는 못 배길 것이다. 이런 절승의 땅 이외에도 쿠르티스는 세기의 명 테너 '베냐미노 질리'의 피아노 반주자인 실력파이니 이런 매력적인 음악이 작곡 되었음을 알 수 있다.

우리 나라처럼 산천이 좋은 곳에는 그 얼마나 많은 좋은 시가 있는가!
이렇게 부모든, 집에 들리는 손님이든, 주변에서 보게 되는 감동적인 대상물이 오히려 더 아이의 재능에 영향을 주는 것이다.

나는 IQ를 그냥 참고용 지표로만 생각하고 있다. 영재(英才)도 IQ가 낮게 나온 적이 있다하니 이 IQ라는 것은 결국 참고용 일 수 밖에 없다. IQ 검사는 표

준화 된 검사도 없고 주기적으로 하지도 않는다. 또 어릴 적 했던 IQ검사 결과로 지금의 상태를 반영할 수도 없다. 뇌는 유전적 영향도 받지만 사용하면 사용한 만큼 좋아진다고 한다.

사실 공부는 그동안의 경험과 전문가들에게서 들은 말을 바탕으로 판단해 보면 재능 이외에도, 흥미, 노력, 집중력, 강한 성취 의욕, 양호한 환경, 잘 선택된 교재, 좋은 스승, 적절한 수면, 적당한 영양섭취 등이 복합적으로 잘 어우러졌을 때 최고의 효과를 얻을 수 있다. 재능은 공부를 잘할 수 있는 요소 중의 하나일 뿐이다. 그리고 그 재능도 각 분야별로 세분화되어 측정이 되어야 되는 것이니 단순한 IQ는 의미가 없다.

머리를 좋게 하기 위해서 좋은 것을 망라 해 보면 다음과 같다.

1) 운동

걷기와 같은 유산소 운동을 하면 기억력이 향상된다 한다. 나는 우리식구들에게 하루에 적어도 30분 이상씩 쉬지 않고 다소 빠른 걸음으로 매연이 없는 길이나, 산 쪽으로 걷도록 하고 있다. 아이들의 학교가 산보할 거리는 충분히 돼서 아이들의 걷기는 그런대로 지켜지는 편이었다. 우선 지방을 태우는 데에는 20분이상 걸었을 때부터라고 하니 적어도 30분은 걸어야 한다. 다양한 길을 걸으면 더 좋다.

아기를 유모차에 태우고 아장아장 걷는 것은 운동이 별로 안된다. 이런 것은 아기도 보채고 길도 울퉁불퉁한 곳으로 가면 오히려 귀찮을 수 있다. 나는 장마 기간에도 실내에서 30분씩은 걸었다. 몸 운동을 하면 뇌 운동이 된다. 걷기와 같은 운동은 신체 중에서 뇌에 가장 좋다고 한다.

2) 휴식

보통 학교에서 50분 공부하고 10분 쉬는 것은 교육학자 '페스탈로찌'의 통계에 의한 것이 틀림없다. 뇌가 50분쯤 되면 피로상태가 되기 때문에 혹사 당하지 않도록 하려면 10분 정도는 쉬어줘야 한다. 그래서 몇몇 교육자가 말하는 쉬는 시간을 이용한 예습 준비에 대해서는 반대한다. 쉴 때는 무조건 쉬어야 한다. 왜 육체노동을 할 때는 몸을 쉬이면서 공부할 때에는 두뇌를 못 쉬이게 하는가. 공부도 에너지를 필요한 일이며 두뇌도 몸의 일부이다. 아들과 나 역시 시간이 그리 많지 않았던 점도 있었지만 쉴 때는 확실히 쉬기 위해 예습을 하지 않았다. 컴퓨터를 하다가 쉴 때 게임을 하는 것도 좋지않다. 이 또한 다른 종류의 두뇌를 사용하는 일이기 때문이다. 차라리 밖에 나가 잠시 걷는게 낫다. 비가 와서 밖에 나갈 수 없다면 그냥 쉬는 것이 낫다.

3) 나무 블록 등으로 게임 놀이

나의 아들에 대한 경험으로 봤을 때 이것은 확실히 머리를 좋게한다. 말하자면 두뇌를 훈련과 운동시키는 것이다.

4) 클래식 음악 감상:

좋은 음악은 두뇌발달에 좋다. 사실 아인슈타인 같은 뛰어난 사람들중에 클래식을 좋아하는 사람들이 많이있다. 서울 공대가 공릉동에 있을 때 한 번은 음악 공연하는 강당에 들어가서 피아노를 치고 있는데, 한 녀석이 들어와 있길래 보니 바로 나의 짝이였다. 알고 보니 이 녀석도 음악을 매우 좋아하였는데 이 짝지는 서울 공대 안에서도 공부를 참 잘했다.

우리 집에서는 클래식 음악만 듣는다. 그리고 팝송이라든지 유행가를 듣지 않음은 물론 TV에서 나오는 것 조차 아예 채널을 돌려 버린다. 보통 어른은 유행가(대중가요), 아이들은 팝송을 선호해서 TV를 볼 때 서로 차지 하려고 싸우기도 한다는데 이 기회에 두뇌에도 좋은 멋진 클래식음악으로 바꿔 보시기 바란다.

우선 감성적으로 빨리 감동을 줄 수 있는 쉽고 짧은 성악곡(미국 포스터의 곡, 독일 가곡, 나폴리 민요, 베르디/푸치니/도니젯티/비제의 오페라 아리아곡, 슈베르트의 곡 등)부터 시작해보면 몸에서 엔돌핀이 팍팍 나오면서 기분이 좋아 질 것이다. 나는 인터넷 유튜브(Youtube)에 가서 이런 노래들을 잘 듣는데 이중에 '베르디'의『여자의 마음(La donna e mobile)』이라든가, 나폴리 민요『오 나의 태양(O Sole Mio)』,『돌아오라 소렌토로(Torna a Surriento)』,『오 나의 사랑하는 아버지(O Mio Babbino Caro)』,『여름의 마지막 장미(Last Rose of Summer)』,『스와니 강(Suwanee River)』,『꿈길에서(Beautiful Dreamer)』,『켄터키 옛집(My Old Kentucky home, good night!)』,『축배의 노래 (Libiamo Ne'lieti Calici)』,『하바네라(Habanera)』,『보리수(Lindenbaum)』,『라팔로마 (La paloma)』,『사랑의 기쁨은(Piacer d'armor)』 등과 같은 것을 수많은 테너, 소프라노, 바리톤 등의 성악가가 불러 준다.

집에서고 거리에서고 클래식 음악만이 들리고, 깨끗하고 아름다운 가로수와, 향기로운 꽃들이 핀 집들로 가득 찬 나라를 수없이 그려왔다. 나라가 이렇게 되면 공부 잘하는 사람들은 분명히 많이 생길 것이다. 얼마 전 이사 와서 살고 있는 집이 속한 곳은 대한민국에서 환경·위생으로 최고로 좋은 구(區)로 뽑힌 곳이다. 땅 값이 제일 비싸다는 것은 아니다. 대한민국에서 가장 분위기 있는 곳은 맞지만, 거리는 여전히 치워야 될 종이 등이 나뒹굴고 있는 곳도 제법 있다.

　이왕이면 좋은 경치를 보면서 감상하는 것도 좋다. 뇌는 다양한 자극을 좋아하므로, 감동의 극치를 맛 볼 수 있다. 강변에 내린 붉게 타는 짙은 저녁노을을 바라보면서 한국 테너 '박인수'가 부르는 『여수(Dreaming of home and mother: '깊어 가는 가을 밤에 낯설은 타향에 외로운 맘 그지없이 나 홀로 서러워……' 로 시작 되는 곡)』같이 아름다운 곡을 들으면 분명 아이들에게도 무한한 감동을 줄 것이다.

16) 스스로 만들 공부환경

공부하는 환경은 주위에서 만들어 지기도 하지만 스스로 만들어 나가야 하는 부분도 있다. 보통 대부분의 공부 잘하는 아이들은 새벽 공부보다 늦은 밤 공부를 더 선호하는 경향이 있다. 사실 늦은 밤 보다는 새벽에 일어나서 하는 것이 건강 측면에서는 좋지만 심리적으로는 그 날 공부를 다 하지 않으면 괜히 꺼림칙해서 밤 늦게까지 한다는 것이다.

하루에 3끼를 반드시 먹는 것이 매우 중요한데, 이것을 소홀히 하고 밥이 맛없다면서 밥을 안 먹고 학교에 가는 아이들도 있다는 신문 기사가 종종 나온다. 이것은 총을 가지지 않고 전쟁터에 가는 것과 같다.

식사는 아침을 특별히 잘 먹어야 되고, 저녁으로 갈수록 간소해야 된다는 것을 최근에 알게 되었다. 저녁에는 곧 자야 되니 위도 쉬어야 되고 군더더기 살이 쪄서는 안되기 때문이다. 영국 왕실에서 왕이 잔치 날 장수 노인 한 분을 모셔 오게 해서 식사하게 되었는데 이 노인이 곧 사망했다는 이야기가 있다. 아마도 오랜만에 저녁에 포식을 한 것이 부담이 된 것 같다.

학교를 걸어서 가는 거리라면 매연이 뿜어져 나오는 간선 도로변을 피하고 이면 도로로 가는 것이 나은 이유는 차에서 나오는 매연은 우리 나라처럼 그 규제가 허술한 나라에서는 심각한 것 때문인데 이것을 많은 사람들이 잘 모르고 있다. 이 매연이 야금야금 우리를 죽이고 있는 것이다. 우리가 차도에 가까운 곳에서 살다가 차도에서 먼 집으로 이사하여 보니 가까운 곳에서 살 때 보다도 방바닥을 닦은 걸레가 검뎅이 나오지 않아 훨씬 깨끗한 것을 느낄 수 있었다.

폐렴이라도 걸려 놓으면 몇날 며칠을 학교에 못 가고 공부는 맥이 끊기게 되는데 이것은 학업에 많은 손실을 가져 온다.

학교에서는 자리가 특별히 정해 지지 않으면, 가급적 맨 앞쪽에 가서 선생님의 설명을 듣는 것이 낫다. 목소리도 잘 들릴 뿐만 아니라 집중하기 쉽기 때문이다. 보통 학교에서는 보면 뒤쪽에 앉아 있는 아이들이 문제를 일으키는 경우가 많다. 선생님 중에서는 침을 튀기며 설명을 하여 아이들로부터 '키스 못 할 사나이'로 별명이 붙여진 분도 있으나, 그래도 앞이 낫다. 사실 나는 대학 강의 내내 맨 앞줄에 앉아서 강의를 들었는데, 교양 과목 교수님 한 분은 침을 너무 튀겨서 학생들이 비닐이라도 얼굴에 뒤집어 쓰고 들어야겠다고 우스개 소리를 하곤 했었다.

아이들이 학교에 남아 자율 학습을 할 때 보면 이 중에는 남의 공부가 방해될 정도로 떠드는 아이들이 있는데 이들은 참 골칫거리이다. 이런 학생들은 정면으로 주의를 주고 정 안되면 선생님에게 강력하게 이야기해서 일찍 조퇴할 사람은 조퇴하여 집에서 공부하는 것이 낫다. 이도 저도 안 되면 아래의 방식과 유사한 방식을 쓰는 것도 괜찮다. 아들도 유사한 방식으로 시끄러운 아이들을 다스렸다.

내가 대학 들어 갔을 때에는 트럼프 놀이가 유행하여 교정 잔디밭에서라든

가, 기숙사 방에서 늦게까지 트럼프 놀이를 하는 학생들도 있었는데, 운 나쁘게도 이런 룸메이트에게 걸려서 며칠동안 같은 놀이가 지속되니 시끄러워서 견딜 수가 없었다. 세상 사람들은 우리 학교 학생들이 다 공부만 열심히 하는 줄 알지만 이런 학생들도 있었다. 대학 당국은 룸메이트도 선택 할 수 있도록 해야 했었다.

이런 아이들하고는 정면으로 싸우면 공연히 껄끄러워지게 된다. 이런 사람에게 과거에도 이런 일을 당했다는 이야기도 들리고 여러가지 면으로 봐서 도저히 보통의 대화로서는 쉽게 안 고쳐질 아이라면 고수들이 해결하는 방법을 사용하여야 한다. 방법은 이렇다.

룸메이트가 친구들을 데리고 와서 지나치게 상습적으로 떠들면, 하나도 내색하지 말고 이쪽에서도 같이 친구들을 대리고 와서 음악을 크게 틀어 놓고 왁자지껄하게 야단법석을 떤다. 전구가 이상하다면서 불도 꺼보는 등 하면서 전기 점검도 해 보면서, 침대 밑에 동전이 들어간 것 같다면서 룸메이트의 시트를 뒤집어 샅샅이 찾아본다는 등 학교 시설이 불편하다고 말하면서 엉뚱한데다가 비난의 화살을 쏘며 마구 부산을 떤다.

이렇게 한참 부산을 떨면 문제아 룸메이트의 친구들은 스르르 가 버리기 시작하고 룸메이트는 잠자리에 들려하지만, 시끄러운 야단법석에 때문에 이번에는 제 자신이 잠들 수도 없고 아무리 드센 강골이라도 제 자신의 원죄가 있으므로 감히 항의하지 못하고 이불 뒤집어쓰고 끙끙 앓기만 할 것이다. 버르장머리를 뿌리부터 고치기 위해서 계속 더 떠든다. 어느 정도 지속하다가 됐다 싶으면 '앞으로 이런 모임 자주 갖자'는 진절 넌덜머리가 날 예고성 발언을 하고는 미리 짠 친구들과 헤어지고는 태연이 잠자리에 코를 고는 자세를 하면서 든다.

위와 같이 어떤 경우에는 사람에게 직접적인 공세보다는 이렇게 우회적 방법이 마찰이 없으면서도 더 효과가 클 수 있는데 상대방이 자기 자신을 돌아 볼 기회를 은연중에 주는 방법이다. 스스로 고치는 것이 가장 확실한 것이다.

　아침에 일찍 일어나서 공부하고 싶어도 간혹 자명종이 고장나거나 해서 낭패를 보는 경우가 있다. 부모님들도 힘든데 부모님에게 부탁하지 말고, 이런 문제를 막기 위해서는 스스로 시계를 적어도 두 개는 사서 10분 간격 뒤에 딴 시계도 울리도록 해 놓으면 거의 안전하다. 여기에 휴대폰 시계까지 맞춰 놓으면 세상 없어도 실수는 생기지 않는다. 나도 그렇지만 아들도 룸메이트에게 먼저 자면서 아침에 깨워 달라고 해 보았으나, 룸메이트가 더 오래 자서 실패한 경험들이 있다. 그 뒤로는 룸메이트는 믿지 않았다.

　아들은 시험날 하필이면 늦잠을 잤었는데 그야말로 아들답지 않게 벼락치기 공부를 했으나 시험 결과는 다행히도 늘상 유지해오던 점수대를 고수하여 A를 받았다고 한다. 아마도 최대의 집중력으로 빠른 시간에 많은 분야를 파악을 하였나보다.

　평소 늘상 빠짐없이 공부하는 아들이 다른 예상하지 못한 일 때문에 그 과목중 일부분이 공부가 덜 되었던 모양이었다. 아무리 아들이라지만 이런 자질구레한 것까지 형사가 범인 취조하듯이 물어 볼 수는 없었다. 룸메이트도 하나의 시계도 믿지 말아야 한다.

17 장난감과 게임 놀이

우리는 아이들이 자라면서 장난감을 사 주게 된다. 딸에게는 인형을, 아들에게는 나무 조립블록, 자동차, 비행기라든지, 로봇 등을. 아이들은 장난감을 가지고 놀면서 이것저것 호기심어린 질문을 하기도 하고 분해도 하다가 수없이 고장을 내기도 한다.

6. 25 동란이 끝난 후 한동안 폭발사고가 많이 난 적이 있다. 아이들이 불발탄을 주어서 두들기고 놀다가는 폭발사고가 난 것이다. 어떤 아이들은 이렇게 무언가를 호기심으로 분해해 보는 것을 좋아한다.

아이들에게 장난감을 사 줄 때는 한참에 많은 것을 사 주면 좋지 않다. 아이들이 신경질적으로 되기 쉽다.

아이들이 초등학생이 되었을 때 우리 집에는 고장난 시계같은 것들도 뒷면을 열어 놓아 두었다. 아이들의 장난감이 되게 하려는 의도였다. 아이들이 들여다 보라는 것이었다. 뮤직 박스 같은 것도 좋은 놀이기구가 될 수 있다. 과학기재들도 사 주었다. 지금은 희귀한 물품이 되어 버린 진공관 라디오도 버리지 않고 놓아 두었다. 딸은 이런 것들에는 별로 관심이 없었다.

내가 중학교 때에는 과학이 좋아하는 공부 중의 하나라 화공 약품상에 가서 염산이라든가 탄산나트륨 같은 것을 사다가 반응실험도 해 본다든지, 전선과

밧데리로 여러가지 시험도 해 보기도 했었는데 지금은 그 당시보다 발달하여 아이들 놀이에 쓸만한 좋은 재료가 얼마든지 있다.

이왕 사 주려면 교육적인 것을 사 주는 것이 좋다. 큐브라는 플라스틱으로 만든 육면체로 사방에 색깔이 여러 가지로 섞인 것이 있다. 아이들이 뱅글뱅글 자유자재로 움직여 가서 어느 줄을 한가지 색으로 만드는 것이다. 아들이 취학 전에 가지고 논 장난감 중에는 이런 것도 있었는데, 여러 가지로 무질서하게 엉클어 놓고는 한 색으로 통일되게 하는 장난감이었다. 이것을 여러차례 가지고 놀더니 그 다음에는 아무리 헝클어 놓아도 재빨리 맞추게 되었다. 이런 것은 아이들의 수학적(특히 기하학) 소양을 기르는 것임에 틀림 없을 것이다.

이런 학교 외의 공부를 교육자들은 뭐라고 부르는지 모르겠지만 나는 배경지식 또는 바탕지식이라고 이름 붙이고 싶다.

이래서 나는 아이들 어릴 때에 먼저 충분히 쉬면서 노는 것이 더 중요하다고 강조하는 것이다. 상담사의 말에 의하면 어머니들이 훗날 가장 후회하는 것이 애들과 많은 시간을 같이 못 보냈다는 것이라고 한다. 가 버린 시간은 다시 돌아오지 않는다.

이렇게 놀이 학습이 잘된 아이들은 아무래도 학교에 가면 공부하는 것도 재미가 있고 공부도 능률적으로 하게 된다.

내가 공대 다닐 때 한 사업가의 아들은 어느 날 교수와 무엇인가 이야기 하다가 암산할 일이 있었는데 너무나 빨리 암산하여 교수가 놀란 적이 있었다. 아버지가 사업하면서 수지를 밥 먹듯 계산 하였을 것이고, 이것을 물려 받아 부가 유지 될 신바람 난 그의 아들도 이미 사업계승에 대한 수업을 하고 있었을테니 자연스럽게 많은 계산을 하게 되었을 것이다.

이렇듯 놀이하면서, 또 신바람나서 하게 되는 자연스런 연습은 정말 사람의 능력을 놀랍게 한다.

요즘은 아이들이 컴퓨터로 게임을 많이 하면서 놀게 되는데 이 게임이 얼마나 아이들의 능력을 키워 주는지는 모르겠으나, PC방에 가서는 하지 않을 것을 말해 주고 싶다. 이것은 다른 것을 떠나서 잘못되면 중독되기 때문이다.

최근에 보니까 유아용 장난감 중 미국 회사 것은 참으로 여러가지를 잘 고려해서 만들어 놓았다는 것을 느낀다. 아이들에게 유해함 없이 안전하게 만들어 둔 것이다. 다시 한 번 미국인의 세심함에 존경스러운 마음이 든다. 우리가 얼핏보면 미국인들은 키가 크고 엉성한 것 같지만 남다른 세심함도 있다. 이러하니 지금 아무리 산업화 된 국가라 하더라도 수많은 첨단 부품이 조립되어 있는 비행기 같은 것들은 미국에서 수입하는 것들이 많다.

음악이 나오는 책은 유아들에게도 좋은 장난감이다. 책을 열고 단추를 누르면 음악이 나오는 것인데 음악적 감성도 자연스레 길러지며, 말도 배우게 된다.

아이들이 바둑, 장기 같은 것을 초등학교 가서 배우면 이 또한 두뇌 발달에 좋을 수도 있으나, 이것은 잘못하면 사행성 내기에 악용될 수도 있고 시간이 많이 걸려서 좋지 않다. 잘못하다가는 오래 앉아 있으면 치질 걸리기도 쉽고, 실제 지인 중 한분이 그랬었다. 그래서 우리 가족은 집에서 바둑이나 장기 같은 놀이는 거의 하지 않았다.

아이들과 기차를 타고 장거리 여행 때에는 끝말 잇기도 재미있는 게임이 된다. 쉽게 하다가 나중에 점점 어렵게 하면 아이들의 어휘력도 점점 늘어갈 수 밖에 없다. 예를 들어, 어린이 → 이국 → 국군 → 군살 → 살모사 → 사정 → 정물화 → 화장실 → 실탄… 식으로 한다면 아이는 '탄'자가 들어가는 자를 찾으면서 어휘력은 늘어간다.

Chapter 3

그릇된 인식은 파멸의 문이다

세상 험한 줄 모르는, 때 묻지 않은 풋내기 사춘기 경의 나이 또래에는 세상을 아름답게 보는 경향이 있다. 특히 비교적 곱게 자라고 음악을 좋아하는 감성이 풍부한 사람에게는 더욱 그럴 것이다. 이럴 때 마음을 붙들어 맬 곳이 없으면 더욱 사랑하고 싶은 감정은 절실할 것이다.

놀면서 하버드 들어가기
생각을 바꾸어야 삶이 바뀐다

18 교만이라는 함정

중학교 때 한동안의 방황기를 거친 후 고등학교에 들어와서 나의 행동은 곧 달라지기 시작하였다. 서울을 다녀온 것이 계기가 되었었다. 서울에 다녀와서 자극을 받은 나는 공부를 해야겠다고 마음을 먹고 마음을 단단히 붙잡아 매었다. 잠시 한 달 정도인가 수학 선생님에게서 과외를 받아 보았다. 이 과외가 나의 일생에 있어서 유일한 그럴싸한 과외였다. 한 달 정도 있다가 선생님이 내게 말씀하셨다. 너만한 학생을 여태 본 적이 없다. 어떤 문제는 오히려 내가 더 선생님보다 빨리 풀었다. 비약적인 상승이었다.

머릿속에 깊이 박혀 있던 것들이 이제 제대로 끄집어 내어진 모양이었다. 그 당시 학교에서 전교생을 상대로 하여 주기적으로 시험을 치렀는데, 어느 날 담임 선생님이 들어오셔서 나를 부르더니 내가 전교 일등을 했다고 말씀해 주셨다. 나는 우리 학교의 여러가지 점을 참작하여 전국의 석차를 나름대로 추산해 보았다. 대충 전국에서 약 15등 안에 드는 것 같았다. 그 당시에 서울 공대가 가장 들어가기 힘들었는데 하필 내가 전공하려는 분야는 그 중에서도 제일 어려웠고 정원이 20명인가 30명 정도밖에 안됐었다. 만일 이 상태를 그대로 유지한다면 내가 지향하는 서울공대는 물론 잘하면 수석도 가능할 것이란 생각도 들었다. 사실 1등이든 20등이든 별로 차이가 없고 시험 당일의 컨디션에 따라서 개개인별로 약간의 변동은 있기 때문이다. 하지만 서울대에 수석은 하지 못했다.

그 뒤 몇 차례 학교에서 시험을 봤으나 담임 선생님은 결과를 아예 이야기를 하지 않으셨고 나도 굳이 알려고 하지 않았다. 내가 알려고 한다 해서 혹시 잘못된 점수가 고쳐질 것도 아니고 그저 열심히 하는 것이 중요하기 때문이었다. 졸업할 때가 다 되었을 때 담임 선생님이 우연히 학생들의 변동 많은 성적을 나무라면서 공부하려면 나처럼 변함없이 수석을 하라고 급우들한테 말하는 바람에 나는 내가 줄곧 일등을 했음을 비로소 알게 되었다. 이렇게 말 안하는 것에는 아마도 선생님의 사려 깊은 입 조심이 작용한게 아닐까 한다. 잘했다고 추키면 교만한 마음이 생겨 부실해질 것을 염려했으리라. 또한 다른 아이들의 사기도 꺾을 수 있었을 것이다.

사실 아들이 고교에서 전국 모의고사 수석을 하였을 때에도 그것을 잘 아는 선생님들 역시 무덤덤하게 대한 것도, 아들이 초등학교에서 전교수석을 한 경우에도 아내에게 내가 요란 떨지 말라고 한 것과 같은 의도일 것이다. 나의 의도는 교만한 마음을 아들에게 심겨 주지 않으려는 것이었다. 그래서 아이에게는 기를 꺾지 말면서도 교만한 마음도 안 생기게 해야 한다.

교만한 마음이란 대단히 위험한 것이어서 전쟁할 때에 보면 이것을 이용하여 이쪽이 약한 척해서 적군의 교만심을 기른 후에 방심한 틈을 타서 적군을 쳐부수기도 한다.

내가 조선소에 근무 할 때에 대학 선배인 중역 한 분은 결재 올라가면 잘했다는 소리는 한 마디도 안하는 사람이었다. 아주 부드러운 젠틀맨도 있지만 이런 사람도 있었다. 그는 잘했다는 소리는커녕 어느 날 우리부서의 영어 잘하는 차장이 결재를 올렸더니, "병신같이 뭐 이따위로 일 처리를 했어?"하고 나무라기도 하고 어느 날은 기술 베테랑의 대리가 처리한 서류가 올라갔더니 "이자를 대리로 승진시킨 자가 누구야? 눈이 삐었군." 하면서 버럭 화를 내며 혹평을 하기도 하였다. 물론 어느 정도 하자는 있었을 것이나 이렇게도 엄히 하지 않으면 이 혹독한 경쟁사회에서 탈락될 것을 염두에 두고 말했을 것이다. 그에게 결재가 올라갔을때 아무 말도 나오지 않으면 그것이 곧 잘한 것이었다. 아예 칭찬 받을 생각은 하지 말아야 했다.

시험은 다양한 각도에서 봐야 되고 또 수학 올림피아드 같은 것을 통해 전국에서 모인 아이들과 같이 공부하여 보면 우물 안 개구리를 면할 수 있다.

아이들을 추켜 놓으면 교만심을 갖는 것 외에도 계속 잘 해야겠다는 부담감을 가질 수 있다. 그래서 초등학교 때 성적이 잘 나온 아이들을 지나치게 칭찬하는 친지들을 보면 속단을 해서는 안된다고 충고해 주고 싶다. 이 지구상에는 얼마나 많은 초등학교가 있는가!

여기서 서양의 명언들이 생각난다. "안전은 위험의 어머니요, 멸망의 할머니다.", "사소한 일들이 무한히 가장 중요한 것들이다." 즉 한시라도 마음을 놓지 말라는 이야기이다.

19) 오아시스 없는 사막-사랑에 빠져 헤매는 아이들

사람은 누구나 다 태어나면 사랑의 열병을 앓는다. 이 사랑이란 것이 늦게 찾아오면 찾아올수록 증세는 더욱 심각해진다고 한다. 특히 공부하는 학생에게 이 과정을 잘 극복하지 못하면 심각한 문제가 될 수 있다.

내 초등학교 동문 중 한 명은 이웃의 여인에게 집착하다가 결국 재수 생활이 엉망이 되어 원하는 대학에 못 가게 되었고, 어떤 아이는 고교 남자 선생님을 사모하다가 성적이 많이 떨어지기도 하였다. 사실 대학에서도 보면 학생이 젊고 잘생긴 남자 교수를 흠모하여 공부 시간에 교수의 강의보다도 교수의 일거수 일투족에만 관심을 쏟는 것도 보았었다.

영어의 명언 중에 다음과 같은 말이 있다. 나는 나의 경험과 또 친구들의 경험으로 미루어 봤을 때 이 말이 확실히 옳은 말이라고 본다.

> "사랑에 빠져 있는 것은 단지 영원한 마취 상태에 있는 것이다. ― 평범한
> 젊은이를 희랍의 신으로 잘못 인식하든가, 보통의 젊은 여인을 여신으로
> 오해 하는 것이다."

사랑의 덧없음을 이야기한 명언들은 이외에도 많다. "모든 희극은 결혼함으

로써 끝난다" 등

세상 험한 줄 모르는, 때 묻지 않은 풋내기 사춘기 경의 나이 또래에는 세상을 아름답게 보는 경향이 있다. 특히 비교적 곱게 자라고 음악을 좋아하는 감성이 풍부한 사람에게는 더욱 그럴 것이다. 이럴 때 마음을 붙들어 맬 곳이 없으면 더욱 사랑하고 싶은 감정은 절실할 것이다. 그래서 한 이성에게 빠지게 된다. 이런 것이 심하여 공부와 일상생활에 많은 지장이 생긴 사람들을 많이 보았다.

고아원에 가서 부모 없는 아이들을 안아주면 애들은 좀처럼 떨어지지 않으려 하는 것도 같은 이유일 것이다.

아이들은 자기가 좋아하는 사람이 단연 1등이라고 착각한다. 그러나 세상에는 잘생기고, 착하고, 공부 잘하고, 건강하고, 모든 조건을 다 고려하여 뽑은 1등은 한명 뿐 일수도 없을 수도 있다. 그리하여 그대 없는 세상은 오아시스 없는 사막이라면서, 어처구니 없는 착각을 하게 된다. 한 번 빠져 놓으면 어리석은 짓을 하고 있어도 자신의 눈에는 보이지 않는다. 어떤 부모는 아예 어울리지도 않는 쌍을 보고 필사적으로 기를 쓰고 막다가 급기야 치명적인 병까지 얻기도 한디. 이쯤 되어서야 겨우 제정신이 조금 들기 시작한다.

수십 년 전의 아주 오래 된 사건이다. 서울에서 어떤 치과대학 대학생이 다방에 들어가서 그 종업원(이 당시에 사람들은 이런 직업을 레지라고 불렀는데 아마도 영어로 숙녀인 lady란 말에서 와전되어 통용된 것 같다. 요즘도 이런 표현 쓰는지 모르겠다.)에게 홀딱 반하고 말았다. 아마 오페라 『칼멘』에 나오던 '돈 호세'가 좋아하던 '칼멘' 정도 되었나 보다. 그래서 그 다방에 자주 들렀고 구애를 하였으나 여자는 좀처럼 마음이 움직여지지 않았다. 그래서 그 학생은 드디어 이성을 잃고 말았다. 그 여자를 살해해 버렸다.(권총으로 쏜 것 같다.)

그가 재판에서 어떤 선고를 받았는지 기억이 나지 않는다.

이렇게 여자에게 병적으로 빠지는 것은 아직 세상을 잘 몰라서 그런 것이다. 『로미오와 줄리엣』에서의 이야기처럼 살다 보면 다른 훨씬 나은 여성을 만나 생각이 바뀔 수도 있는데 그것을 못 본 것이다. 평소에 미색으로 둘러 싸여져 있었더라면 눈도 깜짝하지 않았을 수도 있었을 텐데 아마도 서울에 유학 온 순진한 시골 학생인지도 모른다. 그리고 그 여성도 잘못 처신한 것 같다. 이럴 때는 내가 아는 한 미모의 이화여대 학생이 쓴 아래의 수법으로 조용히 퇴치시킬수 있었을 것이다.

이 역시 오래 전에 내가 대학생 때의 이야기 이다. 서울 의대생과 이대생들이 미팅을 가졌는데 미모의 이대생인 파트너를 보고 그 서울 의대생은 홀딱 빠져서 데이트를 신청하였고 이대생은 별로 상대가 마음에 들지는 않았지만 그러자 하고 약속된 날에 만났다. 예상대로 저녁을 사 주겠다고 하면서 뭘 먹고 싶으냐 했고 이대생은 양식집에 가자고 했다. 고급 양식집에 가서는 레스토랑 종업원이 학생 신분을 고려하여 발벗고 나서 말릴 만큼 아주 비싼 풀코스 요리를 시켜 버렸다. 체면에 비싼 것이라고 취소 하자 할 수도 없고 그래서 그냥 대책없이 먹어 버렸는데 이들의 데이트는 이것이 마지막이 되어버렸다. 여기에다가 밥 먹다 트림도 해 본다는 둥, 코도 상대 정면을 보고 휑 푼다는 둥의 촌스러움을 보이는 수법도 썼더라면 꿈에라도 보고 싶지 않을 더 확고한 결과를 얻었을 것이다.

사실 이런 수법은 잘생긴 서울대 생이 여고생이나 동갑내기 재수생의 가정교사 아르바이트를 할 때 쓰는 수법중의 하나이다. 어떤 아이는 공부하러 가정교사 모셔 놓고는 그만 연정을 느껴버려 공부가 산만해지니, 일부러 그 매력을 조금이라도 없애기 위해 버르장머리 없이 구는 것이다. 하인이 보는 영웅은 없다는 것은, 영웅의 단점을 누구 보다 잘 보기 때문이다.

남녀 관계의 일이란 심리적인 것도 적잖게 영향을 미친다. 그래서 청소년들은 공연히 가슴앓이 할 필요가 없다. 아랑드롱이 나오는 불란서 영화에서 본 적이 있는데, 그 내용은 연애 도사 주인공 (배우 아랑드롱 분)은 어느 날 파티에 가서 마음에 드는 미인을 발견 한다. 그러나 그는 도사답게 그 여자에게 접근 하지 않고 그 여자 근처에 있는 평범한 여자를 향해 가서 누구에게 인사를 하는 지 애매한 위치(즉 마음에 드는 미인과 평범한 여자 중간 쯤)에 서서 "어디서 많이 본 분 같다"는 등 인사 하면서 능청을 떤다. 예상했던 대로 그 새침데기 미인은 자신에게 말하는 것으로 추호의 의심도 없이, "그런 수법은 낡은 수법이다"고 일침을 놓는다. 그러자 주인공은 "댁을 보고 인사한 것이 아니다"고 반격을 하고는 평범한 여자에게 백만 불짜리 미소를 날려 보낸다. 미인은 가만히 앉아서 새침 뗀 것 하나만으로 뒤통수를 된통 맞은 것이다.

한편 평범한 여자는 세기의 미남이 접근하자, 이게 웬 떡이냐 하면서 반갑게 인사하며 싹싹하게 대응한다. 소가 봐도 이 어울리지 않은 한쌍 사이에는 애초부터 아무런 사소한 상벽도 없었다는 듯이, 두 사람은 이윽고 팔장을 끼고 부부처럼 넉살 좋게 보라는 듯이 나간다.

미인의 마음에는 정의감의 실현과 원상회복을 바라는 손해보상청구 심리가 슬슬 일기 시작하면서 마음이 부글부글 끓는다. 미남이 돼먹지 못하게 못생긴 여자를 좋아하는 것은 사회 정의감에 위배되며, 자기는 원래 그 남자에게 첫 눈에 반했지만 처신을 잘못한 것 때문에 놓친 것으로, 그것은 진심이 아니니 이 상황을 정상적인 상황으로 돌려야 한다는 것이다. 그리고는 마음을 고쳐 먹고 다음에는 솔직히 대해야겠다는 마음이 생긴다. '다음에 나에게 한 번만 더 추파를 던져 봐라. 그 때는 너에게 바로 시집가 버릴꺼야'라고 생각하였을 것이다. 결국 이 둘은 나중에 서로 좋아하는 사이가 된다. 이것이 남녀 사이의 심리적인 줄 당기기인 것이다.

시인 '노천명'의 글에도 이런 문구가 나온다. '뜨거운 마음을 숨기기 위한 차가운 몸 가짐'. 하기야 어찌 차갑게 대한다고 다 그렇겠나! 싫어서 그럴 수도 있음을 청소년·소녀들은 알아야 한다. 일편 단심으로 조금도 동요치 않고 계속 차갑게 대하면 확실히 싫어서 그런 것이다. 그럴 때는 성급하게 비관하지 말고 새로운 이성이 나타날 때까지 진득하게 공부하면서 기다리는 자세가 필요하다. 사람들의 생각은 다 구구각각이기 때문이다.

이씨 조선의 장희빈 (장옥정)의 고사도 생각 해 볼 만하다. 숙종왕이 장옥정을 매우 사랑하였으나 그의 못된 행실에 마음은 점점 바뀌기 시작했고 급기야는 사형을 시켜버린다. 그것도 왕이 몸소 장희빈의 입에 독약을 들여 부으면서.

사실 사랑의 감정이란 것은 많은 이야기들을 읽어 보면 이런 일 아니고도 그리 오랫동안 처음처럼 유지되지 않는다. 사람들은 이성의 외모 때문에 매력을 느끼기도 하지만 그 행동거지를 보고 슬슬 마음이 바뀌는 것을 현실생활, 많은 영화, 책 등을 통해서 알게 된다.

영화 『바람과 함께 사라지다』에서 주인공 '렛드(클라크 케이블 분)'가 그 부인 '스칼렛(비비안 리 분)'의 마음이 영영 자신에게 돌아오지 않는다는 것을 알고는 이런 이유만으로도 그렇게도 좋아하던 부인을 떠나 버린다.

한가지 더 이성에게 병적으로 집착한 경우의 책에서 읽은 이야기이다.

(아래 글은 서울대 의대 권준수 교수의 '나는 왜 나를 피곤하게 하는가'라는 책에서 인용한 글의 요지이다. — 출판사:올림)

미국에서 한 남성이 가게의 여 점원을 끈질기게 흠모하여 그 가게를 너무 자주 방문하기도 하고 주위를 계속 맴돌았다. 원래 이 가게는 그 남성이 접시닦이로 일하면서 몇년 간 다니던 직장이었는데 그 여점원에게 이 남성은 사랑을 느낀 것이다. 그래서 처음에는 서로 같이 있는 것 만으로도 만족하다가 차츰 편지도 보내고 선물도 한다는 둥 관심을 구체적으로 표현 하다가 나중에는 급기야 같이 있지 않으면 죽이겠다고까지 하게 되어 점점 시끄러운 양상으로 발전하니 그 가게에서 해고를 시켜 버린 것이다.

그러나 그의 허전한 마음에는 그녀에 대한 사랑이 점점 더 커졌고 어느 날 그는 그 가게에 몰래 잠입하여 그 여성의 양말을 훔쳤다. 그 양말을 갖고서 그녀를 연상하곤 했다. 이 사실이 발각되어 그에게 법원으로부터 접근 금지 명령이 내려 졌으나, 그는 곧 다시 이를 참지 못하고 가게 근처를 어슬렁거리다가 다시 체포되었다. 그는 입원한 병원에서도 탈출하여 그녀를 보러 가기도 했고 어떤 때는 그녀가 타고 가는 기차를 바라보며 그녀를 볼 수 있는 시간이 너무 짧은 것을 아쉬워 했다. 이 때 이 두 남녀의 나이는 무려 50대나 되었다.

참 늙어서 들 주책이다라고 하겠지만, 사랑이란 이런 것이다. 하도 극단적이라서 어떤 여인 이길래 이런 문제가 생겼나 하는 마음이 들기도 하였다. 그러나 사실 만나 보면 여태까지의 경험으로 봐서 그렇고 그런 여인 일지도 모른다.

많은 것을 보아야 제대로 된 판단이 선다. 나는 산이나 해변, 계곡 등에 가면서 홀로 가기도 하였지만 애들과 아내를 대리고 간 적도 많았다. 아내에게 오늘 간 산이 어떠냐 하니까, 여태껏 본산 중에서 제일이라 하였다.그 다음 주말에는

1위가 달라졌고 다 다음 주말에도 또 달라졌다. 한국에 워낙 경치 좋은 명산들이 많으니까 몹시 혼란스러웠던 모양이다. 사람도 마찬가지다.

　보통 아이들이 사랑에 빠지는 대상은 이웃이나 가까이 있는 사람들이 많다. 나는 여기서 사랑의 열병을 앓고 있는 사람들에게 "거의 모든 사랑에 빠진 사람들은 가까이에 착각된 최고의 연인을 가진다"고 말하며 너무 깊이 빠지지 말기를 충고하고 싶다. 가까이 있는 대상에서 너무 졸속으로 비교 대상도 없이 깊이 있는 고려도 하지 않은 채 사랑에 빠져 버리지 말라는 것이다.

　내가 수해 전에 프랑스 파리에서 동료와 같이 전철을 탄 적이 있었는데 마침 앞 좌석에는 한 쌍의 불란서 연인들이 앉아 있었다. 둘 다 호감이 가지 않는 그저 그렇고 그런 쌍이었다. 무엇이 그리도 좋은지 머리를 쓰다듬고 포옹하고 야단이었다. 불란서 승객들은 이런 모습들이 흔히 있는 일이라 소 닭 보듯 아무 관심이 없었다. 초저녁 무렵이었는데 세느 강변에도 산보 다니는 길목마다 연인들의 포옹하는 모습이 보였다. 이들도 그 분위기로 보아 최고의 연인들로 그 상대를 생각함이 역력했다. 이렇게 제 눈에 낀 안경으로 덧 씌워져 보이는 것이다.

　아이들이 자기 부모의 사랑을 듬뿍 받게 되면 사실 이런 시련기는 많이 희석되어 잘 극복하는 것을 본다. 대부분 뛰어난 아이들은 이런 문제로 심각한 시련기들을 장기간 갖지 않는다.

　한참 공부 해야 할 나이의 청소년·소녀들은 이런 점을 생각해서 너무 사랑에 그것도 우스꽝스런 상대를 대상으로 하여 쉽게 빠지지 않도록 해야 한다.

　그렇게 서로 좋아 하고 나서는 결혼 뒤에 '너 이제 왼쪽에서 보니 괴상하다'는 둥, '얼굴이 너무 크다'는 둥, '지금 밥을 먹고 있는 것이 아니라 파괴하고 있다'는 둥 하면서 서로 사귈 때 장구한 세월에도 미처 못 본 면을 새삼스럽게 이야기하여 배우자를 쓸데없이 자극하는 사람들도 있다.

어떤 독부는 서로 좋아해서 결혼해 놓고는 나중에 정부와 짜고 남편을 살해한 사건도 있었다. 이것이 사람이다. 사람은 금방 보고 알 수도 있지만 한참 지나야 알 수 있는 경우도 있다. 사정이 좋을 때 온갖 아양을 다 떨고 결혼해 놓고, 상대가 어려워지거나 할 때에 마음을 바꿔서 그 본색을 드러낸다. 어려울 때의 친구가 진짜 친구다라는 말처럼, 연인도 어려울 때의 연인이 진짜 연인이다.

그런데 청소년들이 지금 이 항목 "오아시스 없는 사막"의 내용을 잘 알아들을는지 모르겠다. 글 중에는 세월이 지나야 비로소 아는 부분도 있다.

20 천하의 게으름뱅이들

내가 본 게으름뱅이에는 두 종류로 구분이 되는 게으름뱅이들이다. 첫째는 너무 게을러 도대체 살기도 싫어 보이는 육체적 게으름뱅이와 공부는 많이 하였지만 자신이 아는 것이 다 인양 착각하고 그 사고를 좀처럼 바꾸지 않으려는 정신적 게으름뱅이의 두 종류이다.

세상을 살다가 이 공부 저 공부하다 보면 정말로 공부할 것이 많다는 것을 알게 된다. 당시의 중요한 학문을 모두 거의 두루 섭렵한 세종대왕에게도 여전히 새로운 공부의 복병은 도사리고 있다는 말이다. 뭘 이뤄 냈다고 자만하여 자신의 고집만을 부리고 그 마음 씀을 우물 안 개구리처럼 하여 좋은 충고를 받아들이지 않으면, 이 게으름뱅이의 게으름병은 고쳐지지 않는다.

오늘날 지식층들 중에는 이런 부류의 사람들도 제법 많이 있다. '교육을 받은 사람에게서 그가 받은 부분을 제거하면 이 사람처럼 어리석은 사람은 없다'는 말은 바로 이런 사람들에 대해 하는 말이다. 학문을 하였지만, 한 방향으로 머리가 굳어진 사람들이다.

바탕지식도 심어 주고, 좋은 환경, 재능도 있고, 좋은 교재, 탁월한 스승, 부모가 있어도 아이 본인이 게으르면 다 소용이 없다. 그 불성실한 것을 보면 부모의 마음에서 천불이 일어나서 독설이 나오기도 한다.

어떤 사람이 고승을 찾아 갔다.

"스님 저 죽고 싶습니다."
"응 그래, 그럼 죽어라"
"어디 가서 죽을 까요?"
"네 집에 가서 죽어라"

신문에서 읽은 적이 있는 잘 알려진 고승과 한 사람의 대화이다. 이 사람은 무엇 때문에 죽으려 했는지 나는 잘 모른다. 그러나 그 이유가 무엇이든 스님은 이 사람의 행로에도 관심이 없고 절에 오는 것 자체를 싫어하는 것 같았다. 그래서 너네 집에 가서 죽으라고 했을 것이다. 아마 스님은 그 사람이 열심히 살지 않고 죽음을 택하려 하는 것을 타박하는 것일 거라 생각한다.

엄청나게 게을러서 부모의 타박을 받고 있는 한 청년은 이런저런 이유로 자살하고 싶은 미음이 들었어도, 용기가 나지 않으니까 그냥 마지 못해 살고 있는 것을 보았다. 보통 태여났을 때는 누구나 다 부모의 넘치는 사랑을 받지만, 커가면서 갈린다. 사실 미움을 받는 사람들이 훨씬 확률적으로 더 많다. 그래서 "저것이 하루라도 빨리 죽었으면…" 하고 입에다 밥 먹듯 달고 이야기하는 사람도 있다.

사실 부모가 자식을 살해한 사건은 고려 때 왕가에서 보면 있었는데, 불성실한 망나니 왕이 자꾸 문제를 일으키니 몰래 장수 한 사람을 시켜서 어깨뼈를 으스러뜨려 죽여버렸다는 이야기도 있다. 그리고는 그 어머니는 선왕의 무덤에 가서 울면서 고한다. 어쩔 수 없이 왕가의 안녕을 위해 자식을 죽였노라고. 이런 것은 절대 왕권시대에나 가능한 일이지 요즘에는 있을 수 없는 일이다.

게을러서 엉덩이가 천근인 사람들은 어찌 보면 진득하게 책상에 미동도 안 하고 앉아서 집중하여 공부할 것 같지만, 이런 것을 할 때에는 오히려 전혀 집중을 안하고 뚱딴지 같은 일에만 그 미동도 안하는 에너지를 쏟아부어, 부모로부터의 미움을 한몸에 다 받는 경우도 있다. 사실 그런 집은 그 청년의 아버지부터 문제가 있다. 도무지 활동하고는 거리가 먼 사람이다. 일생을 나무늘보만큼이라도 움직였을까 할 생각이 들 정도이다.

이런 고질적인 게으름도 치유될 수 있다. 상황을 움직일 수 밖에 없는 상황으로 몰아 가는 것이다. 닭이 땅에서 살지만 살쾡이의 습격을 자꾸 받으니 닭도 날개짓 하여 나무에 올라가 둥지를 틀고 사는 것을 티비에서 보았다. 심각한 상황이 닭을 몰고 간 것이다. 구구단은 어떤 게으름뱅이라도 한다. 학교에서 단체로 노래 부르듯 반복하니, 무슨 이유, 재주로 거부하고 안 할 수 있으랴!!

내가 아는 한 사람은 같이 호주로 이민 가는 누이 동생 '영점'이가 영어 회화가 거의 안되어 무척 문제가 많았었다. 그래서 내가 영어 회화 잘하는 방법을 가르쳐 주었다. 그러나 그 문제의 영점이는 이민 간지 6년 동안이나 영어 회화가 계속 안되었었다. 원래 요즘 세상에는 정보만 해도 상당한 값어치를 갖는데 이런 사람들은 값진 정보가 산더미 같이 있어도 활용할 줄 모른다.

영어 회화를 가르쳐 준 대로 안하였다. 원래부터 게으른 처녀가 이런 저런 학원등을 돌아 다니며 회화를 해 보았지만, 근본이 튼튼하지 않았고 결정적으로 스스로도 노력을 안하니 영어는 좀처럼 늘지 않았다. 문제의 근원은 게으름이었다. 학생들이 학원에 가 있다고 책상에 앉아 있다고 부지런하다 할 수 없고,

다 공부 되는 것이 아니다.

나에게 다시 연락이 왔을 때 그 오빠라는 사람은 동생의 두뇌 타령을 하고 있었다. 그런 것 하고는 아무 상관 없다고 내가 말하여도 막무가내였다. 그 고집불통에게 그럼 내가 시험을 해 보자고 하였다. 아무나 어떤 문장을 읽히고 그 뒤 속도를 보자고 하자, 그는 머리 좋은 사람은 빨리 한다며 또 고집 부렸다. 계속 나는 아무나 잡고 스스로 그 시험을 해 보라고 주장하였다.

이럴 경우 유연한 사고를 할 수 있는 사람 같으면, 그 고집쟁이 오빠는 누이동생에게 그 시험을 보게 했을 것이다. 한 10~20분 정도만 해 보면 결과는 금방 알 수 있고 얼마나 어리석은 짓을 그 동안 했는지 스스로 알게 된다. 그 누이동생이 읽기가 귀찮아, 따지고 보면 수년간 정말 더 귀찮은 학원 수업이라든지 개인 교습 등에 이리 저리 두서없이 분잡을 떨고 다닌 것이다.

이런 10분 정도 밖에 안 걸리는 시험조차 누이동생이 거부하면은 이런 천하의 게으름뱅이에게는 그때야 말로 용돈을 아예 엄청나게 깎아 버린다든지 불호령을 내려서라도 읽게 해야 한다. 이것은 머리 쓰는 일이 아니기 때문이다. 이리해서 한번 읽어보고 빠른 속도로 문장이 입에서 튀어 나오면 신기해서 더 연습하게 되고 나중에는 밋진 영어 연설을 하는 자기 모습을 머리에 그리면서 영어 읽기 연습을 다양하게 하게 된다.

말 안 듣고 문제 일으키는 사람은 규정으로도 고칠 수 있다. 몇해 전에 정부에서 콜걸들을 퇴치시키기 위해서 법규정을 강화하자 자동차, 전보대 가리지 않고 여기저기 나 붙혀있던 선전용 전단지는 하루 아침에 길거리에서 사라진 일이 있다. 그래서 그런지 예전엔 이런 전단지가 수없이 나 뒹굴던 거리까지 깨끗해졌다. 이렇게 규정이라는 것이 무섭다. 예컨데 일본, 미국 등지에서는 식품

위생법을 위반하면 다시는 못 일어날 만큼 가혹하게 처벌한다. 싱가폴은 거리를 더럽히면 벌금이 엄청나서 모든 곳이 상당히 깨끗하다. 한국에서는 흐지부지하는 일이 많으니까 제대로 기강이 안 서고 계속 범죄가 끊임이 없다.

법을 만들고 재단 하면 이렇게 고쳐 지는 것인데 가정에서도 마찬 가지이다. 어떤 형태로든지 규칙을 만들어야 된다. 게으름이 방치되면 계속 더 힘들어져서 나중에는 아예 게으름을 고칠 수 없는 단계로 발전될 수 있다.

게으름이라고는 볼 수 없을 것 같지만, 좀처럼 좋은 충고를 안 받아 들이는 사람들이 있다. 이런 사람들은 가족들이 이야기 해 주면 귓등으로도 안 듣고 있다가 딴 사람이나 그 방면의 전문가가 이야기 하면 그 때 가서 듣는 것을 보았다. 원래 남의 떡이 커 보인다는 심리 때문이기도 하고 또 전문가이니 믿고 그의 말을 따라 가기도 한다.

예를 들어서 통학 할 때에 거리에서 눈이 따갑다고 하는 아이가 있어서, 안경을 끼고 다니면 수없이 괜찮다고 말해도 듣지 않을 경우, 안과 의사의 입에서 그 말이 나오면 아무래도 받아들이는 확률이 더 높다. 또는 전문가는 아니더라도 경험있는 아이 친구를 통해 그런 말을 듣도록 하는 것도 좋다.

Chapter 4

효율적인 공부 / 재치있는 공부

아이들이 커 가면서 이것저것 궁금한 것을 물어볼 때 어른들이 이것에 대해 가능한 한 대답을 해 주든가 아니면 아이들이 좀 자라서 글을 알게 된 나이가 되면 국어 사전이나 어린이용 백과 사전을 사 줘서 최소한 스스로 찾아볼 수 있도록 해 주어야 한다.

놀면서
하버드
들어가기
생각을 바꾸어야 삶이 바뀐다

21 호기심으로부터 시작해야 하는 공부

우리는 어떤 물건을 움직이려 할 때 처음에 잘 움직여 지지 않는 것도 일단 움직여 놓으면 그 다음부터는 한결 쉽게 움직인다는 것을 경험상 알고 있다. 물리학에서 이것은 정지마찰계수가 운동마찰계수 보다 커서 모든 물체는 처음 움직일 때 힘이 더 드는 것으로 설명한다.

공부도 마찬가지이다. 처음에 시작하기가 어렵지 제대로 공부하기 시작한다면 아무래도 한결 그다음 과정은 쉬워진다. 그래서 나는 어머니들이 적어도 아이들이 중학교 졸업할 때까지 만이라도 맞벌이를 웬만하면 하지 말고 아이들 곁에 있어 주는 것을 추천한다. 우리 집에서는 아내가 일을 하지 않고 아이들이 학창시절에 항상 옆에 있었다. 아예 이사도 안하고 한 집에서 아이들 초등학교 때부터 대학 졸업할 때까지 줄곧 살았다.

대부분의 어머니들이 맞벌이를 해서 벌면 얼마를 버는가? 그렇게 벌어서 나이 들어 병이라도 얻으면 병원비나 제대로 충당될 지 의문이다. 자식 잘 키워 놓으면 빠른 시간에 웬만한 재벌 수준으로까지 올라갈 수 있다.

거대 회사들이 특허나 기발한 기술·사업 아이디어를 1조 원이 넘는 가격으로 사들이는 경우가 몇 건이나 있다. 우리나라 회사 회장들 중 재산이 1조 원을 넘는 사람들은 약 10명 내외인 것은 알만한 사람들은 알 것이다. 한국 재벌 회사 회장들이 수십 년간 번 돈을 이제 갓 30대 초반 정도의 젊은이(거의 미국 공대 출신들) 들이 버는 것이다.

미국에 가서 공학박사를 딴 사람 중 아래의 경우도 있음을 종종 신문에 나오는 것을 보고 아는 사람들도 많이 있을 것이다. 그 공학박사는 자신의 기술이 한국 재벌 회사에서 형편없이 과소평가 당해 결국 미국회사에 자기의 특허를 팔았는데 무려 1조원이 훨씬 넘는 금액으로 팔았었다.

이런 극단적인 사례들은 제쳐 두고라도 아이들이 잘되면 엄마가 나가서 버는 돈은 정말 아무것도 아닌 예는 얼마든지 있다.

아이들이 커 가면서 이것저것 궁금한 것을 물어볼 때 어른들이 이것에 대해 가능한 한 대답을 해 주든가 아니면 아이들이 좀 자라서 글을 알게 된 나이가 되면 국어 사전이나 어린이용 백과 사전을 사 줘서 최소한 스스로 찾아볼 수 있도록 해 주어야 한다.

요즘처럼 『NAVER』 같은 인터넷 포털 사이트에서 찾아보는 것도 하나의 방법이나, 인터넷상에는 간혹 잘못된 정보도 있으므로 출처가 있는 정보를 보되 딴 곳에서 얻어진 정보도 참고하여 비교하고 잘 가려서 읽어야 한다. 하나하나 깨우쳐 가며 알아 가는 재미가 있도록 가르쳐 주는 것이 좋다. 모르는 것이 자꾸 쌓여서 너무 많아지면 나중에 엄두가 안 나서 흥미가 줄어들 수 있다. 한마디로 나중에 시들해졌을 때 부산스럽게 움직일 것이 아니라 알려고 할 때 대응을 해 주라는 말이다.

아들은 호기심이 매우 많아서 어릴 때 "왜?" 라는 말을 유난히 많이 하였다. 국어 사전과 백과 사전도 끼고 살다시피 했다. 내가 학교 다닐 때는 수학시간에 집합을 배우지 않아서 이런 것은 내 자신이 공부해서 가르쳐 줄 수 밖에 없었다. 내가 대학 때 아르바이트로 아이들을 많이 가르쳐 놓고는 제 자식을 가르치지 않는다는 것은 있을 수 없는 일이었다.

아들은 중학교 언제쯤 인가부터 질문이 점점 줄어들고 혼자서 백과 사전을 찾아보고 문제를 해결하기 시작하였다. 나는 이 책의 다른 부분에서도 언급했듯이 아이들을 데리고 많은 곳을 주말에 놀러 다녔는데 이런 것들이 지금 생각해보니 놀이이자 동시에 살아있는 공부가 된 것 같다. 과학은 말로만 가르치는 것은 무리이며 실제 실험을 해 본다든가 과학관에 가서 기기 조작을 해 봐야 한다. 이렇게 놀러 다니면서 재미있게 공부를 하는 것도 제대로 된 시작이다. 일단 이렇게 잘 시작하면 공부를 잘하게 된다.

최근에 많은 학생들이 공대나 자연과학대학을 기피하는 이유 중 가장 큰 것이 수학이나 물리 등의 이과 계통 공부가 어려워서 안 간다는 기사를 신문을 통해 본 적이 있다. 국가의 근간을 이루는 산업발전을 위해 자연과학대나 공대에 보내게 하려면 우선 초·중고교에서 수학이나 물리 등의 공부를 이해하기 쉽게 가르쳐야 된다. 이리하면 아무래도 호기심이 더 생길 수 있다. 그런 이유에서 최근 어느 출판사에서 발간된 교수들이 지은 과학에 관한 이야기들은 도움이 될 것 같다. 또 전국 대도시들에는 과학관이 있으니 이 또한 많은 도움이 된다. 내가 어릴 때에는 꿈도 못 꿨을 시설들이다.

내가 아이들을 데리고 간 과학관은 제법 다양한 물리, 화학, 생물현상을 설명하는 기기와 시설들이 많이 있었다. 물리는 운동법칙, 충돌, 빛, 파동, 전기 등등 어지간한 것은 다 설명이 되어있었다. 아쉬운 것은 자동차도 본넷트만 열어 놓지 말고 약간 더 분해를 해서 놓아 두면 좋았을 것이란 생각이 들었다. 비행기도 약간 분해를 해 둘 필요가 있었다. 사실 기계가 아무리 복잡한 것이라 해도 몇몇 기본적인 기계 요소의 수많은 결합에 불과한데 자동차 하나 안에도 웬만한 기계의 기본 요소(기소)는 다 들어 있다.

그 기소란 톱니바퀴, 마찰차, 체인, 캠, 컨넥팅 로드, 스프라인, 콧타 핀, 왓서, 유니버설 조인트, 스프링, 핀 등인데 백 번 말 하는 것보다 한 번 보여 주는 것이 훨씬 낫다. 자동차를 알면 기차도, 배도, 항공기, 로켓트 등도 덤으로 쉽게 알게 된다.

이것이 무슨 역할을 하는 지 현물을 보아가며 설명하면 훨씬 이해하기가 쉽다. 아이들은 이런 경험을 통해서 훗날 공부의 밑천이 되는 기초 투자를 스스로 자연스럽게 하게 되는 것이다. 사업도 똑같은 조건이라면 종자 돈이나 아는 사람을 많이 가지고 하는 사람이 없이 하는 사람보다 한결 쉽게 시작할 수 있는 것과 같다.

시장에 물품을 잘 파는 마켓팅 기법에서 "사회적 호의는 접촉 빈도에 비례한다" 라는 말을 읽은 적이있다. 귀찮지 않을 정도로 자꾸 가서 얼굴이 구면이 되면 물품을 파는 것이 아무래도 수월해 진다는 이야기이다. 공부도 마찬가지다.

자꾸 접해 보고 거기에서 친숙함을 느끼게 되면 그 다음에는 그 분야의 공부가 재미나게 되고 재미나면 공부하는데 가속도가 붙는다. 많이 알면 서로 상승 작용을 일으켜서 더욱더 효율적으로 되는 것이다. 영어를 공부할 때도 어느 정도까지 단어들을 외우면 그런 단어들에 기초하여 다른 단어들이 만들어 진 것도 많이 있으므로 공부는 점점 쉽게 된다.

'갈아치우다'는 말은 replace라고 하는 데 이는 re라는 '다시'를 나타내는 말과 place(두다, 장소)의 '두다'라는 말이 합쳐져서 새로운 단어를 만든 것이다. '갈아 치워라'는 (저 사람 일하는데 약해 보이니 딴 사람으로)다시 바꿔 두어라는 의미이다. 수입(income)은 '안'으로 라는 말의 in과 '온다' come이라는 말이

결합해서 이뤄졌고 이는 주머니 안에 들어오는 소득이란 뜻이다. '비범한'이란 말의 extraordinary에서 extra는 '가외의'의 뜻이고 ordinary는 "보통의"라는 뜻으로 이것이 합쳐서 된 말이니 그 뜻을 쉽게 짐작할 수 있다.

같은 이유로, 영어를 잘하는 사람은 서로 닮아 있는 불어도 독어도 이탈리아어도 잘할 수 밖에 없다. 이탈리아어를 이태리 음악가사 외에는 생판 들어본 적이 없는 나 자신도 이탈리아를 처음 갔을 때 어지간한 단어는 보고 알 수 있었다.

식당(레스토랑-리스토란테), 중앙 역(센트럴 스테이션-첸트랄레 스타찌오네), 용역(서비스-세르비찌오), 경찰(폴리스-폴리찌아), 정보(인포메이션-인포마찌오네), 교수(프로페서-프로페소레), 의사(닥터-돗토레), 엄마(마더-마드레), 아버지(파더-파드레), 오 나의 아버지(오 마이 파더-오 파드레 미오) 등등 영어를 종달새 날아가는 모양으로 경쾌하고 똑 떨어지게 발음하고 형용사를 명사 뒤로 보내면 이탈리아어가 되는 것 같았다. 이런 말 말고도 웬만큼 유명한 경승지의 고유명사도 자기네 말(산으로 유명한 마테호른-마테로네)들을 쓰던데 이런 단어 들은 쉽게 알아 들을 수 있다.

이왕이면 아이들에게 과학을 수학과도 관련해서 설명하면 아이들에게 좀 더 호기심을 불러 일으킬 수 있다. 예컨대 우리가 수학에서 나누어서 떨어지지 않는 수를 막연히 배울 것만 아니라 어떻게 응용되는 가를 가르쳐 주는 것이다. 이 숫자를 톱니 바퀴에 응용하면 나누어서 떨어지지 않는 수란 결국 어떤 톱니 바퀴의 이빨이 상대의 어떤 특정한 이빨과 계속 만나지 않고 골고루 만나게 되는 것을 뜻한다. 이렇게 함으로 어떤 부위의 이빨이 잘 닳지 않는 딱딱한 이빨이었을 때 이는 상대 톱니바퀴의 이와 골고루 만남으로써 골고루 닳게 하여 "기형적으로 닳게 되는 것" 즉 "기형마모"를 방지하게 하여 오래 쓰도록 하는데 이용

할 수 있다. 영화 바람과 함께 사라지다를 보면 여러명이 집단으로 뱅글뱅글 돌아 가면서 춤을 추는 장면이 나오는데, 무도회에서 이것을 응용하면 딴 상대와 골고루 만날 수 있게 된다. 이것을 사용하지 않으면 "아이구, 또 너구나!" 하면서 탐탁하지 않은 상대를 만나 지루해 질 것이다.

나는 아이에게 간단한 실험을 할 수 있는 기구도 몇개 사 주었다. 공기는 압축되나 액체는 거의 압축이 되지 않는다는 것을 말로만 하지 말고 주사기 같은 것도 주사 바늘은 빼고 사주어 실제로 실험해 보게 하면 확고하게 머리에 기억이 각인된다. 삼각형의 꼭지점에서 반대변의 중점에 그은 선은 한 점에서 만난다는 것도 실제해 보이니 자연의 경이로움에 초등학생 아들은 마치 내가 마술사 인양 "와 미치겠어요!"하며 매우 감탄했던 기억이 아직도 생생하다.

22) 세월은 사람을 기다리지 않는다 - 끼고 살 영어

영어는 아래와 같이 공부하도록 하였다. 영어 문법, 해석, 작문 등의 경우에는 잘하는 학생들의 보편적인 방식이다. 그리고 영어 회화의 경우에는 내가 다닌 회사의 공대 선배의 방식을 따랐고 아들과 많은 사람들에게 이것을 추천하였다. 영어는 우리가 끼고 살아야 할 숙명적인 언어이다.

· · · ·

영어의 문법, 영작문과 해석의 공부에 대해서는 수학 등과 같은 특별한 과목을 제외한 거의 모든 공부의 방식과 똑같아서 적어도 한 책당 3회는 정독을 해야 된다. 그러나 집중하지 않고 읽는 다면 아무리 반복해도 비효율적이다. 통계적인 그래프를 보면 3회 정도 정성들여 정독을 하면 거의 머릿속에 정리되는 데, 3회나 4회나 별로 차이가 없다(다만 2회와 3회는 차이가 많다.). 그래서 적어도 3회는 정독을 해야한다.

그리고 이책 저책 두서 없이 옮겨 다니면 안되고 한가지 책을 정해서 집중적으로 해야 한다. 한가지 책(두께가 너무 얇은 책은 너무 압축하여 적어 놓다 보니 이해할 수 없는 부분이 있어서 내실 있는 공부를 하지 못한다)과 참고서를 정해 두고 집중적으로 공부하고 여기에서 모르는 것은 메모를 잘해 두었다가

이해가 될 때까지 끈질기게 전문가에게 묻든지 딴 참고서, 딴 책에서라도 찾아
보아야 된다.

　단어 외우기는 여러 번 20번이고 몇 번이고 적어 본다든지 하면 자연히 외
우는 방법의 최적점을 터득하게 된다. 무슨 일이든지 한번 작심을 하면 끝장을
보아야 한다. 절대로 포기하지 말아야 된다. 과연 시작이 반이란 말이 맞다. 작
심삼일이 아니고 시작한 것을 어느 정도 꾸준히 잘 유지한다면 공부하는 것이
마음에 자리잡게 된다. 일단 공부에 중독되면 책을 하루라도 안 들면 죄스럽다.
중독 중에서 아름다운 중독이다. 공부하는 것이 점점 재미있게 된다.

. . .

듣기연습도 부딪혀서 늘게 하는 것도 방법이 될 수 있으나, 이것은 아무래도 막
무가내의 방법으로 내게는 미련해 보인다. 이왕 공부 하는 것 효율적으로 더 빨
리 터득하는 것이 좋다.

　몇 번 들어도 안 들리는 것은 암만 들어도 안 들린다. 방금 한 말이 뭐냐고
상대방에게 일일이 적어 달라고도 할 수 없다. 이렇게 되면 점점 재미없게 되
고, 나중에는 끈질긴 사람이 아니면 포기하기 쉬워질 것이다. 그래서 대본이 있
는 비디오 테입을 사서 반복 듣기 연습을 하는 것이 좋다. 또는 티비에서 하는
영어를 테입으로 녹화해서 보거나 아니면 인터넷에서 영어를 듣는 것도 좋다.

　대본이 반드시 있어야 된다. 내가 『바람과 함께 사라지다』의 영어 테입으로
공부를 할 때에 '나나러렌'으로 들리는 것이 있었는데 여러 차례 들어봐도 무슨
이야기인지 몰라서 나중에 대본을 보니 다름이 아니고 'None other than(다름이

아니라 누군가 하니)'이었다. 그래서 꼭 대본이 필요하다.

우리 집 비디오는 5번 자동 반복 기능이 있는데 나는 이것을 대본을 보기 전 5번 반복하는 것을 내용에 따라 1~2회 정도(즉 모두 5회 또는 10회 정도) 듣고는 들리지 않는 것을 대본으로 보았다. 그리고는 다시 5번 반복하는 것을 1~2회 정도 들으면서, 영화들과 기타 프로그램들을 보았다. 영어는 해석하기, 작문하기, 말하기, 듣기 중 아무래도 듣기가 제일 노력이 더 필요한 분야인 것 같다.

자신이 아는 단어라도 반드시 한 번 정도는 귀를 스치고 지나가게 해야 다음에는 다소 괴상하게 발음을 해 주어도 잘 알아 들을 수가 있다. 그리고 여러 사람의 발음에도 훈련이 되어야 한다. 아이의 발음보다 어른의 발음, 여성의 발음보다 남성의 발음이, 교육수준이 높은 사람의 발음 보다 낮은 사람의 발음이 더 어렵다.

. . . .

다음 **말하기**인데, 이것은 적어도 고등학생들도 유학가려는 학생, 직장인과 마찬가지로 해야 할 이유는 문장을 통째로 외움으로서 영어의 이해를 높여, 작문과 독해에도 궁극적으로 도움이 많이 되기 때문이다. 사실 아래 방식으로 공부를 하면『English 900』총 6권의 대체문형 공부하는데 매일 다른 일을 하지 않고 한 문장 그룹당 총 100번 읽는 것으로 하여 꼬박 하루 약 최소 10시간씩 이 공부만 한다면 약 2주 이내로 이 공부는 끝나게 되어있다. 이 2주 이내는 단어 찾는데 걸리는 약간의 시간까지 고려한 것이다. 매일 조금씩 하여 1년간 걸쳐서 하려면 하루에 30분도 채 안 걸림을 알 수 있다. 이러면 영어 회화도 당연히 빨리 하게 된다. 이 시간 계산은 고 1정도로 단어를 보통 정도로 아는 학생을 기준으로 하였다. 이 문장그룹의 수는 6권 통 털어 약 일천 (1,000)개다.

부딪혀서 자꾸 말해 보는 것도 방법이 될 수 있지만, 보다 더 짧은 시간에 효율적으로 할 수 있는 것은 스스로(마치 대화하는 것처럼) 소리내어 같은 말을 반복해서 100번 정도라도 읽는 것이다. 언어학자의 말에 의하면 아이들이 자기네 나라 말을 유창하게 하기까지에는 약 200번 정도의 반복이 있었다고 한다.

영어에서는 (일본어와는 달리) 단어를 바꿔 가 보면서 읽는 대체 훈련 (substitution drill)이 대단히 중요하다. 아무리 100~200번 읽어도 대체 훈련을 하지 않으면 그다지 유창하게 되지 않는다. 대체훈련은 I am a boy / I am a girl, I am a student 처럼 보어를 바꿔 읽는 다든지 또 You are a boy / He is a boy 처럼 주어를 바꿔 읽는 것과 또 You are a student / You were a student 등과 같이 동사를 바꾸는 것 등으로 해서 바꿔 읽는 것을 말 한다. 이것을 연습하지 않으면 "Does he go to Seoul?"이 "Do he go to Seoul?"로 잘못되어 말이 툭 튀어 나오는 실수를 저지르기 쉽다. 일본어는 주어에 따라 동사가 바뀌지 않으나 영어는 이처럼 주어에 따라서 조동사, 동사가 바뀌는 일이 있다.

그래서 나는 『ENGLISH 900』이라는 책에 나와 있는 말을 100번씩 반복 해서 크게 읽었다. 대체 훈련해가면서 100번이란 말이다. 그러니까 I like him, I like her, I like music, I like USA, I like fine art로 이 5개 문장으로 된 한덩어리(그룹)를 소리 내어 읽고 다시 돌아가서 I like him, I like her.…… 식으로 이 덩어리를 모두 20번 읽으면 100번(=5문장×20회) 읽게 되는 것이다.

나는 English 900을 읽을 때 아는 단어도 웬만하면 일일이 사전을 다시 찾아 엑센트와 장모음까지 구분하여 책에 나와 있는 것처럼, 말의 오르락 내리락 하는 인터네이션까지 유의해 가면서 읽었다. 또 끊어 읽기도 중요하다. I think that he is honest읽을 때 "I think 끊고 that he is honest" 이지 "I think that 끊고 he is honest"가 아니다.

끊어 읽기를 잘못하면 우리말로 예를 들어 "아버지가 방에 들어가신다"가 "아버지 가방에 들어가신다" 처럼 잘못 들릴 수 있다.

서점에 알아보니 요즘은 6권 짜리 English 900책이 절판되어 점포에 잘 없는 경우가 많은 것 같다. 그래서 대신 공부 할 수 있는 책을 교보 문고에 알아 보니 1권으로 된 책으로 나오는 것이 있다는데 그 중 하나는 가격 10,000원(tape까지 포함하면 15,000원) 짜리로 418페이지의 영어 문장 그룹이 900개가 있는 『즉석 영어회화 패턴 900』(반석출판사)이란 1권으로 된 책이다. 이 책 말고도 여러 종류가 있다고 하나 전체 문형이 900개가 있는 것으로, 이 책이 적합한 것 중 하나 라고 생각 된다.

여기에서 나는 아래 문형을 가지고 독자들은 소리내어 위의 방식으로 간편히 시험해 보기를 권고 한다. 내가 제시한 방법으로 영어가 유창해짐을 확신하게 될 것이다.

No matter how hard you may try, you can not reach Paris/London/Tokyo/ New York/Rome within 10 minutes.

– 아무리 당신이 노력해도, 당신은 파리/런던/동경/뉴욕/로마에 10분 이내에 도착할 수 없다

아무리 현지에 갔다 놓아도 제 스스로 노력을 하지 않으면 영어가 유창해 지지는 않는다. 세월은 사람을 기다려 주지 않는다. 세월이 지나면 저절로 영어

회화가 될 것이라 생각하면 잘못된 생각이다. 어떤 형태라도 노력을 하지 않으면 미국, 영국에서 살아도 늘지 않는 것을 수년간 살아온 많은 교포들(고학력자들도 포함)과 연수를 1년 정도로 장기간 갔다 온 조선소 시절의 대학 선배들을 보면 알 수 있다.

아들이 미국에 가기 직전 군대를 마치고 약간의 공백 기간이 있었는데 나는 아들이 적어도 20~30여 개 정도 이상의 영화 비디오 테입을 이용해 나의 스타일로 영어 회화 공부를 열심히 하기를 바랬는데 모든 것에 열심이던 아들도 이 방법은 택하지 않고 밖에 나가서 학원의 미국인 영어 교사를 만나서 부딪히는 방식으로 공부하였다. 그래서 우려했던 대로 미국 가서 처음 잠깐 동안은 말 때문에 공부하기가 쉽지 않았었다. 이래서 부모 말 잘 들으면 떡이 하나라도 더 생긴다고 한다.

MIT에 가서 천하의 수재 소리를 들으며 공부하던 호식이란 학생도 처음에 영어회화 때문에 거의 꼴등으로 성적이 나왔었다. 유학을 가기 전에 미리 듣기와 말하기를 공부하고 가면 고생을 하지 않았을 것이다. 많이 배웠다고 회화 위주의 교육을 많이 받지 않은 세대가 회화 공부도 안하고 미국에 가는 것은 공대 나와서 자동차 잘 안다고 운전 시험에 간신히 붙어 놓고 연습 제대로 안하고 자동차로 복잡한 거리부터 가서 운전하는 것과 같다.

내가 영어회화나 일어 회화에 열을 올리게 된 것의 배경은 그 당시 내가 근무하던 회사에서 많은 외국과의 거래 관계가 있어서 회사에서 종용하는 외에도 당시 나에게 우상이 되었던 윗 분 한 사람의 영향도 무시할 수가 없다. 서울 공대 선배였다. 배우처럼 잘생긴 인물에 언제나 회사에 출근하면 항시 먼저 여유

있게 와서 조간 신문을 보고 있었는데 만 30의 나이도 채 안 된 이 선배는 영어와 일어가 능통하였다. 중역은 이 젊은 선배를 영어 박사라고 하면서 그를 자주 찾곤 했었다. 그리고 그는 유럽으로 일본으로 미국으로 한국의 현대 산업사의 획을 그을 큰 사업건으로 회사에서 위임받아 잘 돌아다니곤 했다.

그는 어떤 소설을 보고 눈물이 날 만큼 감동을 받았다고 직원들에게 말 한 적이 있는데 그 때문에 열심히 회화 공부를 하였다고 들었고, 나도 그처럼 열심히 해야겠다고 생각하면서 일어 공부부터 열심히 하였다. 사실 내가 이 회사에 입사하기 전에도 일어가 필요함을 느끼고 약간은 공부해 둔 상태였다. 그래서 근무하는 동안에 일에 거의 지장이 없을 만큼 공부하여 일어 문법 회화 공부부터 마쳤다. 영어회화는 그 뒤에 공부 하였다.

처음에 회사에 입사하여 20대 후반인 나의 일본어가 설어서 일본인 재벌 회사의 50대 후반의 고참 직원한테서 괄시를 받았는데, 한 해 쯤 뒤엔가 다시 나를 만나서 나의 회화가 괄목할 정도로 늘었다는 것을 알고 그의 태도는 완전히 달라졌다. 주눅이 들 정도로. 그는 나 혼자서는 이 커다란 사업계획을 마련하는 것은 무리라고 하면서 우리 회사 중역에게 몇 번이나 이야기 했었는데 그 뒤는 잠잠해진 저이 있다.

23) 짜여진 계획은 탁월한 결과를 가져온다.

회사에서 판매 실적을 매 분기마다 평가하면서 영업사원별로 다음 분기의 계획을 사장이 묻고 점검한다. 그러면 사원은 다음에 자기가 팔 예상량을 내어 놓는데, 이렇게 해서 판매하는 것이 무계획적으로 판매하는 것보다 더 많이 팔린 다는 것이 통계 수치로 나와있다. 즉 스스로 정해 놓은 수치를 향해 전력 질주하기 때문에 좋은 성과를 보이는 것이다.

박 대통령시절 공과 대학 선배 중 한 분이 하버드 대학에 유학을 갔었는데 그 당시 군 문제가 불거져 나와 군에 가지 않고 유학간 자는 어떤 기한 내에 한국에 복귀하라는 엄명이 떨어진 일이 있었다. 사정이 이리되니 이왕 미국에 가서 공부하는데 박사 학위를 안받고 그냥 돌아갈 수도 없고, 그렇다고 나중에 군 필하고 다시 가자니 그것도 난감한지라 그 선배는 짧은 시한 안에 박사 학위를 받을 것으로 스스로 계획을 수정하고 전력투구하여 컴퓨터 공학 박사 학위를 받고 귀국했었다. 군 먼저 필하고 공부하라고 한 독려가 오히려 이 선배의 학위를 앞당겨 준 것이다. 나중에 군에 가도 되지만, 일단 먼저 우선 순위를 군에다 두라는 것 같았다.

아들은 내가 조선소 다닐 때 "나도 아빠처럼 서울 대학교 공장대학 갈 꺼야"라며 말했다. 공과대학을 공장대학이라고 하였다. 유치원 갈 나이가 되기도 전에 아들은 아버지의 일에 커다란 긍지를 가지고, 매일 놀 때 보면 배, 자동차, 탱크 같은 것을 그리며 놀았었다. 무엇인가 움직이게 하는 것이 필요하다고 느껴졌던지 엔진도 그럴싸하게 그려 넣기도 했었다.

조금 커서는 초등학교 말쯤 되어 아들은 구체적으로 50권 분량의 위인들의 문고판 전기를 읽기 시작하면서 자신의 관심분야와 포부를 구체적으로 말하였다.

아이를 정식으로 유치원에 보내지 않고, 대신 집 앞의 피아노 학원과 자세 교정을 위해 태권도장에 운동하라고 보내어 주었고 몇 달간을 다녔다. 공문 수학의 학습지를 아들이 원해서 초등학교 말경에 받아 보고 공부시켰다.

여태까지 보면 아들은 초등학교 다니기 전의 유년 시절은 정말 한도 없이 잘 놀았었고, 초등학교 시절에는 많이 놀아가면서 약간만 공부했었고, 중학교 시절은 공부 반(半) 놀기 반으로 하고 고등학교 시절에는 맹렬하게 공부에 전력투구하고 대학이후는 방학 빼 놓고는 다시 전력투구하였다. 어릴 때 노는 것 자체가 장난감·놀이기구 가지고 놀기, 친구와 놀기, 위인전, 명작 읽기, 티비 보기, 피아노 치기, 부모와 여러 군데 놀러 다니기를 하였으니, 무료하게 빈둥거린 적은 거의 없었다.

대학에 들어와서는 방학 때에 미국에 놀러 가게 되었는데 내가 직접 여정을 잡아주었다. 미국에서 한 달 정도 되는 기간 중에 꼭 봐야 될 것을 정해 준 것이다. 인상적인 곳에서의 휴식 이외에도 앞으로의 계획에 도움이 될 것을 보고 오기를 바랐다.

시애틀	비행기 경유지, 항공기 회사 보잉 소재지, 마이크로 소프트 회사 소재지

샌프란시스코	시가지 및 금문교, 스탠포드대학
LA와 할리우드	여기서 아인슈타인, 원자탄의 아버지 오펜 하이머 교수의 족적을 살필 수 있는 칼리포니아 공대(칼텍)를 볼 수 있고, 또한 배우들의 도시 할리우드와 이국적인 올베라 스트리트를 볼 수 있다.
그랜드 캐년	자연의 장엄한 경치
시카고	현대 건축미술의 보고
버팔로	나이야 가라 폭포로 가기 위한 경유도시
뉴욕	각종 오페라 극장, 미술관, 증권가, 5번가와 타임스퀘어, 엠파이어 스테이트 빌딩, 세계 무역센터 등 (이 화려하고 북적대는 세계 경제와 무역의 심장부에서 아들이 인간의 야망의 크기를 보기를 바랐다)
보스턴	미국의 옛 수도, 하버드, MIT 대학
뉴어크	아인슈타인이 마지막으로 근무하던 프린스턴 대학으로 가기 위한 경유지
워싱턴	백악관, 포토맥 강변, 시내등
필라델피아	미국의 예전 수도, 단아한 하항, 펜실베이니아 대학

생각 같아서는 플로리다 주의 케이프 케네베랄의 우주 센터, 스와니 강, 피츠버그(제강도시, 음악가 포스터의 고향), 디트로이트(자동차 도시), 미시시피 강가의 뉴올리언즈도 보게 하고 싶었으나, 이렇게 하다가는 한 달여 정도 되는

기간에 제대로 볼 수 없을 것 같았다.

아들은 난생 처음 미국을 둘러 보고 와서는 무척 감명을 받은 모양이었다. 몇 날을 두고 미국의 인상에 대해 이야기하고, 또한 미국 유학에 대해 강한 의지를 보였다. 최고 대학 군중의 최고에 가려고 하면 당연히 서울대에서도 최고의 성적이 나와야 쉽게 장학금을 받고 갈 수 있다. 아들은 졸업 때 수석하겠다고 선언하고는 실제 그렇게 해냈다. 최소 모두 A학점을 받았고 상당수가 A+였다.

미국의 상기 방문지 중 적어도 어느 한 곳이라도 학부형들이 아이들을 보낸다면 아이들은 적지 않은 자극을 받아 새로운 포부가 생길 것이다.

24 제대로 된 공부

제대로 된 공부 태도가 되어 있어야 제대로 된 공부가 된다. 우선 영어 회화를 예로 다시 들면 많은 사람들이 회화 공부하는데 있어서 실패하는 것은 이렇다. 우선 회화를 하려고 하니 학력이 어느 정도 되는 사람들이 볼 때 수준 낮은 것(I am Kim, How are you? good morning, thank you 등)을 공부하는 것이 시시해 보인다. 이 정도는 들을 수도 있고 빨리 말할 수도 있을 것 같다는 생각이 들 것이다. 맞다. 이 정도는 웬만하면 빨리 한다. 고객이 오면 회사 직원들 너 나 할 것 없이 이 정도는 듣고 말하다가 이야기가 계약이나 기술의 구체적인 내용에 들어가면 그만 벙어리가 되어 버린다.

문제는 사람들이 기초부터 회화 공부를 안 하려고 하는데 있다. 그래서 어려운 부분부터 하다가 해석도 해 보는 둥, 이러구 저러구 하다가 그만 좀 어려워지면 앞이 아득해져서는 작심삼일로 끝내고는 다음 기회로 차일피일 이 핑계 저 핑계대면서 미루다가는 결국에는 안 하고 만다. 시간도 없다하면서 회식자리에 가서 술은 철저히 자주 느긋하게 마신다. 이러니 내가 다닌 회사의 회장은 복통이 터지는 것이다.

이런 영어 잘하는 사람들이 나타나면 저 사람 미국에 오래 살았겠지, 미국에 출장 오래 갔다 왔겠지 하고 오해하는 사람들이 많다. 그러나 미국에 수 년~ 수십 년 산 사람도 영어 회화다운 회화 못하는 사람이 많이 있는 반면에 미국 아예 안 갔다 오고도 한국에서만 살았는데도 영어 회화 기막히게 잘하는 사람이 있다. 내 자신이 몇년 전 TV로도 회화공부 할 때의 여러 교수들 중에 이런 사람이 있었는데 이화여대 교수였다. 대부분 누군지 알 것이다. 그 뒤에 미국에 교환 교수등으로 갔다 왔는지는 모르겠지만, 그 당시에는 완전히 한국통이었다. 즉 환경보다는 자신의 노력이 훨씬 중요 하다는 말이다.

공부를 하려면, 괜히 나는 학력있다 하면서 리더스 다이제스트를 끼고 다니는 둥 겉멋 따위는 다 집어 던져 버리고 알짜 공부를 해야 한다. 가장 효율적으로 듣기 할 수 있는 공부 중 하나는 아이들의 재미나는 이야기이다. 이런 공부는 말이 아이들 공부이지 나올 것은 다 나온다. 부정사, 동명사, 분사구문, 가정법, 생략, 도치, 관계 대명사, 관계 부사 등등. 그리고 영어 제법 한다는 사람들도 잘 모를 수 있는 단어들 역시 꽤 나온다. 그리고 재미있게 꾸며져 있다. 그리고 여기에는 아이들이 커 가면서 실제로 확률적으로 많이 나올 수 있는 아래와 같은 말이 또는 같은 수준의 말이 나옴으로 특히 현지에 가서 살아야 하는 발등에 불이 떨어진 사람들에게는 더욱 필수적인 내용이다. 아래 내용은 EBSE의 영어 교육 프로그램의 하나인 STORY LAND에 나오는 말도 포함 되어 있다. 이 프로는 참으로 유익한 프로로서 이 만큼 훌륭한 프로도 드물다.

▶ 엄마, 철수가 나 종기 났다고 놀렸어요.

▶ 너 아직도 이불에 오줌 싸니? 우리 애는 너보다 어리지만 이미 그런 일은 졸업했단다.

▶ 기차는 칙칙폭폭 하면서 막 지나갔다.

▶ 짜잔 하면서 그들이 나타났다.

▶ 지금 통화 중이 예요. 나중에 다시 전화 주세요.

▶ 엄마 나 대변 마려워요 .

▶ 엄마는 아들을 꼭 껴안으며 자랑스럽게 아들에게 말하였다. 등등

이민가면 어린 아이들이 영어를 잘하는 이유는 우선 제 또래 친구들과 놀면서 기초적인 것부터 천천히 비교적 청량한 아이들의 목소리 톤으로 들어가면서 저돌적으로 부딪쳐 되든 안되든 반복적으로 떠들어댄다. 잘 못해도 어린애라고 너그러이 봐 주고 돌 봐 주니 교정연습도 쉽게 된다. 어른들이 가면 기껏해야 무지해서 또는 체면상 또는 철없이 겉멋 부린다고 공연히 되지도 않을 그룹에 가서 '깨끗하게 발음 내어 주지도 않고, 쉽지도 않는 단어들이 망라된, 재수 없으면 조리 없으면서 사투리까지 마구 섞인 배려 없는 어른들의 복잡한 말'을 몇 번 듣고는 슬슬 질리기 시작한다. 방금 뭐라 했냐고 거듭 물을 수도 없다. 나중에는 지겹다는 듯한 상대의 표정을 보고는 주눅이 들어 슬그머니 물러나서 속수무책으로 있으면서 흐르는 세월에 막연한 기대를 해 보지만, 세월은 사람을 기다리며 준비해 주지 않는다.

"이것 얼마 입니까?"
"백불입니다."
"좀 깍읍시다"
"안됩니다."

이 정도는 회화가 되고 어쨌든 기초 생활은 되니까 더욱 더 영어는 안하게 되고 결국 이 상태로 고정되어 버리는 것이다. 공부는 모자란다 싶으면 학력 유

무에 불구하고 기초 책부터 봐야 한다.

　어느 만화방 아저씨가 어느 날 보니 어디서인가 본 적이 있는 매우 낯익은 사람이 들어와서 만화를 빌려 갔다. 같이 온 사람이 부르는 이름으로 봐서 그 이름까지 확실히 알고 있는 사람과 같은 이름이었다. 암만 해도 생각이 나지 않았다. 그때 그 만화방 주인의 아들이 "인터넷 지금 해도 되느냐"고 아버지를 보챘다. 그때 불현듯 생각이 났다. "맞아 인터넷에서 본 미국 MIT의 그 유명한 교수야. 방학이 되어서 한국에 나온 모양이다." 사람들의 보편적인 생각과 달리 정말 잘하는 사람은 책의 종류를 가리지 않는다. 쉴 때는 가벼운 만화도 보고 아이들과 이야기 하는 것도 재미난 일이다.

　영어 회화는 아무래도 기본적인 독해 작문 실력이 있는 사람이 더 빨리 하게 된다. 영어가 서툰 사람에게 해석을 시켜보면, 영어 단어의 일부를 빠뜨리고 적당히 연결해서 해석하는 것을 보게 된다. 그러나 필요 없는 단어가 문장 속에 그냥 있을 이유는 하나도 없다. 반드시 그 하나하나 다 역할이 있다. 문장은 아무리 복잡해도 다 5가지 형식 안에 속한다. 이 형식 안에 속하지 않으면 문장의 끊어 두기를 잘못한 것이니 반드시 문장 끝까지 읽고 나서 판단 해야 되는데 성급하게 먼저 끊기를 하는 것이다. 긴 문장의 경우 많이 있는 단어는 단지 주어, 동사, 목적어를 위한 악세사리에 불과하다.
　그래서 문장을 자꾸 다양하게 대하다 보면 어디가 한 덩어리 인가는 자연히 알게 된다. 그래서 주어와 동사와 목적어를 찾아 내면 해석이 쉬워진다.

　영어가 언뜻 복잡하게 보이는 것은 한 단어에 품사가 여러 가지 있는 경우도 있고 또 하나의 요소는 우리말과 달리 한 단어에 여러 가지 뜻이 있는 단어들도 있기 때문이다. 그리고 어떤 한가지 말에 대해서 엄연히 그 단어가 있음에도 불구하고 또 다른 단어로 같은 뜻의 말이 있는 것(예, lone : 고독한, lonely : 고독한)들이 더러 있다는 점이다. 이런 것은 사실 이 방면의 최고 전문가들인 교수들은 그렇지 않을 지라도 어지간히 잘하는 사람들도 기억을 다 못하는 부분이다.

사전에 nobody를 찾아 보면 품사를 대명사로 하여 "아무도… 않다"로 되어 있다. 물론 영어를 잘 하게 되면 이런 표현은 문제가 없으나 처음 대하는 사람에게는 대명사라 해 두고 이런 식으로 표현하니 혼란스럽게 들릴 것이다. 나 같으면 차라리 이것을 '아무도..않은 사람'이라고 표기하여 가르치고 싶다. 실제로 내 자신이 가족이든, 누구든 가르칠 때에는 이런 식으로 설명 하면서 가르쳤다.

이 영어 공부야 말로 시작 하면 아예 끝장을 보아야 하는 마음을 가지고 해야 한다. 이 해야 할 것도 많은 세상에 교수와 같은 그 분야의 최고 전문가가 되란 뜻이 아니고 적어도 자기 일과 자기의 일상생활과 관련하여 충분히 되어 불편 함이 없을 정도까지 해야 될 것이다. 말을 알아야 그 다음 단계를 할 수 있기 때문이다. 점점 자꾸 국제화 되어 가니 이제 영어는 수험생, 유학생, 사업가 뿐만 아니라 전 국민이 알아야 되는 필수 지식이 되어 가고 있다.

25) 수학 왕, 물리 왕

모든 공부와 달라 수학은 그 풀이함에 있어서 시간을 많이 필요로 한다. 수학을 공부할 때에는 절대로 아이들을 다그치지 말아야 한다. 조급증에 걸린 한국 부모들이 많지만 이런 부모들은 보나 마나 아이들에게 빨리 하라고 요구 하기 쉽다. 이러면 애들은 대충하여 제대로 된 공부가 안된다.

모든 공부가 그렇듯이 수학을 풀 때는 약간 쉬운 것부터 풀면서 확실히 알 때까지 철저히 곰 씹어 보는 것이 매우 중요하다. 대강 대충 넘어가다가는 기초가 매우 부실해 진다. 머리에 정리가 잘 안될 때는 도형을 만들어 보든지, 시험지에 일일이 숫지를 밍라해서 잘 생각해 보는 것도 좋다. 이렇게 함으로써 점점 깊이 있는 사고가 발전하게 된다. 그리고 문제를 풀 때는 여러 문제를 다 풀겠다는 마음으로 너무 욕심을 내서는 안 된다. 어차피 숫자만 다르지 유사한 문제가 많기 때문이다. 시간이 나면 계산력도 키울 겸 그리 해도 되지만 대부분 시간이 그리 넉넉하게 주어지지 않기 때문이다.

수학은 여러 가지 유형의 문제를 너무 많지 않은 범위 내에서 풀어 볼 필요가 있다. 다시 이야기 하지만 확실히 알 때까지 철저히 그리고 천천히 곰 씹어 보는 것이 매우 중요하다. 그러나 이나마도 너무 장시간 끌어서는 안되고 도저히 안되겠다 싶으면 풀이 과정을 보고 해답 풀이 과정에 의존할 필요는 어느 정도 있다. 그리고 나서 유사 문제들과 새로운 유형의 문제들을 스스로 해 보는 것이 낫다. 일단 어느 정도 문제가 풀리면 그 다음에는 가속도가 붙는데 비약적으로 발전하는 사람들도 있다. 수학이야 말로 초등학교부터 잘해야 훗날 부담이 크지 않다.

우리가 시(詩)를 지으려 할 때 처음에 잘 머리에 떠 오르지 않으면, 일단 유명 시인들의 멋진 시구들이 떠 오른다. 그 시구(詩句)들을 결합하든가 다소 변경해서 새로운 시구를 만들어 내기도 하고, 자기의 시상(詩想)도 가다듬어 연마해서 이리저리 해 보다가 수많이 연습이 되면 자기 스타일의 훌륭한 시가 탄생하게 된다. 이와 같이 수학도 처음에는 어느 정도 풀어 보다가 정 안되면 풀이한 것을 보고 이해할 필요도 있다.

그러나 계속 답안에 의존하다가는 실력이 많이 늘지 않는다.

가장 기초가 필요한 공부가 수학 공부이다. 그래서 수학은 초등학교 때 쉬운 것부터 잘 이해하여 나가야 한다. 이 수학은 이공계의 모든 공부의 기초가 되며 일상 생활에서도 많이 활용되는 공부이기 때문이다. 수 년전에 등산하면서 가게에 들러 몇 가지를 사고 거스름돈을 받았는데 나중에 세어 보니 가게 할머니가 잘못 계산하여 많이 내어 준 적이 있어서 다시 가서 돌려 준 적이 있었다. 또 농협에서는 어느 날 기계에서 10만 원을 카드로 넣고 찾는데 19만원(수표 10만 원짜리 1개 와 현금 9만 원으로 구성)이 나온 적이 있어 창구에 가서 상황을 설명하며 주의를 준 적이 있었다. 무엇인가 잘못되어 입력이 되어 있던 모양이다.

욕심을 내어 속도를 내다가는 절대 수학을 이해 할 수가 없다.

조급증의 한 예를 보자. 며칠 전 길을 건너 가고 있을 때 파란 신호등이 켜진 뒤 시간이 제법 경과되었는데 자동차가 슬슬 밀고 들어 와서는 야금야금 움직이더니 이윽고 그대로 통과해서 가 버리는 것을 보았다. 신호등이 있으나 마나 한 것이다. 나는 이런 경우를 많이 보았기 때문에 길 건널 때에는 푸른색 신호등이 켜져도 좌우를 잘 살피면서 걷는다

이러니 약 8년 전쯤 한국의 검찰이 발표한 뺑소니 사고가 한국에서 연 몇 천 건이나 되는데 그 당시 우리와 멀지 않은 나라에서는 단 한 건도 없었다고 한다. (그 나라가 잘했다기보다 그냥 정상이고 한국이 매우 비정상적으로 많다.)

이런 성급한 사람들은 수학을 잘 못하고 그 사람들의 자식들도 못하는 경우를 수없이 보았다. 공부 특히 수학을 잘하는 사람들을 보면 한결같이 매우 차분하다. 이래서 조급증에 걸린 사람이 많은 우리나라에서 노벨상 수상이 잘 안되는 모양이다.

이런 사람들이 사고도 잘 내고 각종 집안 문제도 일으킨다. 애들 공부하는데도 아주 악재로 작용한다. 누가 고발이라도 하여 경찰에서 통지서가 오면 집안이 뒤숭숭해지고 안절부절 못할 것이다. 밥상머리에서 자기 잘못은 생각 안하고 투덜거리며 행정관서를 탓하는 소리를 하면 더욱 더 자식교육에는 좋지 못하다.

공부를 하여 보면 수학이나 물리, 화학등과 같은 이공계 공부처럼 재미나는 공부들도 드물다. 자연 현상은 경이롭게도 수식으로 표현되는 것이 많다. 우리가 빨래 줄을 보면 그냥 아무 의미 없는 곡선 같지만 이것은 수식으로 표현할 수 있는 곡선이다. 추는 그냥 좌우로 흔들리는 것 같지만, 그 진폭이 점점 작아져도 좌우로 흔들리는 시간은 동일하다. 고양이를 높이 던졌다 놓아도 알아서 정확하게 발로 땅에 닿는다. 이는 꼬리를 몸 안으로 감음으로서 시간당의 회전 속도를 본능적으로 조절하여 땅에 정확히 머리가 아니 푹신한 발로 착지 한다. 오리

가 물에 뜨는 것은 몸 밖에 기름이 묻어 있어서 이고 이것이 물보다 비중이 작기 때문이다.

그리고 인간사의 거동과 닮은 것도 많이 있다. 즉 정지 마찰 계수가 운동 마찰 계수보다 커서 처음 움직이는 것은 힘드나 일단 움직이면 잘 움직여 진다. 인간사에 있어서 시작이 반이라는 것과 같은 현상이다. 움직이는 기계를 억지로 잡으면 열이 난다. 사람을 억압하면 열내고 저항하며 일어나는 것과 같다.

그런데 학교에서 가르칠 때에 어렵게, 재미없게 해서 또 실험 도구를 쓰지 않아서 어렵게 되는 경우도 있다. 지구가 무슨 근거로 둥그냐, 또 모든 물체는 서로 잡아 당기는 힘이 있는 것은 무슨 근거로 그러냐고 아이들이 물으면 이렇게 설명 해 보자.

지구가 평평하다면 지평선 쪽으로 사라져 가는 배를 봤을 때 점점 전체적으로 같은 비율로 작아져야 하는데 멀리 가면 하체부터 안 보이게 된다. 어디에 가도 그렇다. 둥글지 않고서는 이런 현상이 생길 수가 없다. 그리고 이렇게 둥근 지구인데도 우리 반대 쪽에 있는 나라의 바닷물이 우주로 떨어지지 않는 것은 지구와 이 물이 서로 잡아 당기고 있기 때문이다. 너와 나도 서로 끌리고 있지만 그것을 방해하는 마찰력이 더 크니 사실은 안 당겨진다.

쉽게 설명하면서 아이들의 지식이 많아지면 점점 아이들은 더 깊이 알려고 한다.

물리학도 3회 정독 하여야 하나, 수학적 지식이 많이 필요함으로 수학을 우선 잘해 둬야 한다. 수학은 몇 회 정독이니 하면서 할 것 없고 문제를 다양하게 풀어보면 된다. 이리하여 수학, 물리학을 점점 더 알게 되고 나중에는 수학, 물리 왕까지 되는 것이다.

26) 실패는 실패의 어머니 – 장기간 시험에 못 붙는 사람들

실패는 성공의 어머니란 말은 실패 하는 데에서 배우는 바가 있어 그것을 다음 기회에 반영 하여 과오가 없도록 치밀하게 더 잘 준비하여 대비 할 수 있다는 말에서 나온 것이다. 그런데 사람에 따라서는 실패를 자꾸 연발 하게 되면 여기에 면역이 생겼는지 분발을 더 못 하는 것을 많이 본다.

머리말에서도 이야기 했지만, 공부를 일사천리로 하여 미국의 세계 최고 명문 대학들에서 박사 학위를 20대의 젊은 나이에 받는 사람이 있는가 하면 50대에도 아직 자식과 같이 박사학위를 따기 위해 미국 10대 명문대에 속하지도 않는 미국 대학에서 공부 하는 사람도 있다. 그런가 하면 능률 적으로 공부한 사람이 1년 정도면 되는 국가 시험을 강산도 변할 장구한 기간 동안 매년 응시 하면서 비능률적으로 공부 하는 사람도 있다.

한국의 국가 시험 중 가장 수준이 높다는 시험은 수학이나 물리문제가 있지 않은 단순히 외우는 시험인데도 이렇게 끄는 사람들은 그 공부하는 방법이 잘 못 되었음을 아래와 같이 지적 할 수 밖에 없다. 전공도 안 한 서울대의 딴 단과대학 출신등도 빠른 사람은 1년 남짓해서 시험에 되는데 정작 전공한 사람으로서 오랜 기간 성과가 안 나오는 것은 문제가 있어도 단단히 있다.

▶ 첫째 집중하여 공부 하지 않는다 - 이런 사람들 우선 공부를 하겠다고 결심하면 휴대폰도 꺼 두고 온갖 복잡한 인간관계는 당분간 접어 둬야 한다. 할 것을 다 하면서 공부한다는 마음 자세는 벌서 실패의 시한폭탄을 안고 있는 것이다. 개, 고양이 같은 애완 동물이 있으면 아예 이것도 팔던지 남 주든지 하는 것이 좋다. 이런 동물들의 최소한도의 뒷바라지도 시간 낭비이다. 보통 공부 잘하는 사람들 보면 마음에는 태산같은 열정을 품고 있을지언정 그 존재가 있는지 없는지도 모를 만큼 조용하다. 공부의 삼매경에 빠져 있으니, 세상사에 관여할 마음이 없다. 공부 잘하는 사람들 중에는 화장실 가는 시간, 세수하는 시간도 아까워하는 사람도 있다.

▶ 지나치게 자세하게 공부하는 것 - 내가 회사 근무할 때 전임자가 한 사람 있었는데 인계 받은 보고서를 읽어보니 출장 보고서인데 너무 쓸데 없을 정도로 자세하였다. 어떤 장소에 검사차 갔는데 그 위치 묘사가 너무 상세하여 괴이하게까지 보였다. 그런 위치는 군더더기 묘사가 없어도 충분히 접근할 수 있는 위치였다.

이 바쁜 세상에 어떤 것을 공부 하였으면 그 수준에 맞는 것 또는 어느 정도 그 이상으로 하면 된다. 어차피 더 상세한 것은 박사학위 과정에서 공부하니까 지금 미리 당겨서 어떤 분야를 병적으로 팠다가는 시간 다 뺏기고 만다. 미국에서 항공 공학을 전공하는 범용이란 아이는 절대 과 수석이 되지 못한다. 이유는 그의 이런 완전 무결을 지나치게 추구하는 성격 탓이다.

▶ 심리적 결함 - 내가 본 의학 서적에는 사람의 행위를 매우 느리게 하는 심리적인 결함인 병도 있었다. 즉 행위는 뇌에서 지시 하는 대로 하니까 결국 뇌가 병이 원인이 되어 원활하게 움직여 주지 않으니 행위도 제대로 되어 지지 않

는다. 이런 결함도 공부의 속도를 방해한다.

▶ **못 하는 자들과 한패** - 주위에 못 하는 사람들이 많이 있어 그 사람들이 귀감 아닌 본보기가 되는 우스운 꼴도 본다. "저애, 못해도 그럭저럭 살아", "맞아 너무 열심히 하지 마" 하면서 해보지도 않고 미리 한계부터 정해 놓고 사는 패배 주의자들이 옆에서 위안 아닌 위안을 늘어 놓으면 이런것에서 공연히 수준을 낮게 설정하도록 유도 당하며 이것은 공부를 방해하는 것이 된다. 아예 귀도 눈도 다 막고 있는 것이 낫다.

▶ **시간이 많다고 생각하는 것** - 시간이 많다고 비례해서 되는 것이 아니다. 수학과 같은 특별한 공부를 빼 놓고는 정독해서 마음속에 정리가 되는 것은 3번이면 되지만, 공부해 둔 것은 망각곡선에서 보면 시간이 지나면서 점점 잊어져 버린다. 우리가 우리 이름을 안 잊어버리는 것은 자꾸 되풀이 되었기 때문이다. 그리고 공부할 내용이 세월이 지남에 따라 일부 바뀌면 또 새로 공부해야 하니, 시간을 끈다고 좋은 것이 아니다. 이것은 이공계 공부도 마찬가지여서 예컨대 내가 학교 다닐 때는 집합이란 것이 없었는데(수학과에는 있었겠지만) 아들이 다닐 때는 집합이란 것이 생겼나.

'시간은 더 이상 없다, 실패는 한 번으로 이미 족하다'고 생각하고 맹렬히 하여야한다.

▶ **주위에서 주는 스트레스** - 보통 공부 잘 하는 사람들은 그 부모를 존경하는 사람들이 많이 있다. 존경하게 되는 대상은 그 대상의 부와 학식과 권력, 사회적 지위 하고는 별로 상관이 없다. 부모가 반역죄에 해당하는 행위를 했어도 존경하는 집안을 본적도 있다. 부모는 자식이 기댈 수 있는 일차적인 정신적인 지주인데 부모가 문제를 일으켜서 자식들과 관계가 매우 안 좋은 경우도 본

다. 이런 환경에 있는 사람들로 공부를 썩 잘하는 사람들을 본 적이 없다. 이렇게 되면 있는 총명한 기운도 감소되고 만다. 마음에 온갖 갈등과 분노가 끊일 날이 없는데 제대로 될 리가 없다.

중국의 왕의 고사에서도 보면 한 왕이 그 후처를 많이 사랑했는데 질투에 눈이 먼 사악한 본처가 왕이 죽은 뒤 어느 날 그 후처를 잔인하게 죽여 버렸다. 팔 다리를 자르고 눈알을 빼서 두루 뭉수리로 만들어 가두어 두었다. 그 후처의 아이도 독살하여 죽여버리고 후처는 훗날 거열 형(네마리의 소로 끌어 찢어 죽이는 형벌)으로 처형하여 버렸는데 이를 안 전처 소생의 아들이 왕이 되어서는 자기 어머니의 잔혹함에 치를 떨고 술과 여자로 세월을 보내다가 죽은 것이다. 이것은 극단적인 예이지만, 심각한 문제를 일으키는 부모가 되어서는 문제가 반드시 찾아온다는 것을 책들이나 주위에서 볼 수 있다.

▶ 잘못된 휴식 - 공부를 지속적으로 하지 말고 쉬면서 하는 것도 중요하지만, 쉬는 방법도 문제가 될 수 있다. 쉬면서 게임 한 판만 하고 하겠다 하면 원래 쉬려고 계획하던 시간과 달리 많은 시간이 허비 되어 버릴 수 있다. 게임에 빠져 중독 된 사람들이 PC방에서 간혹 죽는 사고를 신문을 통해 보곤 한다. 사람들은 여러 가지에 병적으로 중독이 많이 되어 있다는 의사의 글을 읽은 적이 있다. 마약 중독 말고도, 알콜 중독, 게임 중독, 쇼핑 중독, 일 중독 등등 이 모든 것이 바람직하지 않고 사실 내가 보아 온 공부 잘하는 아이들 중에 아무도 이런 것에 중독이 되도록 빠진 아이들을 본 적이 없다.

어떤 집에서는 아예 컴퓨터나 TV를 부모들이 없애 버린 것을 보았다. 이런다고 콩밭에 간 아이들의 마음이 돌아오지 않는다. 집에 없으면 PC방에 가서라도 컴퓨터를 하게 되는데 이것을 어떻게 감독할 것인가? 어떤 것도 제대로는 감

독할 수는 없다. 참는 것도 자꾸 연습이 되면 참아 진다. 너무 극단적으로 이렇게까지 할 것은 없다.

내가 서독에 선박엔진의 연수를 받으러 수 해 전에 갔을 때 마침 동독에서도 같은 공장에 연수 온 무리가 있었다. 재미 나는 것은 그 연수자에게 감독도 따라 붙었다. 탈출할까 봐 보낸 것이다. 참으로 신경 과민한 자들이란 생각이 들었다. 마음 먹으면 얼마든지 탈출할 수 있다. 내 방에 들어 왔다가 화장실 창으로 넘어 나가면 된다. 아무리 그렇지만, 옆방에 놀러 가는데 복도에서 지켜야지 방에까지 따라 들어 올 수는 없다.

▶ **꿈에 대한 의구심 -** 시험에 자꾸 떨어지면, 그 만큼 사회 진출이 늦어진다. 시험에 늦으면, 늦는 만큼 사회에 나가서도 뒤쳐져서 진급한다. 대학 동문 중 한 명은 내가 사회에 진출한 지 7년 후에 내가 다니던 회사에 입사하였다. 어디서 무얼하다가 남들이 다 진급을 하고 난 뒤 사원으로 들어온 지 모르겠으나 보통 이런 경우에는 사람들이 자신의 처지를 그리 탐탁하게 생각하지 않는다. 인물도 배우 만큼 잘 생긴 녀석이 하숙방에 같이 있을 때 애인도 찾아오고 하더니, 그런 일 때문인가 하고도 생각이 되었지만 알 수는 없다.

회사야 융통성이 있어서 회사 싫으면 딴 회사로 옮기면 되지만 공무원이 되는 시험에 자꾸 낙방이 되면 진급이 늦어져서 동문의 지휘를 받게 되는 처지가 되는 것을 재수하는 사람들은 아무래도 의식하게 되고 그래서 자꾸 떨어지면 꿈도 아무래도 빛 바랜 꿈으로 되고 결국 강력히 공부하려는 동기가 약해진다. 실제 보면 시험에 되어도 이런 저런 이유로 관직을 그만두고 그 세계를 아예 떠나서 장사를 한다든지 딴 일을 하는 사람들이 제법 있다. 공부를 하는 사람들은 이런 것을 잘 새기고 단단히 각오하든지, 아니면 아예 포기하고 딴 길로 가는 것이 낫다.

▶ 술과 담배 - 담배의 해악은 달리 말 한 바와 같다. 술도 뇌세포를 죽이는 것으로 밝혀 졌다. 그래서 시험을 앞두고 있는 사람은 마시지 않는 것이 좋다. 요즈음 대화하다 보면 아주 단순한 질문도 거듭 묻는 사람들을 간혹 본다. 이런 사람들은 술이던 무엇이던 원인이 되어 뇌가 잘못 되었든지 건성으로 대하는 일이 많은 사람이라고 생각 할 수 밖에 없다.

나는 담배는 극력 반대 하지만 술은 의사가 말하는 안정적인 한계 내에서는 어느 정도 마시는 것에는 동감을 하고 있다. 그래서 나 자신도 1주일에 한 번 정도는 그 범위 내에서 마시기도 한다. 그러나 공부하는 사람들 입장에서는 아무래도 아예 안 마시던지 특별한 날 정도에 마시는 것이 좋다. 공부 잘 하는 사람들은 술을 그리 잘 마시지 않는다.

요즘은 그런 뉴스가 잘 나는지 모르겠으나 예전에 보면 정부의 장(長) 자리 인사 발령 나면서 무슨 자랑이라고 개인의 신상명세에 보면 두주 불사한다는 말이 신문에 실리는 경우를 본다. 술을 많이 먹는다는 말인데 술을 많이 먹으면 머리가 분명이 안 좋아진다. 그래서 엉터리 정치를 하는 것을 더러 보는 모양이다.

위에 든 여러 가지 내 나름대로 보아 온 문제들이 있다 해도 가장 중요 한 것은 집중해서 공부하는 것이다.

27) 가르치는 부모가 아이를 뛰어나게 하는가??

보통 주위에서는 내가 아이를 잘 가르쳐서 아이가 성적이 좋다고 오해들을 한다. 그러나 나 자신이 가르친 적은 별로 없다. 나에게 물어 본 것이라고는 아이가 중학교 때까지인데 그것마저도 미미했다. 주로 국어 사전이나 백과 사전, 기타 책들을 찾아보면서 아이 스스로 깨친 것이다. 아들이 아내에게도 물어보긴 했어도 별로 대답할 수 없는 황당한 의문도 많았다. 이를 테면 "코끼리 가슴 둘레"같은 것이다.

내가 가르친게 있다면 아이에게 늘상 공부하는 자세였을 것이다. 나는 짬만 나면 공부하였다. 전공 공부 외에도, 영어, 일어 공부는 늘 달아 놓고 있었다. 이런 공부가 웬만큼 된 다음에는 딴 부분의 공부를 하던지, 여러 가지 문학책들, 역사 소설 등을 읽곤 했다. 아들의 놀이 방법 중 하나는 시험지에 무수히 여러 가지 깃을 그리는 것이다. 딸도 그러더니 어느 날 어느 단체인가에서 실시한 시험에서 미술상을 받아왔다. 학교에서도 받았다.

나의 친척들(이들 중 많은 친척이 서울대 각 단과 대학―공대, 의대, 문리대, 상대, 법대등― 출신들이다)도 보면 아버지의 직업이 다양해도(사업가, 엔지니어, 의사, 교수, 판사 등) 다들 아이들을 스스로 이렇다 하게 별로 가르치는 것으로는 보여지지 않는다.

일단 부모가 아무래도 가르치는 아이들이 그렇지 않은 집의 아이들보다 좋은 결과를 최소한 더 얻는 것은 경험적으로 볼 때 사실이다. 부모가 아이를 제대로 가르친 경우는 에디슨을 들 수 있다. 교사를 했던 그 어머니는 에디슨을 학교를 그만 두게 하고 본격적으로 가르쳤다. 이렇게 자란 에디슨은 나중에 잘 알다시피 발명왕이 되었는데 미국 만국 박람회의 발명품 전시장의 미국 코너는 에디슨에 의한 발명품이 대다수였다고 한다.

그러나 내가 대학 다닐 때에 보면 동문들이 그런 여건을 못 갖춘 집이 훨씬 더 많았다.요즘은 학력 수준들이 높아졌지만 내가 대학 다닐 때만 해도 대학 진학률이 20%정도 밖에 되지 않았다. 하물며 우리 선대의 부모들은 말할 필요도 없다.

아이들이 물어봐도 대답을 해 줄 수 있는 부모가 그다지 많지 않았다. 특히 여학생의 경우에는 대학 진학률이 낮았다. 남동생들을 위해 이런 학교 교육에 손해를 누나들도 많이 보았다. 가정 형편들이 좋지 않아서 누나들이 벌어서 남동생들의 공부를 시킨 것이다.

내가 대학 시절에 서울에서 많은 가정교사 아르바이트를 하였는데 그 가르친 아이들의 형이나 오빠 들 중에 보면 서울의대, 서울법대, 서울치대, 줄리어드 음대 등 다니는 집이 여럿 있었는데도 나에게 맡긴 것을 보면, 이런 집들도 별로 그 형제들이 돌봐 주는 것이 없다는 이야기이다. 내가 가정교사 하면서 가르친 것은 수학보다 영어가 더 많았다. 수학이 더 어려워서 오히려 이것을 더 물어 볼 것 같지만 주로 영어를 가르쳐 달라는 것이었다. 사실 영어는 대부분의 공부와 마찬가지로 열심히만 하면 스스로 해도 깨치게 되어 있는데 아마 공부 요령을 제대로 터득을 못 한 것 같았다.

결론적으로, 아이들에게 부모가 가르치는 것이 좀 낫기는 하지만 그리 민감하지는 않고 아이 스스로 어떻게 하든 공부 하려는 자세가 제일 중요하다.

28) 구슬이 서말이라도 잘 꿰어야 보배

많은 지식을 대하여 열심히 머리 속에 주어 담을 때 그저 막연히 노력만 해서 마구잡이로 주어 담으면 아무래도 잘 요령있게 주어 담는 것 보다 못하다. 우리가 산에 가서 채취한 열매나 산나물을 주어 담을 때 배열 방법에 따라 잘 터지지도 않고 들어가는 양도 다른 것과 같다.

기억하는 것도 마찬 가지이다.

화학 시간에 원소의 이온화 경향(이 경향이 클 수록 반응성이 강해서 딴 화합물과 결합을 잘함)을 배웠는데 바륨, 칼륨, 스트론듐, 은, 납과 같은 원소를 그 경향이 큰 순위대로 적으면 Ba(바륨)−K(칼륨)−Sr−Ag(은)−Pb(납)의 순으로 되어 나는 이것을 "바깥 술은 나쁘다"로 해서 수십 년이 지난 지금까지 외우고 있다. 밖에서 마시는 술은 아내가 정성껏 끓여 주는 국물 안주도 없으니 나쁠 수 밖에. 그 원소들을 잘 읽어보면 이렇게 작문이 되는 것이다. 말하자면 외우기 쉬운 방식으로 바꿔서 외운 것이다.

어떤 학생은 하루에 영어 단어를 200여 개 씩 외운다고 한다. 이렇게 마구잡이로 배경에 넣지 않고 외운 것이 과연 오랫동안 잘 외워질지 의문이다. 영어 단어를 공부하여 보면 글자의 인상이 마음에 심긴다. flutter란 말은 "(깃발 등이) 펄럭이다"는 말인데 아첨하다는 말인 flatter를 보면 그 뜻이 일맥 유사한 것을 알 수 있다. 간사하게 이랬다저랬다 펄렁거리며 비위 맞추는 느낌을 주기 때문이다. 이런 단어 flutter를 그 말이 나오는 배경 속에다 넣고 외우면 오래 기억되기 때문에 훗날 이렇게 유사한 단어가 나오면 쉽게 외워 진다. 그래서 단어 몇 개만 알게 되면 서로 상승 작용을 하여 공부하기 쉽게 된다.

영어의 분사구문의 종류인 때, 원인, 조건, 양보, 부대상황도 때를 대로 바꾸어 그 앞머리만 따서 "대원조양부"로 하면 조를 기준으로 하여 나를 찾아온 사람의 성의 빈도가 양쪽으로 갈수록 줄어드는 모양이 되었다. 대씨는 아마도 없지만 대원군을 상징하게 하였다. 이런 식으로 작문을 한 것이다.

시나 글을 많이 읽으면 작문이 아무래도 는다. 삼국지에서 보면 아이 형제들에게 시를 짓게 하는 대목이 나오는데 짧은 시간 안에 훌륭한 시를 짓는다. 이렇게 되려면 아무래도 많이 책을 읽어야 한다. 그래서 나는 아이들에게 노는 것도 훌륭한 공부 방법이라고 말한다. 재미있는 전기나 역사 소설 등의 책 읽으면서도 많이 놀기 때문이다. 삼행시 짓기 놀이는 유익하며 교육적인 놀이다.

나중에 미국 프린스턴대 교수와 판사가 각각 된 서울대의 학수와 정균이는 전철 안에서 잘하는 놀이 중 하나가 영어 이어짓기 놀이이다(원… 녀석들 공부 잘하는 녀석들은 노는 것도 귀엽게 노네… 옆의 아저씨가 혼잣말로 웅얼거린다.).

고유명사를 빼고, 상대가 모르는 단어는 중복 사용이 가능 한 룰을 정해 놓고 일정 시간 내에 단어를 말하는 놀이인데 둘이 공부 잘하는 아이들 인지라 팽팽하게 이어지면서 상당한 시간이 흐르다가 실력이 아무래도 한 수 더 나은 학수가 결국 매번 이긴다. 이 과정에서 둘은 자신들이 모르는 단어에 대하여 서로 배우게 된다. 이렇게 놀면서 재미나게 배운 단어는 그냥 외운 것보다 더 잘 외어진다. 이 놀이에서 모르는 단어는 서로가 물으면 즉석에서 알려주게 되어 있다.

이것도 지식이란 구슬을 잘 꿰어 보배를 만드는 방법 중에 하나이다.

　　아무래도 어떤 배경 속에 넣어서 외운 단어 보다는 못하겠지만 그래도 놀면서 재미나게 자극을 받으며 배운 단어 인지라 막무가내로 외운 단어보다는 기억이 잘되는 것이다. 사실 배경 속에다 말을 넣고 배운다는 것과 같은 맥락의 "경험된 배경 속에서의 기억력 회생"을 정신과 치료에서 이용하는 것을 나는 영화를 통해서 보았다. 그 영화는 이책에서 내가 소개 하는 세기의 명화 『마음의 행로(원제 random harvest)』이다.

　　이 영화에서 '찰스'라는 주인공은 전쟁 중에 과거의 기억을 상실하여 영국의 리버풀의 정신병동에 입원 하고 있었다. 그러다 어느 날 이 병원의 열린 문으로 빠져 나와 안개 낀 거리를 걷는다. 걷다가 어떤 골목에서 잠시 쉬고 있는데, 악단에 속해 있던 여인 '폴라'가 길가다 우연히 보고 그가 아픈 사람처럼 보여서 돕기 위해 접근 한다. 그래서 그녀는 그 남자가 기억을 잃은 사람이란 것과 아무 곳에도 갈 수 없는 사람이란 것을 알게 되고 동정심이 생겨 같이 악단에 데리고 간다. 어느덧 둘 사이에는 사랑이 싹 트고, 둘은 결혼을 하게 된다. 남자는 글재주가 있어 어느 날 그의 글이 당선이 되어 그는 출판사에 가다가 교통 사고로 '폴라와 알게 되어 결혼까지 한 기간'의 일을 전혀 기억하지 못하게 된다.

　　그러나 이 사고로 그는 폴라를 만나기 전인 옛집에서 살던 기억은 소생되었다. 그래서 으리으리한 그의 옛집으로 찾아 간다. 결혼한지 얼마 되지도 않았던 그의 부인 폴라는 자신이 부인이라고 말해 봤자 소용 없을 것이라고 생각하고, 이제 작가에서 사업가이며 국회의원이 된 그의 남편의 구인광고를 보고 국회사무실에 그의 비서로 '핸슨'이라는 이름으로 취직한다. 남편은 부인이 어디서 본 사람인 것 같다는 느낌 뿐이었다. 찰스를 독신인 줄 알고 한 어여쁜 여성이 접근하여 결혼하자고 한다. 폴라는 이런 문제로 괴로워 하나 인내 하면서 그 품위를

지킨다. 그 어여쁜 여성은 찰스의 예찬을 받으나, 찰스의 표정에서 사랑을 구할 수 없다고 포기하고 슬프게 물러선다.

잃어버린 세월을 알아 내려고 애쓰는 찰스는 어느 날 우여 곡절 끝에 부인과 처음 만나게 된 항구도시 리버풀의 안개 낀 어느 거리를 정신과 의사의 안내를 받아 걸어가서는 조금씩 기억이 흐릿하게 되살아 남을 느낀다. 만났던 배경 속에 가니 기억이 나기 시작하는 것이었다. 이리하여 거리의 안개가 걷히면서, 벚꽃이 만발한 그의 신혼집의 모습이 떠오르게 되어, 그의 신혼집으로 달려간다. 마침 옛 추억의 집으로 먼저 와 마당에서 서성거리고 있던 폴라를 보자 비서 이름이 아닌 과거 이름 폴라를 극적으로 부르며 포옹하면서 영화는 끝이 난다.

이 영화가 얼마나 감동 적이었는지 나는 서울 대한 극장에서 20대 초에 보고 또 보고 한 7번은 본 것 같다. 찰스는 영화배우 ‘로날드 콜맨’이 또 폴라는 여우 ‘그리아 가슨’이 각각 역을 맡았다.

이렇게 어떤 상황 속에서 등장되어 인식하는 것이 막무가내로 인식하는 것보다 기억이 훨씬 잘되는 것임을 이 영화도 보여주고 있다.

내가 서울의 대한 극장에서 오래 전에 보고 수 십 년이 지난 지금까지도 그 주인공 이름과 영화에서 나오는 이름을 아직까지 기억하는 것도 그 영화를 반복해서 여러 번 극장에서 보고 또 TV로 명화 극장시간에 한 10년 전인가 본 것도 기여를 하겠지만, 그것보다는 영화가 감동적이었다든지, 또 어떤 시의 일부를 보는 듯한 이 영화가 나에게 강렬한 인상을 준 것과 이런 영화의 배경을 밑바탕으로 해서 그 배우들의 이름을 알게 된 것이 더 큰 기여를 한 것이다.

아이들에게 보여 주라고 내가 세기의 명화를 이야기를 하면서 수십 년이 지난 지금까지도 모든 주인공들로 분한 배우들의 이름을 착오없이 일일이 기억하는 것도 같은 맥락이다. 아직도 그 일부 대사를 내가 기억 하고 있는데 “Miss

Hanson, I am afraid I have said something to hurt you." 이다.

개인은 그 재주가 있어도 관계 당국이 이 구슬을 잘 꿰지 못한 예도 있다. 예능의 경우를 보면 매우 재주가 있어도 괴상하고 몰지각한 사회적 시스템 때문에 얼른 발탁이 안 되는 경우도 많다.

오정이는 미술 대학 출신은 아니지만 그의 살아온 환경 덕에 예술에 탁월한 감각을 갖게 된 사람이다. 그는 풍경 사진을 잘 찍어 일단 그의 매력적이며 감동적인 예술 사진을 본 사람들은 어떤 직위, 어떤 계층, 어떤 분야의 사람들이든 매우 놀란다. 그래서 화랑에 이야기 해 보아도 작품은 인정하되 전시에 대한 반응들이 없다. 그가 이야기 해본 화랑들은 기존작가들의 작품들을 위주로 전시하기 때문이다. 한국에서는 신인에 대한 발굴 노력이 없다는 미국 평론가의 말이 오정이게 떠오른다.

어느 날 지나는 길에 그는 우연히 한 화랑들에 들려 구경해 보니 기존작가의 전시가 없을 때에는 얼토당토 않은 그림들이 그저 형식적으로 전시되어 있것을 보게 된다. 예술의 보고인 이 나라가 그 좋은 예술 자원하나 개발 못하고 팽개치고 있다고 생각한다. 국전에도 나가 보라는 사람들의 권고도 들으나 믿을 수 없는 곳이라 생각하고 아예 대응도 안하고, 관광공사의 사진 모집에도 아예 응모하지 않는다.

1등 당선에 1,000만원 정도 주면서 무슨 계산인지 아예 지적 소유권도 자기네한테 달라하니 안하는 것이다. 기존 유명 작가들의 사진들이 한장에 기천만원에서 억대 넘게 팔리는데 자신의 사진도 그와 못지 않음을 주관적으로도 확신하고 또 객관적으로도 영국 런던, 중국 상해 화랑, 미국, 일본 경매사 등에서 Blog를 통해 사진을 보여주고 격찬을 받은 적이 있기 때문이다.

그는 화랑들이 세상의 변화에 응하지 않고 형님 아우하면서 학연 등에 고루

하게 얽매여 있을 것으로 판단하고 아예 화랑에는 이야기하지 않고 관계 당국에다 "광고 선전을 하면서 일면 신인도 발굴 해 보라"고 이야기해 보나, 사진계에 알아 보라는 둥의 관계자의 복지부동형 사무적인 대답만 듣고 한결같이 무용지물들이 차고 앉아 있다 생각하고는 더 이상 연연 안 하고 입을 다물어 버린다.

구슬이 서말이라도 꿰어야 보배인데 이렇게 나라가 자원 타령만 하고 정작 있는 이런 금수강산의 놀라운 풍경 자원이란 구슬은 꿰지 않아 사장된 보배로만 남아 있다. 이런 때야 말로 그것을 알아 주고 활용 하려는 나라로 가야한다.

29 집중력은 선택이 아닌 필수

공부 할 때에 치타 형도 있고 늑대 형도 있다. 치타 형은 단숨에 맹렬히 홀로 달려가 공격하는 형이고, 늑대형은 속도는 늦지만 집요하게 여러 마리가 쫓아가서 물고 늘어지는 형이다. 특히 대학으로 진학해서는 분량이 많고 복잡한 공부(이공계나 자연 과학계 공부—물리, 수학, 천체 등)일수록 치타형과 늑대 형의 좋은 점을 겸하면 제일 좋다. 치타형은 고도로 집중해서 하는 형이다.

그래서 최고 중의 최고들은 이렇게 공부 하며, 그렇게 할 수 밖에 없다. 흔히 우리 나라 사람들 중의 일부는 그 질을 들여다 볼 생각을 안 하고, 물량이 많으면 최고 인 줄 착각하는 경우를 적잖게 본다. 그래서 잠을 제대로 자고 공부를 잘 하면 사람들은 열심히 안 했는데 머리가 좋다는 등 하며 착각을 한다.

삼국지에도 보면 이런 사례가 나온다. 성질이 불같은 장비가 방통이 다스리는 지역에서 방통이 제대로 업무 처리를 충실히 하지 않고 논다는 이야기를 듣게 된다. 그래서 어느 날 혼을 내어 주려고 찾아 갔더니 역시 한가로이 놀고 있었다. 그러나 자초지종을 다 캐어 보니, 공부를 많이 한 방통은 이미 일을 능숙하게 다 처리 해 놓고는 할 일이 없으니 놀고 있은 것이었다. 불같은 장비도 할 말이 없으니, 멋 적은 촌놈이 되어 꿇어 앉아 사죄를 했다.

재벌 회사에서도 보면 별 갖추지도 않은 사람이 사장이 되는 경우가 있다. 물론 너무 형편 없는 사람이 사장으로 되지는 않지만, 그래도 사장정도 되려면 그 전공이 무엇이든 알아야 될 것 (전공분야 외에도 회계학, 경영학, 법률, 영어, 일어, 무역학, 역사, 컴퓨터등도 어느 정도는 알아야 됨)도 이론 이든 실무든 너무 많고, 덕도 있어야 되고, 추진력, 판단력등도 있어야 되는데, 이런 기본 보다는 회사에 여기 저기 다니면서 요란하게 생색 낸 것도 일 많이 한 것으로 오인되어 약발을 받은 것이다.

이래서 진짜 인재가 그 회사를 떠나 버리기도 한다. 누가 회사를 위해 진정으로 많이 기여했나 하는 것은 다소 긴 기간 동안에 겪어 보면 자연히 나온다. 이는 마치 이순신의 위대함이 이순신이 장수의 자리에서 물러 나서 나라가 다시 혼란한 지경에 이르러서야 알게 된 것과 마찬 가지이다.

어떤 스타일이든 간에 공부를 잘 하기 위해서는 집중해서 하는 것이 그 무엇보다 중요한 것이다. 이렇게 하기 위해서는 다음과 같은 것이 필요하다. 이미 나 자신이 이야기 한 중복되는 정보도 있을 수 있다. 우리 집에서는 이와 같이 하였다.

▶ **식사를 제대로 할 것** - 배가 불러도 그렇지만 배가 고프면 잠이 온다. 제대로 먹지 않고는 공부 할 수가 없다. 식사를 하고는 적어도 약 30분 정도 쉬었다 하는 것이 좋다. 바로 하면 위에 부담을 주게 되어 나중에는 위염으로 고생하게 된다. 미국에서 박사 학위 받은 사람들 중 적지 않은 사람들이 위장병이 있다 한다. 규칙적으로 매일 3번 먹는 것을 철칙으로 해야 한다.

▶ **충분한 잠** - 적게 자고 대학 걸린다고 하는 말은 잘 알지 못하고 하는 말들이다. 아들은 잠도 그런 대로 잘 것은 자고, 학원 안 다니고, 학교 공부에 충

실히 열심히 공부하였다. 잠을 못 자면 집중이 안 된다. 아들이 미국에서 나왔을 때 돈 셀 일이 있어 세게 하였더니, 너무 고단해서 자꾸 틀렸다.

　사람들은 공부를 잘 하면 만물 박사나 만능 인간으로 착각하고 공항에 아들이 내리니, 무슨 건은 어떻게 생각하느냐는 등 전혀 아들의 전문 분야와는 관계도 없는 질문을 기자들이 하기도 하였다. 미국에서 갓 나와서 피곤 할 때에는 복잡한 질문에는 전문 분야도 그리 빨리 대응 할 수도 없다.

　▶ 정리 정돈 - 어지러운 환경 속에서는 마음부터가 어수선 하다. 정리 하면 뇌 에도 도움이 된다고 전문가들이 말 하고 있다.

　▶ 단계적인 처리 - 예전에 보면 회사에서 신문을 보면서 결재 하는 중역이 있었다. 전화 받으면서 딴 계산을 계산기로 하기도 하였다. 이것도 결국 우리 민족의 조급증과 관련된 행위이다. 회사가 커서 매출액이 몇 조원 단위가 될 정도이면 이런 식으로 하다가는 잘못 하면 큰 낭패가 나는데 공부 할 때도 이런 방식은 좋지 않다. 별로 신경 쓰지 않아도 되는 재미있는 티비를 보면서 밥을 먹는 것은 괜찮다.

　▶ 좋은 가족관계, 친구 관계 - 사실 사람의 번뇌는 대인 관계에서 생기는 것이 많다. 그래서 속세를 떠난 사람들은 이런 번뇌에서 많이 해방 된다. 문제를 일으키는 자들과는 가급적 상종하지 않는 것이 좋다. 안 보고 안 듣고 말 안 하면 이런 상대로부터의 온갖 문제는 자연히 차단 된다. 번뇌는 온갖 생각으로 머리를 복잡하게 한다. '말로서 말 많으니 말 말을까 하노라' 는 옛 시조를 생각해 보면 알 수 있다.

예전의 서울 공대가 공릉동에 있을 때 그 당시 다른 단과 대학 1학년 생들도 여기 와서 공부 하였는데 여러 명을 치는 하숙 집에서는 공대생들과 이들이 우르르 떼거리로 몰려 이야기들을 하고는 저희들끼리 말 다툼을 하는 경우도 있었다. 이런 집단이 항시 조용한 것 같지만 그렇지 않다. 그 중에는 공부만 해서 시험에는 되었지만 버르장머리 없는 애들도 있었다. 나는 살면서 어떤 집단에도 문제아는 항상 있다는 것을 알았다.

▶ **소음의 차단** - 1층 집이면 현관, 부엌에서 가급적 먼 곳을 공부 방으로 하는 것이 좋다. 2층 방이 있으면 사람들이 들락날락하는 곳 보다 이왕이면 2층 방에서 하도록 하자. 경치가 너무 많이 들어 오지도 않고 어둡지도 않은 벽면으로 책상을 놓는다. 차에다 물건을 싣고 마이크로 장사를 하는 사람 때문에 동네가 받아 들일 수 없이 시끄러우면, 정면으로 이야기 하여 주의를 줄 필요가 있다. 반복이 되면 따끔하게 단호하게 이야기 하여야 한다. 여러 번 하면 알아 들을 만한 사람은 다시 와서 소란을 피우지는 않는다.

소리도 소리 나름 이어서 새소리, 매미 소리 같은 것은 아이들 자랄 때 많이 났지만, 거슬리지 않았다. 내가 대학 다닐 때 한 때 서울 서교동에서 살 때에는 간혹 당인리 발전소로 어쩌다가 가는 기차가 집 바로 옆으로 지나가기도 하였다. 이것은 하나의 명물이라고도 볼 수 있는데 시끄럽다고 느껴지지는 않고 향수를 자아 내는 소리여서 거슬리지 않았다.

동네에 따라서는 개들과 고양이들이 많은 동네들이 있다. 이것들의 소리는 대체로 그다지 시끄러운 편은 아니나 경우에 따라서는 사람들의 신경을 몹시 자극하는 경우도 있어서 어떤 사람은 이웃 집 개를 팔아 버리고 그 돈을 자기가 착복한 괴이한 사건이 신문에 난 적도 있다.

▶ 보약과 같은 낮잠 - 잠이 올 때는 억지로 공부하지 말고 잠시 벨을 맞춰 놓고 낮잠을 잔다. 20분 정도 만 자도 깊이 자면 개운 한 것을 경험이 있는 사람들은 잘 알 것이다.

▶ 휴식 - 50분 정도 공부하고 10분정도 쉬는 방식으로 한다. 이것은 대체적인 통계일 터이니 약간의 융통성은 있을 수 있다. 계속하면 머리가 무겁고 머리의 회전이 잘 안 된다. 내가 대학 다닐 때에는 교수들 중 어면 교수는 이런 것을 잘 몰랐는지 2시간을 달아서 가르치는 경우도 있었다. 잠시 쉴 동안에 음악을 들으면 짧은 성악곡이나 피아노곡을 듣는 것이 좋다. 교향곡 같은 긴 음악을 들으면 좋은 선율에 이끌리어 조금만 더 듣겠다고 하여 쉬는 시간의 룰이 깨어질 수 있다. 방안에만 있기 답답하면 더럽지 않은 동네라면 동네 한 바퀴 돌다 오는 것도 좋다. 경험에 의하면 어지간히 깨끗한 집안이라도 바깥 공기가 더 나음을 보았다. 밖에서는 콧구멍이 웬만하면 뻥 뚫린다.

▶ 방안의 환기 - 방안을 환기가 잘 되도록 쉴 때 잠시라도 창을 활짝 열어야 된다. 방안에 화분이 있는 것도 도움이 된다. 어면 아파트에 새로 입주 할 때는 보일러를 가동해서 붙 밖이 가구 등에 칠해진 화학 약품 냄세 등을 충분히 빼고 들어가는 것이 좋다. 우리는 아파트에서 거의 살지 않아 이런 냄새 같은 것은 집에 배여 있지 않았다.

▶ 책상에서의 공부 - 만화, 가벼운 읽을 거리 같은 것은 지장이 없지만, 밥상에서 낮게 앉아서 하는 것, 엎드려서 하는 공부, 누워서 하는 공부는 아무래도 팔 다리가 아프거나 산만 해 지니 책상에서 공부 하는 것이 더 좋다. 침대에 앉아서 하면은 어느덧 잠들어 있는 자신을 발견 하게 된다.

▶ **방안의 분위기 조절** - 방안의 붉은 색 커튼과 같은 것은 사람의 마음을 심리적으로 조급하게 만든다. 성급하게 내용도 파악 하지 못 한채 속도를 내면 달성할 수 없다. 도배지든 커튼이든 수수한 튀지 않은 색상의 것으로 하는 것이 좋다. 우리는 항상 커튼이든, 도배지이든 베이지 색상 바탕에 무늬가 수수한 것이 많았다. 그러나 마당의 장미나 동백같은 것은 붉은 색이라도 심리적으로 영향을 준다고 볼 수 없다.

조명을 어둡거나 너무 밝게 하는 것은 좋지 않다. 탁상 형광등이 있으면 좋다. 연극 무대에서 주연 배우가 등장하면 스포트라이트가 켜져서 시선 집중을 하게 하는 것과 같다.

▶ **방안의 온도** - 너무 추워도 더워도 집중은 잘 되지 않는다. 추우면 체력이 소모 되고 잠이 잘 온다. 어떤 집은 지을 때 단열재를 잘 써서 아예 연료 절약형으로 지어서 난방비도 적게 든다. 이렇게 지은 집이 아닐 때 바닥에 까는 매트 (털 많은 매트가 아니고 비닐 장판 같은 것) 중에서 단열재가 있는데 그것을 사용하면 그나마 보온 효과가 있다. 우리는 아이들 학창시절 내내 단층 주택으로 이웃늘과 나무들이 둘러싸서 이것이 일차 바람막이가 되어 주었다. 내가 클 때는 우리가 오히려 이웃들의 바람막이가 되어 주었지만.

▶ **계획적인 공부** - 대충이라도 계획하여 하는 것이 더 빠른 결과를 얻는다. 시한을 정해 놓고 그 시간대에 할 수 있도록 자신을 채찍질 하면 더 효과가 좋다. 너무 무리한 설정을 해서는 안 된다. 대충 해 보면 자신의 능력을 알 수 있으므로, 필요 하면 수정해야 한다.

▶ **방안 장식물** - 예술 사진이나 그림이 있는 액자를 걸어 두고 잠시 쉴 때

감상 하는 것도 좋다. 우리 집에는 내가 이탈리아 나폴리 갔을 때 사 온 나폴리 정경의 사진을 확대한 액자와 금강산정경의 사진액자가 오랫동안 걸려 있었다. 이런 것은 아이들 정서에 좋다. 아이들이 다 커버린 지금은 우리나라 산수도 스스로 찍어 액자에 넣어서 때때로 감상한다. 천박한 그림이나 사진은 차라리 없는 것이 훨씬 낫다.

기업에서는 예술경영이라고 하여 최근 고가의 사진이나 그림을 매입하여 그 기업에서의 판매 촉진용으로 이용 하고 있다. 고객들이 어느 회사에 와서 그 회사에 그럴 듯한 예술품이 걸려 있으면 그 회사를 상당히 신뢰하게 된다. 저 정도 예술적 안목이 있는 사람 같으면 대규모 계약을 해도 안심이 된다 생각 하고 긴 이야기 하지 않고 주문을 한다. 요즘은 사람들이 외국 고객들을 집으로 초대 하여 대접하기도 한다. 러시아의 보드카 회사가 음악회를 지원한다든지 하는 예술 경영을 하여 크게 성공하였다.

격언성 시조의 액자도 걸어 두면 좋다.그 시조를 보고 다시 한 번 마음을 다 잡아 결의를 굳건히 하게 된다. 이것은 반드시 복수를 하려고 자신의 마음에 불 타는 복수심을 유지 하기 위해 편한 삶을 포기한 중국의 예전의 이야기에서 나온 와신상담 (장작 위에서 자고 곰의 쓸개를 씹는다)과 같은 맥락의 이야기이다.

어떤 대통령은 학창 시절에 책상 위에 미래의 대통령 xxx라고 써 붙였다고 한다. 마치 바로 꼭 될 것처럼… 실제 그는 대통령이 되었다.

▶ 가족들의 왕래 금지 - 이런 저런 일로 들락날락 하니 어떤 사람은 아예 방문을 걸어 잠그고 공부 하는 사람도 있는데 가족들이 잡사로 들락날락 하지 말아야 한다. 가족이 공통으로 쓰는 물건은 거실이나, 광, 다락에 넣어 두어야 한다.

어떤 변호사 사무실에 가니 변호사 방 입구에 아예 준비서면 검토 중이라고 써 붙인 것을 본 적이 있다. 서류 검토에 집중하기 위해서이다.

▶ 최적의 장소 - 가장 최적의 장소는 즐거우나 조용한 자신의 집이다. 중학교 시절 친구와 같이 산에 올라가서 공부를 하여 보았다. 산들 바람이 불고 좋은 경치는 최고 이지만 역시 이 곳은 발성연습이나 영어 말하기 연습에는 좋아도 주변의 경치가 마음을 산만하게 만들어 좋지 않다. 그냥 산에 가서 실컷 놀다만 내려 왔다. 친구와 둘이 모여서 하는 공부도 서로 독한 공부벌레들이 아니면 자연히 놀게 된다. 역시 중학교 때 인데 시장 통에 있는 그의 3층 짜리 집은 3층에서는 매우 조용했으나, 역시 놀다가 만 왔다.

▶ 다짐의 자세 - 세상에 믿을 것이라고는 결국 자기 자신 밖에 없다고 생각하면 자연히 더 분발 하게 된다. 예전에 천재 지변이 생겨서 굉장한 비가 내릴 때에 물가의 집들이 하천의 물이 범람하여 쓸려 간 사건들이 있었다. 어느 날 아이들이 학교에서 돌아 와 보니 부모와 집이 없어졌다. 이 아이들은 속절없이 고아가 되어 버렸다. 아이들 공부 안 해 두어 부모까지 없으면 정말 불쌍하게 된다. 아이들에게 이런 이야기를 해 두는 것도 좋다.

누구라고 이런 일이 일어나지 말라는 법이 없다. 서울대에서 수석 한 한 선배는 대학 입학 전 부모가 여행 중 사고가 나는 바람에 고아가 되어 버렸다. 친척집에 의탁하는 경우도 있지만 아무리 친척이라 하여도 친 어머니, 아버지 만대체로 못하다. 우리 나라의 소득 수준이 예전에는 매우 낮았음으로, 경제적으로도 굉장한 타격을 입게 된다. 다행히 이 선배는 재능이 뛰어난 노력파이어서 공대 졸업 후 미국가서 박사 학위 받고 그 뒤 명문대 교수가 되었지만, 그렇지 않은 경우도 있다.

내가 알고 있는 또 한 서울대 다른 동문의 경우, 그의 부모와의 인연은 어렸을 적에 일찍 끊어지고 친척집에 맡겨 졌지만, 그 불편함을 보통 정상적인 가정에 사는 사람들이 어찌 제대로 생각 할 수 있으랴!! 그는 그의 전공과는 상관없이 졸업 후 결국 종교에 귀의 하여 속세를 떠나 버렸다. 그의 재주를 내가 잘 아는데 참으로 그 재주가 아깝다. 수십 년 전의 일이다.

사람의 일 들이란 알 수 없어서 어느 날 가장의 사업체가 어렵게 되어 하루 아침에 몰락하는 경우도 많다. 그래서 어떤 사람은 직장 다니는 딸의 월급이 아예 그 가족의 유일한 소득이 되어 버리기도 한다.

▶ **질병의 치료** - 병이 나서야 집중 할 수가 없다. 병이 나면 즉각 병원에 가야 경제적으로도 병의 치료 효과도 좋음은 말 할 필요도 없는 일이다. 특히 뇌에 이상이 생기던가, 비염이 되던가, 유전적인 영향으로 뇌에 이상이 있는 경우에는 집중이 잘 안 된다.

▶ **운동** - 나는 매일 적어도 30분 이상씩 연속적으로 걷는 것을 습관으로 하고 있다. 학교까지 거리가 짧으면, 긴 코스를 더 잡아 일부러 걷는 것도 좋다. 아내도 그 나이 또래에서 건강 한 것은 아마도 학창 시절에 적어도 학교까지 가는 시간이 걸어서 편도 30분 이상 소요 된 것에 기여 한 것이라 본다.

▶ **산만함을 떨쳐버리는 훈련** - 집중도 안 되면 자꾸 훈련 하면 웬만하면 된다. 조금씩 조금씩 시간을 설정하고 늘려 가 본다.

▶ **분위기 전환** - 이것은 우리 나라 사람들에게는 지금 그리 많이 적용 될 이야기가 아니다. 불란서 파리의 세느강에는 수상가옥들이 떠 있다. 말하자면 거주용 선박이다. 가장이 어느 날 기분 내키면 아예 딴 동네로 운전해서 집채로

소풍을 간다. 이렇게 학교는 안 바꾸고 집을 딴 동네로 잠시라도 옮기면 기분 전환이 되어 지겨움을 이기는데 도움이 될 수 있다. 한국도 부산에 요트들이 많이 떠 있는데 언젠가는 이 선박을 자신의 집으로 아예 삼아 가족들이 본격적으로 살 수 있는 날이 올 것이다.

사려 깊은 다스림이
좋은 결과를 낳는다

인간은 재주가 없어서 실패하는 것이 아니라 목표가 없어서 실패한다는 말에 나는 아주 공감한다.나의 아들은 초등학교를 들어가기 전에 이미 그의 진로를 결정하고 일편단심 그 길로 달려가서 스스로 원하는 것을 하나하나 한국에서와 미국에서 쟁취 하였지만, 많은 아이들이 진로를 결정하지 못 하고 있다고 일선 교사는 나에게 이야기 하였다. 진로를 일찍 정해야 목적의식을 가지고 집중적으로 효율적으로 공부 할 것이다.

생각을 바꾸어야 삶이 바뀐다

30) 시간은 또 하나의 무기이며 돈이다.

시간은 잘 활용함으로써 나중에 우리의 삶을 풍요롭게 하는 무기이다. 미국 일류 대학에서는 유학 온 여학생이 너무 공부 양이 많아서 자살한 사건까지 있었다.

에디슨 전기를 보면 에디슨은 세상을 불굴의 의지로 역동적으로 매우 열심히 살다가 간 사람이란 강한 인상을 받게 된다. 백열전구 필라멘트에 적당한 소재를 구하기 위하여 그는 5,000회도 넘는 실험을 하다가 드디어 찾아 낸다. 도체에 전기가 흐르면 열이 나게 되고 이 열이 나면 전기 저항값이 달라진다.

저항값이 달라지면 흐르는 전류의 세기가 달라진다. 그러면 열이 전압과 전류에 비례하여 더 나게 되어 있는데, 열량이 달라지고 빛의 세기가 변하게 된다. 그래서 이것을 일정하게 해 줄 필요가 있었던 것이다. 드디어 그가 그 물질을 찾아 내었다는 대목을 보면 나는 마치 조물주가 모든 자연의 질서의 법칙을 감추어 두고 사람들에게 하나씩 하나씩 풀게 해 놓은 것 같은 경이로운 느낌을 받는다.

그가 얼마나 열성적으로 시간을 이용한 사람인가 하면, 열차에서도 아르바이트를 했는데 시간 짬짬이 그는 미시간 주를 달리는 열차와 열차 사이의 연결 칸에서 이런 저런 시험을 한 별난 이야기를 보면 알 수 있다. 그가 이만큼 열심히 하였으니, 발명왕이 되었고 오늘날 저명한 미국 회사 GE(General Electric)의 씨를 뿌릴 수 있게 된 것이다.

시간이 없다고 사람들이 많이 불평하는데, 잠도 어느 정도 최소한도 자면서 공부를 하려면 자투리 시간도 최대한 이용하여야 한다. 그래서 가급적 학교나 직장을 오갈 때에는 전철권이나 기차가 지나가는 구역 내에 있는 사람의 경우는 가급적 전철이나 기차를 이용하는 것이 좋다. 버스에서는 멀미가 나기 쉬우며 책을 읽다가는 머리가 아플 뿐만 아니라 난시가 되기 쉽다. 실제 차량에서 책을 읽다가 난시가 된 사람을 보았다. 바로 대학 때 내 룸메이트 중의 하나였다. 전철이나 기차는 멀미가 나지 않던데 진동이 없기 때문 인 것 같다. 비행기에서도 멀미는 나지 않았다.

그래서 시간을 벌기 위해서는 어떤 학생들은 한 도시에 멀쩡한 제 집 놔 두고 학교 근처에서 하숙하는 학생들도 있다. 이런 학생들은 여유가 되면 자취 보다는 돈이 좀 더 들어도 하숙하는 것이 낫다. 자취하면서 밥하고 설거지하는 것 자체도 만만찮은 일이기도 하지만, 아무래도 자취 하면 스스로 귀찮아서 먹는 것이 부실해지기 쉽고 식사라도 일정하게 못 하게 되면, 위장염에 걸릴 확률이 높아지기 때문이다. 그러나 비용이 더 드는 것은 감수해야 한다. 사실 미국에 아들이 처음 유학 갔을 때에 보니 돈 주고 밥 사 먹는 미국 학생들은 눈에 뜨이지 않고 아들이 오히려 돈 주고 밥 사 먹은 것이다. 미국 아이들이 더 돈을 아끼고 있었다.

전철에는 장사하는 사람들이 타기도 하고 또 구걸하는 사람이 타서 구걸하기도 하니 그다지 깊이 생각해야 되는 과목은 피하고 단순히 외우는 것이 좋다. 이런 사람들이 안 타면 조용해서 좋겠지만, 사실 그런 것을 기대 하기는 쉽지 않

을 것 같다. 내가 수년 전 미국 뉴욕에서도 전철을 타 보았더니, 걸인이 타서 구걸 하는 것을 한 번 본 적이 있다. 그런 걸인이 자주 그런 전철을 타는지는 모르겠지만, 내가 본 그 미국 걸인은 매우 당당하고 씩씩하여 목소리가 커서 공부하는데 방해가 제법 될 것 같다. 꼭 무슨 맡긴 물건 회수하러 돌아다니는 사람 같아서, 웃기기도 하여 전철 장내는 승객들의 폭소가 터지기도 하였다.

예전에 내가 여행 경험이 없을 때는, 기차라도 타고 가면 매번 똑같은 코스는 지루했었는데, 지금은 전철로 시내에 가든 기차로 여행하든 항상 책을 휴대하고 다니므로 여행 시간이 매우 짧게 느껴진다. 그래서 장거리로 여행 갔다 와도 피곤함이 덜하다. 가벼운 읽을거리라도 중간 중간 쉬어 가면서 읽어야 한다. 아들은 비행기로 한국 나올 때는 책을 읽으면서 나온다. 무료하게 교통시간을 보내면 아무래도 다소 지치니까 책을 보는 것이 낫다.

차안에서 공부를 못 할 만큼 피곤 하면 이 시간을 이용하여 잠을 잠시라도 자 두는 것이 그 다음 공부에도 좋다. 사실 이렇게 잠시라도 자면 생각 보다 머리가 맑아진다. 이렇게 잠시 자는 잠은 앉아서 자더라도 긴 밤잠과는 달리 비교적 편하게 잠이 온다. 스페인 사람들 낮잠 자는 것을 흉보는 사람들이 있는데, 이것은 편견이다. 일을 질은 생각 안 하고 양으로만 많이 하겠다는 생각은 잘못된 것이다. 몽롱한 상태에서 오후 일을 부실하게 하는 것 보다는 차라리 좀 자고 확실히 더 빨리 오후 일을 하는 것이 나을 수도 있다.

화장실을 오래 쓰는 사람의 경우는, 어떤 사람은 시간이 아까워서 화장실가서 무료하게 있을 때 조차 영어 외우기를 하는 경우도 있었는데, 사실 이것도 무시 할 수 없는 시간이다.

그러나 나는 거리를 거닐 때에는 외우면서 걷는 것은 누구에게도 절대 못하게 하였다. 교통사고 1위였던 이 나라의 상황을 의식하기 때문이기도 하지만,

거리를 걷는 것은 운동이 되니 편안히 걷는 것이 건강에 좋고 나중의 공부나 일을 위해서도 좋기 때문이다. 머리를 식히는 시간은 그것으로 이미 용도는 충분하다.

시간을 아끼는 또 하나의 방법은 한번 더 강조하지만, 어떤 공부를 할 때 정독을 하면 3회 독만 하고 (단순히 외우는 것— 연대, 명칭,단어 등은 달리 더 할 필요가 있음) 그 다음 공부로 넘어 가야 한다. 여기서 4회다, 5회다 해서 더 하게 되면 그것 만큼 시간을 뺏기게 되고 딴 공부를 못하게 되니 조금이라도 더 반복하고 싶으면 우선 하고 있는 과목을 3 회독 하고 나중에 딴 과목들을 다 공부하고 나서 시간이 났을 때 하는 것이 낫다. 4회, 5회 독 하는 것이 시간 잡아 먹는 것도 상당하기 때문이다. 정상적으로 정독 했으면 머리에 정리는 웬만하면 3회 독으로 되어 진다.

수학도 문제 풀이를 마구잡이로 해 대면 문제 풀이기계가 되어 우선 보기에는 그럴 싸 해 보이지만, 시간을 낭비 할 뿐 아니라 창의성 없는 사람이 되는데, 이런 사람들이 요행히 한국 사정을 우리 한국 사람 만큼 모르는 미국 교수들의 오판에 의해 미국 일류 학교에 입학 한다 하더라도 이런 사람들은 본전이 멀지 않아 들어나서 도태 되어 버리는 것을 사람들은 본다. 이런 사람이 있는가 하면 나의 친척 중 공부 잘 하는 하나는 하버드 법률학교에 입학 허가 받아 두고서는 보스톤 물가가 비싸서 안 가고, 딴 법률학교에 간 아이도 있는데 나중에 사법시험에 합격하여 법조계에 있다.

정말 잘 한다는 사람이 되려면 시간 활용을 최대한도로 효율적으로 하여 어찌 해도 잘 하는 사람이 되어야 한다. 시험이 어떤 형태로 나오든 간에 시험제도가 어떤 형태로 바뀌든 간에 정말 잘 하는 최고 수준의 학생들은 걱정 하지 않는다. 그 학생들이 걱정하는 것은 오히려 시험이 변별력이 없을 까 봐 걱정하는 것이다. 실제로 내가 그 당시 일류 중학교라는 학교에 입학 할 시는 커트라인이 200점 만점이라면 199점인가 나왔는데, 하나까지 틀린 사람(약 500명)만 합격 시키는 꼴이라, 이래 가지고는 누가 잘하는 지 못하는 지 알 수가 없다.

또 시간을 뺏기기 쉬운 것은 친구들과의 어울림이다. 아들은 고교 다닐 시 자율학습으로 학교에 남아 밤 늦게까지 공부 했음으로 그럴 일이 없었지만, 혹시 친구가 잠시 게임이나 하자 해도 거절 하여야 한다. 남한테 듣기 싫은 소리 못하여 어울리다 보면— 이것은 우리 민족 중 적지 않은 사람들의 약점 중의 하나이다— 한 시간이 두 시간 되고 이러다 보면 진이 빠져서 그냥 하루를 망치기에 딱 좋다. 게다가 아이들은 흔히 "부모 팔아 친구 산다"고 하는 말처럼 부모 보다는 친구의 말에 더 의존 하는 아이들도 있다. 그러나 학생들은 나중에 지나고 보면 이런 것들이 다 부질 없는 짓이란 것을 느끼게 된다. 이렇게 거절하면 놀기 좋아 하는 아이는 그런 아이들 끼리 어울리게 되며 나중에 보면 공부 잘하는 아이들은 대학가서 조차 결국 공부 잘 하는 아이 끼리 모이게 된다. 그래서 나의 집에는 한국에서 공부 잘 한다는 학생들 중 웬만한 학생들이 많이 놀러 왔었다.

예습은 어떤 부족과목에 문제가 많을 경우에 예외적으로 하는 것은 괜찮겠지만, 이것을 모든 과목에 또 항시 한다는 것은 매우 시간낭비이다. 예습한다는 것은 어찌 보면 기업이 한가지 업무도 제대로 하기 바쁜데, 하던 일을 제대로 다 지지도 않고 마구잡이로 문어발 식으로 새 사업 확장을 하는 것과 같다.

하물며 학년을 앞 당겨 미리 공부하는 것은 더욱 독소가 되며, 학문적 노화를 앞당길 수가 있다. 공부를 아주 잘하는 아이들은 이렇게 공부하지 않는다.

31) 속독의 효과, 전자 기구의 효과

독에 대해 사람들이 이야기 하고도 있지만, 만일 이런 속독 책의 저자의 말대로라면 세상의 모든 시험들은 사람들이 아주 빠른 세월 안에 붙어야 되는데 그렇지 않다.

박사 학위는 놔 두더라도 한국에서 제일 분량이 많다는 국가가 시행하는 시험은 사실 빨리 붙어야 똑똑한 사람이라도 최소 약 1년은 걸리는 것을 보았다. 아들은 물론 내가 아는 능률적으로 공부한 수재들의 누구도 속독의 방법을 공부하는 데 썼다는 말을 들어 본 적이 없다. 그리고 이런 속독이 세상사람들의 입에 오르내리기 시작한 이후로도 아직 아인슈타인과 같은 사람은 안 나타나는 것은 무엇인가?

그리고 집중력을 키우는 전자 기구를 공부하는데 이용했다는 것을 내 주변의 그 어떤 아이들한테도 들은 적이 없다. 사실 이런 것이 어느 정도의 효용이 있다고 해도 이런 것을 이용 한다면, 의존성이 생겨서 이것을 자꾸 찾게 될 것이다. 무엇이든지, 자연스럽게 제 힘으로 하는 것이 좋다. 어떤 물품을 하나 간수하는 것 자체도 이 바쁜 현대 생활에서 비용이 드는 짐이요, 시간 낭비라고 본다. 이런 것에서 유해한 전자파가 얼마큼 나오는지도 모른다.

이런 것들 보다는 고도로 집중하여 제대로 잠자면서 활용 할 수 있는 시간을 최대로 활용하여 공부하는 것이 빨리 어떤 결과를 보는 것이다. 대부분의 사람은 그 능력의 작은 일부 만을 끄집어 내어 활용한다 것은 매우 옳은 말이다. 그리고 부모님들은 간섭은 하지 말되 사소한 건에 일일이 대비 하여 주어야 한다. 엉성하게 돌아 가는 집의 예를 한 번 들어 보자.

아이가 아침에 일어났다. 세수를 하고 머리도 가려워 감으려 하는데 비누는 이미 떨어 지고 없다. 비누 찾으러 세탁실에도 가 봐도 없다. 이리 저리 찾아도 잘 없다가 한참있다가 부엌에서 잠시 쓰려고 싱크대에 갔다 놓았다는 것을 알고 가지고 가서 머리를 감는다. 머리를 다 감고 물을 빼려 하니 한참 걸린다. 밑에 거름 쇠의 머리카락들을 제대로 치우지 않았기 때문이다.

한참 기다렸다가 물을 빼고 헹군다. 학교 가는데 엄마가 오는 길에 누구 집에 들려서 주는 물건을 꼭 받아 오라고 한다. 전화번호와 대충의 위치를 알려 주었다. 나가려 하다가 애완견이 마루에 싸 놓은 질퍽한 똥을 밟아 버렸다. 양말을 벗고 발을 씻는다. 겨우 다 해 놓고는 헐레벌떡 아래층으로 내려가다가는 넘어져서 손을 다쳤다. 집에는 이미 상비약이 없어서 약방에 들러서 옥도정기를 사서 바르고 반창고로 발라둔다. 이 날 따라 길거리에 왕래를 방해하는 사람들이 제법 많다. 재치 없는 뚱보 아줌마 셋이 육교를 가로 막는 듯 일렬 횡대로 막아 서서 떠들다가 그 대열을 그대로 유지 하면서 육교를 독차지 하면서 올라 간다. 학교에는 이미 수업이 시작되었고 10분쯤 지나 급우들의 스포트라이트를 받으면서 도착 하였다. 수학시간인데 앞에 말의 일부를 놓쳐서 공부 하는데 문제가 생겼다. 벌써 아침에 이런 비 조직적인 집안의 일로 김이 좀 빠졌다.

점심시간에 밥을 얼른 먹고 부족한 수면 좀 보충하려고 새우잠을 책상에서 달게 자고 있는데 휴대폰 전화가 걸려 와서 단잠을 깨운다. 엄마가 밥 거르지 말고 먹으라는 이야기였다. 밥은 벌써 먹었는데 전화가 온 것이다. 오후 시간에도 얼얼하다. 비몽사몽 간에 오후는 가 버렸다.

집으로 한참 돌아 가다가 엄마가 부탁한 건이 생각나서 다시 오던 길로 돌아가면서 알려 준 사람집에 전화를 하니 받지를 않는다. 위치를 이리 저리 알아 봐도 도무지 찾을 수 없다. 엄마에게 휴대폰 전화를 해 봤지만 받지를 안는다. 한참 후에야 엄마한테서 전화가 오는데 주위의 아줌마들 소리가 왁자지껄한 것을 보니 또 계모임에 가 있는 모양이다. 핸드 백 안에 휴대폰을 진동으로 해 넣고 있어서 못 들었다고 한다. 겨우 위치를 알고 찾아 갔더니 주인이 어디 가고 없어서 세든 사람인 자기는 모르겠다고 한다.

이래서 헛물 켜고 집에 지쳐서 돌아오니 개가 다시 덤벼드는데 귀찮아서 밀쳐 내고 방문을 닫아 버리니 개가 마루에서 계속 짖어 댄다. 엄마가 저녁에 돌아와서 식사 하고는 내일 교회 빨리 가자고 이야기 한다. 시간 없어 못 가겠다 하니 장황한 설교를 늘어 놓는다. 자기는 착한데 왜 가자고 그러는지 게으른 엄마나 가라고 하고 싶은 마음이 생겨도 말하기 조차 싫다. 방에 와서는 지쳐서 공부 하기가 싫다.

그 다음날에는 엄마에게 끌리다 시피 하여 교회를 갔다.

　이런 집에서는 사소한 것에 대해서 제대로 준비가 되어 있지 않아 아이가 지치면서 하루를 시작하는 것이다. 그리고 어떤 것을 지시 할 때에는 명확하게

구체적으로 해야 된다. 찾아 갈 집의 약도를 구체적으로 잘 그려 주고 집전화 뿐 아니라, 휴대폰 전화도 알려 주고 사전에 약속도 찾아 갈 집과 해 두어야 한다. 이런 것은 가급적 아이에게 맡기지 않아야 된다.

개, 고양이와 기타 실내에서 막 풀어 놓고 키우는 애완 동물도 문제이다. 이런 동물들은 알레르기를 잘 일으킬 뿐만 아니라 아무래도 사람보다도 더럽다. 그래서 병도 옮긴다고 한다. 또 돌보기도 만만치 않다. 이러니 귀찮아 지면 거리에 몰래 버리는 집도 있다. 우리는 이런 애완 동물을 실내에서 키우지 않고 금붕어와 새만을 잠시 키워 봤을 뿐이다. 우리는 종교도 갖지 않았다.

오만 친척간, 친지, 거래선 간의 왕래도 집이 대궐 같이 크지 않은 이상 아이들 공부에 방해가 많이 된다. 아이들이 학교에 가는 것도 약간 더 일찍 보내는 습관을 들이도록 하는 것이 좋다. 그래야 만일의 사태에도 대응 할 수 있다. 습관이 얼마나 무서운가 하면, 어떤 사람이 하도 밥을 한 숟가락 만 남기니 부인이 그 만큼 줄이니 그 다음에도 또 한 숫 가락 만큼 남기고 그래서 그 만큼 또 적게 담으니 그래도 또 한 숫 가락 남기더라는 것이다.

일찍 가서 선생님의 설명을 하나도 남기지 않고 다 듣는 것이 중요하다. 보통 성적이 우수한 사람들은 대체로 결석도 안 하거나 거의 안한다.

32) 매를 아끼면 아이들을 버린다?

나는 아들에게 교육적으로 필요하다면서 매를 들지 않았다. 그러나 매를 아끼면 아이를 버린다는 말에 대해서 나는 경우에 따라 그 적용이 달라져야 된다고 본다. 이조 때의 선조 왕의 세 배다른 아들에 대해서는 선조가 매를 들었어야만 했다. 사람을 걸핏하면 죽인다는 등, 여인을 겁탈 한다는 등 각종 패악 짓거리를 한 자들을 선조는 너무나 물 떡같이 처리 하여 자꾸만 그 패악 짓거리들을 하도록 방치한 셈이다. 임진왜란이란 전시를 고려하여 가정교육이 소홀 해 질 수도 있었겠지만, 이것은 이유가 되지 않는다.

산만 하다든지 뛰어다닌다든지 하는 등의 통상의 경우에는 그 어느 경우든 매를 든다든지 아이를 소홀히 대하는 것은 옳지 않다고 본다. 말로 해도 잘 하면 웬만하면 알아 들을 수 있다. 매를 들면 공포감 때문에 부담이 되고, 반발감을 심어 줄 수 있다. 내가 아는 그 누구도 그가 우수하든 안 하든 간에 이런 것 때문에 매를 들거나 아이들을 홀대하는 경우를 본 적이 없었다.

정히 문제가 되면 정신과를 방문 하는 것이 좋다. 많은 사람들은 신경/정신과라 하면 미친 사람들만 가는 것으로 오해 하고 있는데, 사실 인격상 문제가 없어도 신경질이 많다든지 다른 심리적인 문제도 이런 병원에서 병으로 취급한다. 예컨대 주변에서 보면 멀쩡하던 사람들이 나이 들면서 우울증을 갑자기 않게 되는 경우들을 보게 된다. 갑자기 죽고 싶은 충동을 느낀다고도 하는데 이것을 잊으려고 쇼핑이나 딴 일에 몰두 하기도 한다. 그리고 조급증과 관련된 질병의 글을 보니 의학교수인 저자는 우리국민의 대부분이 이런 질병의 환자라고 말하고 있다.

집에서 아이들을 잘 대한다 하더라도 교사들의 아이들에 대한 박대등이 문제를 일으킨다. 나와 아내는 아이들이 클 때 중등학교 교사들이 공공연하게 촌지를 요구 하는 것을 보고 놀랐는데 지금도 그런 것이 변함 없음을 금년 11월 29일자 신문을 보고 알았다. "촌지의 약발"이란 제목의 신문기사에 의하면 이런저런 이유로 아이가 교사에게 맞고 왔는데, 촌지가 들어가니 비로소 맞고 오는 일이 없다는 기사도 있고 촌지와 관련하여 아이들이 초,중,고등학교에서 이런 저런 홀대를 받는 기사들도 있었다. 교사의 거의 대부분이 촌지를 거부하지 않더라는 이야기다.

우리는 이런 촌지에 대해서 아이들 학교 다닐 때 단호하였다. 주지 않았다. 교사의 빈정거림도 있었지만 우리는 그것에 대해 신경 쓰지 않았다. 아들이 공부 잘 하면 잘한다고 촌지, 어떤 딴집 아이는 성격이 나쁘면 나쁘다고 촌지를 주니, 무슨 교사가 아이를 사랑하는 부모의 심정을 볼모로 가외 수입이나 챙기는 무리들 인가고 생각하고 아예 대응 하지 않고 무시 해 버렸다.

이런 것을 준다는 것은 아이들 교육에도 매우 좋지 않다. 아이들 눈은 매우 무섭다. 이런 것을 쉬쉬한다고 아이들이 모르지는 않는다. 낮말은 새가 듣고 밤말은 쥐가 듣는다고 하지만, 아이들은 전천후로 듣는다. 그 뒤 교사들로부터 별

다른 이야기는 없었다. 우리는 많은 학부모들이 이런 식으로 대응하여 좋지 못한 선례를 없애기를 바랐다. 그러나 이 늦가을 11월 말의 신문을 보니 그렇게 해 오지 못한 것을 알 수 있다.

이런 일에 부모들도 잘들 응하는 것은 결국 악순환의 고리를 만드는 것이다. 오늘날 젊은 사람들이 결혼 하지 않으려고 하거나 해도 아이들 거의 낳지 않으려 하는 것에 이런 이유가 큰 이유로 되어 있는데, 결국 자기네들 발등을 자기네들 도끼로 찍을 준비를 하는 것이다. 그런 교사들은 앞으로 누구를 가르칠 것인가? 그리고 그렇게 해서 돈에 매수 되다시피 한 아이들은 자기자신을 균형되게 판단하지 못하게 된다. 그리고 이런 아이들은 아무래도 남에 의존하는 성격의 아이들로 발달될 공산이 크다. 이런 식의 아이들은 혼자서 뭘 처리 하지 못하고 집중도 하지 못 할 수 있다. 매를 아끼는 것 보다도 이런 촌지를 주는 것이 더 아이들을 버리게 할 것이다.

나는 조기 교육운운 하며 야단 법석 떠는 것도 몇몇 업자들, 이해관계가 맞아 떨어진 일부 교육자들과 '아무짝에도 결국에는 쓸모 없는 조급증'에 걸린 몇몇 학부모들의 합작이란 생각만 들 뿐이다.

유치원에서도 딸아이가 다닐 때 촌지는 아니지만 이런 저런 명목의 돈이 불려 나갔다. 유치원에서도 학부모들이 아이들의 홀대에 대한 전화를 많이 한다고 한다.

33 진로를 못 정하는 아이들

인간은 재주가 없어서 실패하는 것이 아니라 목표가 없어서 실패한다는 말에 나는 아주 공감한다.

나의 아들은 초등학교를 들어가기 전에 이미 그의 진로를 결정하고 일편단심 그 길로 달려가서 스스로 원하는 것을 하나하나 한국에서와 미국에서 쟁취하였지만, 많은 아이들이 진로를 결정하지 못 하고 있다고 일선 교사는 나에게 이야기 하였다. 진로를 일찍 정해야 목적의식을 가지고 집중적으로 효율적으로 공부할 것이다.

수학은 초등학교부터 영어는 중학교부터 잘 해 와야 공부에 한결 부담이 적다. 나는 내게 의견을 구한다면 우선 자신이 좋아하는 것을 하라고 말하고 싶다. 인기란 별로 의미가 없다. 그것은 세월 따라 자꾸 바뀌게 되어 있다. 기업이 축소된다거나 불황이 닥치면 자연히 공대에는 아무래도 덜 몰린다. 내가 공대 입학할 당시의 전후로는 한국의 현대화를 위해 대규모 공장들이 들어서고 있을 때였음으로 공대 출신 엔지니어가 가장 인기가 높아 너도 나도 취향이 있던 없던 몰리니 자연히 서울공대 커트라인이 올라가서 정말 과학이나 공학을 좋아하는 나 같은 학생들에게 부담이 되기도 하였다. 내가 다닐 때 서울공대에는 여학생이 단 4명정도 밖에 없었다. 그 때에는 여자들의 결혼을 원하는 상대자의 직업은 공대 출신이 단연 제일 많았다.

　내가 졸업할 당시 재미난 현상은 기자들의 제일 좋아 하는 직업을 묻는 질문에 처녀들이 공대 출신이면 그것만 이야기하지 "제일 좋아하는 것은 공대 출신이요, 제일 싫은 것은 의사다"라고 말하는 처녀들도 있었다. 아마 이것은 사회생활을 널리 하지 않아 대인 관계를 잘 모르는 일부 의사들의 반말한다든지 하는 좋지 않은 면 때문에 그렇게 말 한 것 같다. 그러나 근년 들어서는 의사를 푸대접하지 않은 것은 다 아는 바이다. 우리집안의 친척 의사들은 대학교수들 (서울대, 부산대등)로 주로 재직하여서 개업한 사람은 별로 없었는데 개업한 사람들로서 그 다지 돈 번 사람은 없다. 그런데 근년 들어서는 이 직업도 자꾸 새로 개업한 사람들이 몰려오다 보니, 여기 저기 다니다 보면 폐업한 병원들이 눈에 뜨이며, 개업의들도 이야기를 들어 보면 옛날보다 훨씬 못하다 한다.

　뭐 한군데가 괜찮겠다 싶으면 우르르 몰렸다가 스스로 자중지란이 일어나서 언젠가는 무너지고 다시 이 부분은 침체기에 빠지니 사람들이 회피하게 된다. 이렇게 오랜 세월이 지나면 이 방면의 사람이 모자라게 되고 그러면 또 공급이 적고 수요가 많으니 슬슬 괜찮아 지면서 또 사람이 몰렸다가는 언젠가는 또 무너져 버린다. 이것이 사람 사는 세상이다.

　이것, 저것 (사업, 의사 등)해본 미남 원로 영화 배우가 그 동안 어떤 직업이 제일 마음에 들었냐고 하니 배우였다고 한다. 사실 취미대로 사는 것이 가장 행복하다. 영원한 번영이 있는 직업은 없다. 나는 딸도 제가 원하는 길을 가게 하였다. 제가 하고 싶은 일을 하면 그 분야에 불황이 닥치거나 문제가 생겨도 후회하지 않게 된다.

이렇게 바뀌니, 어느 나라나 시대에 따라서 선호하는 직업이 있게 마련이
다. 내가 다니던 조선소에서 연수차 1977년에 갔던 스위스의 선박용 디젤엔진
공장 (술쩌 브라더즈—그 당시 독일 "만"과 덴마크의 "비엔 다블류"와 같이 세
계 3대 선박용 디젤엔진 공장 이었음)의 직원에게 너희 나라에서 가장 좋아 하
는 직업이 뭐냐 하였더니 "항공기 파이로트"라고 하였다. 같은 해 가을에는 일
본에 갔었는데 미쯔이 조선소의 직원은 같은 질문에 "센세이 데스(선생입니
다)"고 하였다. 즉 교수를 포함한 교직을 말하고 있었다. 미국에는 1979년 경 이
후 다니던 회사의 출장으로 여러 차례 갔었으나 같은 질문을 하지 않았다. 다만
그 당시 미국에는 변호사가 너무 많아 인기가 없다는 말을 들은 적이 있다. 근
년의 아들의 말에 의하면 미국의 최고 명문들에 가장 우수한 인재들이 있는 곳
은 자연과학 (물리 등)과 공대 (컴퓨터 공학 등)라고 알려 주었다. 역시 과학의
나라답다

나는 나라별로 왜 그런 직업들을 제일 좋아하는지 생각해 보았다. 1977년
당시 일본은 조선을 비롯하여 많은 공업 분야가 한국등 후발 국가에 의해 점점
각 영역이 축소되고 있었다. 가격의 경쟁력이 없기 때문이다. 사실 몇 년 전부
터 한국이 세계 최대의 조선 국가가 되어 많이 만들 때에는 세계 선박의 약 반을
만들게 되었다. 그러니 기술 분야로 일본 학생들이 아무래도 더 옛날처럼 쏠리
지 않은 것이다.

그리고 스위스에 대해서는 항공기 파이로트가 인기가 있는 점도 이해가 되
었다. 스위스는 불란서, 스페인, 이태리, 미국 등과 마찬가지로 엄청난 관광객이
몰리는 나라이다. 이 나라도 그 공업분야가 후발국가에게서 점점 잠식 당하니,

공업의 융성함이 그 이전만 못 하게 되는 것은 불을 보듯 뻔한 사실이다. 그러니 관광업이 이런 것을 대신 해야만 할 것이고 항공운송회사가 경기가 좋아지는 것은 말 할 것도 없다.

미국은 이공계 직/자연과학직이 인기가 있는 것은 미국도 후발국가에게 그 산업 (특히 자동차, 조선등)의 일부를 잠식당한다 하더라도 아직도 여전히 첨단분야 (항공기, 무기류, 콤퓨터를 비롯한 전자 산업등) 에서 세계 최고의 위치를 점하고 있다. 그리고 어떤 나라에서도 건설은 계속 되어야하고, 발전소도 돌려야 하고, 광물도 캐야 하고, 석유도 채굴해야 하고, 여전히 자동차 공장과 제철 / 제강소는 돌려야 하니 기술직의 수요는 많을 수 밖에 없는데 뿐만 아니라 미국에서는 세계 각국에서 유학생들이 몰려드는 여러 유명대학들이라든지, 그 부설 연구소, 또 독립된 연구소에도 기술직이나 자연과학계가 일할 자리가 어느 나라보다 많다.

사람들은 살면서 그 직업을 많이들 바꾼다. 내가 본 몇몇 사람들의 행로는 이렇다

* 전공 국문과— 교사— 상업— 의사— 상업
* 의사— 영화배우— 국회의원—사업
* 변호사— 서점운영
* 변호사— 사업
* 전공(전자공학)— 전과 (회계학)— 장사— 무직
* 전공 (금속)— 섬유회사 — 보험대리점
* 전공 (원자력공학)— 조선소근무
* 보험설계사 — 성악가

* 유치원교사- 세일즈 맨

* 교수- 양어장 운영

* 세관 원- 건강식품 판매 대리점

* 영화배우- 생선장수

* 운전수- 성악가

* 회사원- 사진작가

* 전공 (금속공학)-교수- 사업- 학교 교장- 사업

* 의사-사업

* 교사-군인-공무원

* 판사-디스크 자키

* 치과의사-요리사

이외에도 여러 예를 들 수 있지만 위의 것만 놓고 보더라도 많은 사람의 일은 이런 저런 이유로 살면서 바뀌게 된다. 그 이유란 좀 더 나은 소득을 위한 이유 이익에도, 자신의 취향에 맞지 않아서 그런 것도 있고, 하던 일이 지겨워 져서, 자기 직업세계의 비리에 매우 실망해서, 인생관이 달라져서, 등등의 것이다. 나의 친지, 대학 동문 중에는 가는 회사 마다 망해서 자꾸 직장을 마지 못해 옮기는 경우도 있었다. 대기업은 정부의 정책상 좀처럼 잘 망하지 않지만, 중소 기업은 망하는 것이 적잖이 있다. 대기업은 망하더라도 기업주가 바뀐다는 것 뿐이지 결국은 딴 기업주가 맡아서 종업원도 물려 받아서 계속 유지 되는 것이다.

위의 예 중 의사가 사업을 한 건은 그 의사가 돈을 좀 벌게 되니 이왕이면 사업을 해야겠다 생각하고 공장을 세우게 된 건인데, 이 사람은 내가 근무하던 조선소에 선박용 부품을 납품 하던 사람이다. 그런데 그는 그가 납품 하지 않으면 조선소의 거대한 선박은 외국에 인도 될 수 없다 생각하고, 돈을 먼저 달라고 조선소에다가 얼토당토 않은 요구를 하였다.

보통 부품 공급회사에게 돈을 주는 것은 물품 납품 후이다. 조선소의 회장은 그 이야기를 전해 듣고는 노발대발하여 즉시 같은 종류의 회사를 하나 만들라 하여 마침 내자신이 조선소에 근무 하면서 새로운 공장을 계획하는 일에 참여 하였다. 그래서 그 조선소 그룹에서 새로운 회사는 만들어졌고, 선박용 부품은 물론 전철, 기차, 나중에는 탱크도 만들고 항공기 사업에도 참여하게 되었다. 그 후 그 의사의 회사는 이런 조선소라는 거대한 고객을 그의 태도 때문에 잃은 것이다. 직업을 다시 의사로 바꿨는지 어떻게 했는지는 모르겠다.

나는 재주있는 아이들이 물어 오면, 단 2 가지 직업은 권장하고 싶지 않다. 즉 의사와 법조인이다. 그 이유는 이 두 직업은 인생의 어두운 그늘에 그 바탕을 두고 있기 때문이다. 아프거나 고장난 인간이 있어야 되기 때문이고, 자신의 직업이 존재 하려면 나라에 항상 병든 자와 고장난 자가 있어야 되는 괴이한 가정에서 이 직업들이 존재하기 때문이다. 이 두 직업이 괜찮다고 하면서 택하는 것은 매우 이상한 발상이다. 병든 자와 고장난 자가 많은 나라는 그것으로 이미 충분히 불행한 조건을 갖추었는데, 그런 나라에서 괜찮으니 마느니, 행불행이니 하면서 가른다는 것이 무슨 의미가 있는가?? 언제 누구 차에 치여 죽을지 모르고 언제 누구에게 사기 당할 지도 모르는 나라의 국민이 행불행을 논하는 것은 시기상조이다.

항생제가 발견되기 전에는 꿈도 못 꾸던 세상이 항생제가 발견 되고 나서는 많이 바뀌었다. 그 누가 아는가? 이제 웬만한 잡병은 다 퇴치시킬 획기적인 약이 나올지. 그리고 "사람은 죽는 것이 아니고 자살 하는 것이다."는 서양의 명언처럼 사실 주의 하지 않아서 걸리는 병들이 너무 많은데, 이제 건강 정보도 끊임없이 공급되고 잘 계몽만 된다면 나의 경우처럼 거의 병원에 갈 일이 없는 사람들도 많이 생길 것이다.

법조인의 경우를 보면 우리나라에서 한 해에 일어나는 교통사고 뺑소니 범의 경우 우리나라가 이미 약 7년 전에 6000여건/연 이나 일어났는데 이런 사고가 하나도 일어나지 않은 나라도 있다. 우리 나라에 다시 이순신과 같은 영웅이 나오지 말란 법이 없다. 그런 사람이 지도자가 된다면 싱가폴처럼 태형도 부활시키고, 기타 법도 준엄하게 시행할 것이다. 천지 개벽할 날이 오지 말란 법도 없다. 이렇게 하면 감히 누가 법을 범하랴. 범죄가 없어지니, 경찰, 법원등의 기관은 할 일이 없어진다. 결국 법조인들은 스위스처럼 그 존재여부가 거의 일반인의 눈에 띄지도 않는 사람들이 될 것이다.

이 세상에 가장 미약한 해군은 스위스 해군이라고 말하지만, 나는 이 세상에서 가장 힘 없는 법조인은 스위스 법조인이라고 말하고 싶다. 이 나라에 얼마나 사고가 안 나는지 내가 어느 날 거리를 걷고있는데 유아원에 다니는 정도의 아이 하나가 넘어 졌더니 어디서 알고 나타났는지 금방 경찰이 나타났다. 나에게는 매우 진귀한 풍경이었다. 한국에서는 범죄가 너무 많아서 그 자체에도 경찰의 손이 못 미치는 경우가 많다.

스위스는 바다는 없지만 선박용 디젤엔진의 세계3대 제조공장의 하나가 이 나라에 있는 것처럼, 세계적인 해운회사도 이 나라에 있다. 내륙으로 라인강 따라 깊숙이 들어온 스위스의 바젤이란 항구는 유럽의 큰 하항으로 큰 배가 들어

오는 것이다. 부산항에도 스위스의 배들이 수많이 들랑날랑 하는 것을 사람들은 잘 모르고 있다. 이런 배들 전쟁 나면 해군용으로 얼마든지 쓸 수 있다.그래서 스위스 해군이 가장 미약한 해군이란 것은 당치도 않는 말이다.

사실 법조계나 병원은 공장으로 비유하면 고장난 부서의 설비를 고쳐 주는 공무부이다. 나라가 경제 성장에 걸맞지 않게 온갖 질병과 범죄로부터 아직도 자유롭지 않으니, 거기에 근거하여 명맥을 이어 가고 있다.

어떤 공부를 해도 그 공부한 것에 꼭 맞추어서 회사 같은 곳에는 발령을 내어 주지 않는다. 회사에서는 광범위한 지식의 분야가 필요 하기 때문이다. 나 같은 경우에도 공대 출신이라도 회사 근무 시 조선 공장 등의 생산부에서 있었나 하면 일면 제품을 개발 하기 위한 개발부에도 있고, 훗날의 새로운 사업준비를 위한 기획부에도 근무했었고, 또 다니던 회사의 분쟁 해결을 위해 미국의 회사에 변호사를 만나러 가기도 하고 기술 제휴와 도면을 사기 위해서 미국에 가기도 하고 바이어를 개척하기 위한 영업 일도 하였다. 조선소 생산 부에 근무하면서 동시에 짬을 내어 회사 부설 직업 훈련소에서 공고 나온 아이들을 잠시 가르치기도 하였다.

어린 아이들이 장래 직업을 대답할 경우에 부모나 교사는 그 진위를 파악할 필요가 있다. 나 같은 경우 아직 어떤 직업이 뭘 하는지도 모르는 어린 시절에 초등학교에서 장래 희망을 묻는 질문에 대답을 안 할 수는 없고 잘 모르니, 옆의 짝의 아버지가 공무원을 한다는 것을 듣고는 무심결에 공무원이라고 뚱 단지 같은 이야기를 한 적이 있다.

공무원이란 결국 동회의 말단 공무원부터 대통령에 이르는 직이라든지, 판사들이 있는 사법부, 국회의원이 있는 입법부, 기타 행정관서의 사람들인데 이 것은 나의 취향과 전혀 맞지도 않고 누가 최고위직을 내게 거저 준다 해도 가장 하고 싶지 않은 직업 중 하나 이었는데, 그만 얼떨결에 실수를 한 것이다. 나는 내 입에서 직업 이야기가 나왔을 때 내 짝의 얼굴에서 분노의 빛이 역력한 것을 볼 수 있었다. 그는 그의 아버지의 공무원 직을 탐탁하게 여기고 있지 않음을 알 수 있었다. 내가 그의 아버지를 빈정거리기 위해서 의도적으로 그 아버지 직 업을 말한 것으로 오해 한 듯했다.

언제가 미국영화에서 본 장면이 기억이 난다. 초등학생이 엄마보고
"엄마, 아버지 직업이 뭐예요?"
"응 공무원이란다." 하니 그 초등학생이
"아이구우~ 시시해, 공무원이 뭐야! 나 내일 학교 가면 아버지가 원자탄 만 드는 공장에 다닌다고 거짓말할 거어~ 다아!"

어떤 학생은 합격한 과를 딴 과로 바꾸어 가족과 오랫동안 갈등을 갖는 경 우도 있다. 경험이 많은 사람들은 결국 모든 것은 자꾸 바뀌게 되어 있음을 아 니, 이왕 이면 자식이 제 취향의 공부를 원래대로 하기를 바랄 것이다.

결국 자신의 좋아하는 분야를 택해서 살아가는 사람이 가장 행복한 사람이 므로 부모들은 미풍에 날리는 갈대와 같이 세월에 따라 오락가락 바뀌는 인기 학과들을 무시하고, 아이들이 밀수 군이나, 도적 등등의 범죄인이 되려고 하지 않는 한 허락해 줄 뿐만 아니라, 오히려 적성에 맞는 길로 가는 것을 적극적으로 유도 하여야 한다.

34) 무기력한 나날들

공부를 하는 아이들이 무기력를 느끼며 공부를 잘 못 하는 경우가 많이 있다. 공부를 잘 하던 아이들도 잠시 그럴 수 있다. 우선 몸에 질병이 생기면 무기력 해 질 수 있다. 몸이 아픈데 어찌 활발히 공부가 되겠는가. 이런 경우에는 속히 병원에서 진료를 받고 집에서 잠시라도 잘 먹으면서 푹 쉬는 것이 좋다.

이 세상의 가장 좋은 약 중의 하나는 사람의 말이다. 그리고 동시에 말은 가장 나쁜 독 중의 하나 이기도 하다. 심리적인 것에서 온 병이라면 좋은 말의 효과도 대단하다. 독설도 엄청난 위력이 있다. 중국 촉 나라의 제갈공명은 적군을 말 한마디로 말에서 떨어뜨리게 하였다. 상대방의 급소를 맹타 한 것이다.

또 공부를 하다가 무기력을 느끼는 것은 어려운 문제에 부닥쳤을 때에 이것이 잘 풀어 지지 않으면 답답하고 무기력을 느낄 수도 있다. 교사가 이해되기 어렵게 잘못 가르쳐서 그럴 수도 있다. 어떤 저자의 책을 보면 너무 현학적으로 기본 설명도 없이 쓴 것도 있다. 공부 분량이 많아서 그렇게 될 수도 있다.

내가 대학을 졸업 할 때 교수님은 학생들을 보고 "너희들이 공장에 가거든

학벌의식 하지 말고 많이 물어 보아라. 그러면 어느 정도 지나면 너희들이 누구보다도 전문가가 되어 있을 것이다"고 말씀 하셨다. 나는 첫 직장인 공장(기차도 만들고 배 엔진도 만들고 여러 철강제품을 만드는 공장도 있는 종합기계 공장이었음, 2차 대전시에는 잠수함도 제작함)에 가서 묻고 또 물어 대었다.

정말 나야 말로 퀴즈 푸는 사나이처럼 염치 없이 물었다. 그것을 가지고 아무도 흉을 보는 사람은 없었다. 보통 물어 보는 것을 부끄럽게 생각하는 사람들이 많이 있다. 그러나 질문을 받는 사람들은 너무 바쁘지 않은 한 그들이 정상적이면 즐겨 대답해 주는 경향이 있다. 가르치는 것을 낙으로 삼고 적극적으로 가르쳐 주기까지 한다.

나 자신도 간혹 일이 하기 싫은 날이 있었다. 그런 날은 드물지만, 그런 날 일을 하면 능률이 잘 오르지 않았다. 한번은 컴퓨터의 속도가 늦어져서 윈도를 새로 간 후에 일정 부분에 복원이 안 되는 문제가 과거에 한 번 생겨서 전자 회사에 수많이 전화를 한 적이 있었다. 수많은 상담원과 전화통화를 하였지만, 누구 하나 속 시원히 이 문제를 풀어 내지 못했다.

그래서 전자 상가에도 몇 번 가 봤으나 소용이 없었다. 매우 답답하고 힘이 빠졌으나 도리없이 그 부분 자료의 1년 치를 일일이 다시 타이핑하여 넣을 수밖에 달리 어찌 할 수 없을 것 같다고 결론 내려고 하였다.그리고는 한 번만 더 가보자고 하여 이번에는 상가에서 나이가 든 분을 찾아 갔는데 문제가 드디어 해결이 되었다. 읽기전용을 풀지 않았기 때문이었다. 역시 노인은 지혜가 있다는 말이 맞았다.

부모의 과도한 기대치도 무기력하게 할 수 있다. 그래서 너무 아이들을 칭찬하는 것도 좋지 않고 지나치게 타박하는 것도 좋지 않다. 그저 수수하게 대 해야 교만심도 안 생기고 부담도 느끼지 않을 뿐만 아니라 마음에 상처도 안 받는다.

한 동네의 어떤 사람은 아들이 서울대 붙었다고 잔치를 열어 주었다고 했다. 얼만큼 거창하게 열어 주었는지 모르지만, 나는 아들이 서울대 합격 했을 때 "축하한다. 이제부터가 정말 싸움이야"고 간단히 이야기만 하고 말았다. 미국에만 해도 대학이 작은 대학까지 포함 해 무려 3,000개 정도있다 들었다.

시험 치고 나서 서울대 전체 수석 할 지도 모르겠다고 나에게 아들은 말 했는데 같은 과에 지원한 딴 학생이 서울대 전체 수석을 하였다. (사실 아주 입학 시 근소한 차이로 1, 2위 순위는 바뀌기 쉽다. 결국 아들은 이 학생은 물론 같은 과의 모든 학생들을 재학 시 모두 여유있게 눌렀다. 딴 이과 학생들에 대해서는 말할 필요도 없다. 그래서 이과 전체 수석 졸업했다. 문과,이과는 비교 해 주지 않으나, 누가 더 1위였나 하는 것은 들어갈 때 전체수석이 아들 과에서 나온 것 외에 이과가 통상 더 우수 해 온 것을 고려하지 않더라도 쉽게 알 수 있다. 아들 만큼 공부 잘 한 학생을 나는 적어도 한국 역사상 아직 못 보았다)

과거의 실패에 대한 쓰라린 추억이 지레 겁먹게 하여 무기력 하게 하기도 한다. 이런 학생에게 공부를 시킬 때에는 많은 분량을 주지 말고, 조금만 그것도 수준이 낮은 것부터 주는 것이 낫다. 그래서 점점 높여 가면서 자신감을 심어 줘 공부하는 분위기를 띄어 주면 재미 붙이게 되고 그러면 어느 단계에서 스스로 공부하게 된다.

과거의 실패는 학생 스스로의 문제 때문 일 수도 있지만, 주어진 주위 여건이 복합적으로 작용한 것도 있다.

부모들은 아이들이 높은 단계로 진학 할 때 지금 공부는 예전의 초등학교, 또 중등 학교 보다 분량도 많고 어려운 것이 더 있다는 점을 미리 이야기 하고 사전에 대비하게 해 주어야 한다.

아들은 예습은 물론 계획표도 짜고 하지 않았다. 물론 무엇 무엇을 언제까지 하겠다는 큰 그림과 뚜렷한 목표는 마음속에는 항시 있었다. 오답노트 같은 것도 만들지 않았지만, 모르는 것은 나름대로 체크 했다가 꼭 물어 보았다. 이것은 나와 나의 동문들이 공부하는 방식과 같았다. 이 복습하기도 바쁜 세상에 표 같은 것 조차 만드는 것이 시간 낭비로 보였다.

또 가족이나 친구 관계에 문제가 있으면 무기력 해 질 수도 있다. 아무리 자식이지만 어른들이 아이들을 얕보고 함부로 말 하는 것도 좋지 않다. 속에 무슨 배경이 있는지 알지도 못 하면서 함부로 이야기 하면 공연히 반발만 산다.

아들도 중학교 때에 스럼프의 날이 잠시 있었다. 아내는 아들에게 나무라지 않고 잘 할 수 있으니 너무 마음 쓰지 말라고 이야기 해 주었고 곧 회복 되었다.

35 눈에 안 보이는 보상을 하라

잘 한다고 너무 추겨 세우면 교만한 마음이 들게 되지만, 잘 한 것에 대해서는 훗날 시간이 지나고 나서 자연스럽게 보상을 해 주는 방식은 괜찮다. 나는 아들 대학 졸업시즌이 다 되어 갈 때에 시험 끝난 후 여름 방학이 되자 유럽이나 한 달 쯤 가서 놀다 오라고 하면서 유럽 여행 가는 것으로 비용을 모자라지 않게 주었다. 미국 갈 때에는 내가 일부 비용을 주기도 하였고 아들이 직접 번 돈으로도 충당 했지만, 유럽여행에는 내가 비용을 다 대어 주었다.

꼭 이렇게까지 할 것은 없고 국내 여행을 시켜 주어도 괜찮겠지만, 어차피 서양음악을 접하고 살았고 많은 위인전들의 무대였으며, 문학 작품의 본거지인 유럽을 실제 가서 보는 것은 삶에 상당히 좋은 감미료가 되리라 생각 했다.

미국 가서 공부 하면 엄청난 공부도 할 것인데 대학 방학 때 안 보내면 달리 갈 시간도 없을 것 같았다. 이것은 내 나름 대로 아들에 대한 보상이자 지금 지나고 보니 또 하나의 자극이 된 셈이었다. 가는 나라는 스칸디나비아 반도와 그리스, 포르튜갈을 제외한 서유럽 중요 국가의 대부분과 동구라파 일부였는데, 영국, 프랑스, 이탈리아, 독일, 스위스, 네델란드, 스페인, 벨기에, 오스트리아를 포함 하였다

이태리에 가서는 도시 전체가 박물관인 로마와, 남국의 정서가 물씬 풍기는 나폴리 시가지, 쏘렌토, 카프리 섬과 그롯타 아쭈라 동굴을 꼭 보도록 하였다. '돌아오라 쏘렌토로'가 작곡된 호텔도 알려 주었다. 이 곳에서의 조망이 아주 특별 하니까. 기타 딴 나라들도 나 자신이 많이 방문하여 아들이 여행 책과 나의 수 많은 사진들을 통해서 명소를 잘 알고 있는 터였다. 그리고 선진국이라 하여 너무 안심하지 말고 소매치기에도 주의 하라고 알려 주었다.

아들은 유럽을 가더니 이태리 소렌토에 가서 처음으로 국제전화가 왔다. 아 버지가 어찌해서 이탈리아를 그렇게도 좋아하는지 이제 알겠다 하면서.

한 달간의 유럽여행을 마치고 아들은 보기 좋게 그을려서 수 많은 사진을 찍어 가지고 돌아 왔다. 아들의 이탈리아 소렌토에서 찍은 사진 하나를 가지고 아내와 딸은 폭소를 터뜨렸다. 아들이 여행 하기 약 20년 전에 내가 가서 선 바 로 그 자리를 용하게도 찾아서 포즈를 취하고 찍은 사진이었다. 아들하고 아버 지하고 똑 같다고 하였다.

나는 어학 연수다 뭐다 하여 외국에 조기에 아이들을 보내는 학부모들에게 차라리 그 돈 가지고 유럽이든, 미국이든, 중국이든, 아니면 딴 나라이든, 하다 못해 어느 나라 못지 않게 풍광이 뛰어난 한국의 각 명소를 같이 가던지 혹은 여 행 시키기를 바란다. 아이들을 자극하는 좋은 자극제가 될 것이며, 어른 들에게 는 좋은 추억이 될 수 있다. 아래의 유럽의 명소는 일생에 한 번 꼭 볼 만 한 곳 이다. 다 갈 형편이 못 되면 한 군데라도 보고 오는 것도 괜찮다. 아래는 아들도 대부분 본 곳이다.

영 국

런 던 - 워터루 브리지 (영화 애수의 무대가 된 곳- 이곳에 서면 로버트 테일러가 옛생각을 하는 모습이 떠 오를 것이다.), 하이드 파크(이 곳은 공원이기도 하지만 음악회도 열려 루치아노 파바로티도 여기서도 노래 부르기도 하였다), 대영 박물관, 코벤트 가든 (오페라 극장), 국회의사당, 웨스터민스터 사원, 각종 미술관

프랑스

파 리 - 몽블랑 언덕, 개선문 근처 샹젤리제 가, 루블 박물관, 세이느강 주변, 소르본느 대학과 그 주변, 쇼팽이 머물렀던 집, 칼멘의 작곡가 죠르주 비제가 살았던 곳

마르세이유 - 지중해에 면한 항구 도시, 남불의 정취를 흠뻑 느낄 수 있는 곳이다.

독 일

아우그스 부르그 - 이 곳은 로맨틱 가도의 코스 중 한 시이며, 세계3 대 선박용 엔진 제조 업체였던 M.A.N.이 있으며 모짜르트 아버지가 탄생한 곳이다. 공장이 있다고 하여 살벌하겠다고 생각하면 크게 잘못 된 생각이다. 로맨틱한 거리 풍경이 볼 만 하다. 이 MAN에 갔을 때 내가 회사 출퇴근 할 때 만난 한 독일 처녀는 일본인인 줄 알고 나에게 일어로 인사 하기도 하였다. 이것은 우리가 길에서 서양사람들 보면 미국인으로 착각하는 것과 마찬가지이다.

뮌 헨 - 맥주의 도시이자, 히틀러가 창당한 도시로 독일로서는 남국적인 정서가 있는 곳. 호프 브로이 맥주집, 과학관이 가 볼만 하다.

함부르그 - 내륙에 깊숙이 들어온 엘베강에 세워진 하항, 어느 나라나 항구도시는 내륙적인 도시에서는 볼 수 없는 이국적인 매력들이 많다. 이 곳은 작곡가 멘델스존과 브람스의 고향이기도 하다.

스위스

취리히 - 스위스 최대의 도시로 호반 도시이다. 각 유럽도시로 가는 국제열차가 관통하는 중요 교통의 요지로,산과 호수가 어우러진 그림과 같은 도시이다. 나는 연수가서 이 근처의 도시인 빈터 투르에 머물면서 주말에 이 도시로 나와서 로마, 나폴리, 파리에 갔다 왔다. 아인슈타인이 이 도시의 스위스 연방공대 사범과를 졸업하였다. 취리히 호반에서 호수를 내려다 보니 얼마나 맑고 푸르렀던지, 안으로 빨려 들어 갈 듯한 섬뜩함을 느꼈다. 미술관과 오페라 극장도 볼 만 하다.

바 젤 - 라인강에 따라 발달해 있는 유럽의 내항 중에서 최대인 항구도시인데, 내가 처음에 이 도시에 박람회 일로 갔을 때 무척 큰배들이 들어와 있는 것을 보고 놀랐다. 참으로 유럽은 복받은 나라들이란 생각이 든다. 우리나라도 이조 때 보면 곡물 운반하러 경상남도에서 한양 갈 때는 낙동강을 따라 운반하다가 경상북도 어느 도시에서 수심 문제로 내려서 다시 육로로 운반하다가 충청도 땅에 들어가서 다시 남한강에서 배로 운송하였다고 되어 있는데, 이렇게 대규모 선박이 내륙 깊숙이 들어 온 모습이 매우 신기 했다. (미국의 워싱턴에서도 똑 같은 광경을 목격 한 적이 있다. 엄청난 강폭의 포토맥강에서 콘테나 선박으로부터 화물을 내리는 것을 공항에 착륙하면서 볼 수 있었다.)

나중에 안 일이지만, 노래로 유명한 로렐라이 언덕이 있는 곳의 라인강 수심이 무려 20 미터도 넘는다는 것을 알게 되었다. 부산항의 200미터 전후 짜리 배가 들어오는 바다의 수심이 고작 16meter정도 되는 것에 비하면, 얼마나 라인강의 수심이 깊고 안정 되어 있는지 알 수 있다.

이 도시는 독일과 불란서와의 국경 도시인데, 어찌 이리도 강 하나를 사이에 두고 그토록 독일과 스위스가 극명하게 다른지 그 풍경만 봐도 알 수 있다. 독일은 건축양식이 투박하나 스위스는 운치가 있다. 스위스의 대부분의 지역은 독일어를 쓰고 있어 이는 사실상 스위스가 독일의 분신이나 다름없다.

빈터투르 - 세계 3대 선박용 디젤엔진 공장" 술져 브라더즈"가 있는 도시로 이 회사는 선주들이 엔진을 가장 선호하는 세계 제 1의 선박용 디젤엔진 공장이다. 대양에 떠 다니는 수 많은 거대한 선박의 엔진이 이 스위스 회사 것이란 것은 관계자들 외에는 까맣게 모른다. 스위스 하면 시계나 알프스나 알프스 소녀의 이야기만 사람들이 보통 알고 있다. 연수 갔던 이 "술져 브라더즈"에서는 스위스 처녀가 나만 보면 이태리어로 인사 하였다. 머리가 까만 것을 보고 이태리 사람으로 보였나 보다.

사실 스위스는 달리 어디를 정해가지고 소풍을 갈 필요가 굳이 없는 나라이다. 나라전체가 전원이나 다름 없다. 이 나라에서는 애들이 혹시 소풍 가자고 하면 그 바쁜 부모들이 십중 팔구 이렇게 말할 지도 모른다. "너 이미 소풍 와 있어". 이 술져 브라더즈만 하더라도 정문 입구에 조그만 내가 있어서 지도상에서 보면 이것은 라인강으로 흘러 드는 조그만 지류인데, 얼마나 깨끗하였던지 정말로 스위스는 황송해서 어찌 보면 몸둘 바를 모를 나라 같았다.

제네바 - 이 도시는 레만호에 발달 해 있는 도시로 불어를 쓰는 스위스 내의 권역이다. 불란서의 분위기를 느낄 수 있는 곳이다. 그래서 그런지 이 곳은 불란서 배우 아랑드롱이 사는 도시이기도 하다.

융프라우 요흐 - 알프산의 대표적인 봉우리는 이곳과 마테호른, 몽블랑등 인데, 이 곳에는 전철로 꼭대기 까지 올라 갈 수 있다. 나는 7월 쯤 이곳에 올라 가 보았는데 산으로 올라 가면서 4계절(여름-봄-가을-겨울)을 동시에 처음 으로 맛 본 산이다. 처음으로 올라 가다 보니 여름 옷을 입고 올라가서 꼭대기 에서는 추워서 오들오들 떨었다.

라인 팔레 - 라인강의 폭포 중 대표적인 곳

보덴제 - 스위스와 독일의 국경에 있는 호수로 유람선이 죽 호수 주변을 돌아 준다. 호수를 별로 대해 본 적이 없는 사람들에게는 각별한 느낌을 주는 곳 이다.

이태리
로 마 - 이 도시는 도시 전체가 박물관이다. 시져가 암살 당한 포로 로마노 광장, 영화 로마의 휴일에도 등장하는 스페인광장, 트레비 분수, 콜로세윰, 성 바티칸 사원, 각 박물관, 미술관 등등, 이 곳은 한 달을 봐도 다 못 본다고 한다.

나폴리 - 산타루치아 해변(이 해변에는 스파케티와 해산물 요리를 팔면서 이탈리아 음악을 연주하는 악사들이 있는 레스토랑이 있다), 서쪽 편에 있는 노 래로도 유명한 마레카레, 산 카를로 오페라 극장, 스파카 나폴리, 베스비오 화산 등. 이 도시는 언덕에서 보아도 멋 있다. 언덕으로 올라가는 케이블 카를 타고

올라 갈 수 있는 곳도 있다. 내가 이 곳을 처음 방문 하였을 때는 시가지의 많은 사람들의 시선이 나에게 집중 되어 갑자기 VIP가 된 느낌 이었다.

폼페이 - 나폴리에서 소렌토로 가는 중간쯤에 있는데 이 도시는 베스비오 화산이 갑자기 폭발하는 바람에 눈 깜짝할 사이에 모든 것이 행동하던 그대로 정지 하고 말았다. 박물관에서 어떤 상을 보니 그 용암의 돌의 일부가 달아 손 가락 뼈가 밖으로 보이는 것을 보고 실감 할 수 있었다. 얼마나 순식간에 뜨거운 용암이 흘렀으면 저렇게 생활하는 모습 그대로 굳었을까 하는 생각이 들었다.

소렌토 - 폼페이에서 받은 우울한 느낌은 찬란한 태양이 오렌지 나무들 위로 쏟아지는 감미로운 이 도시에 오면 싹 가신다. 나폴리 가리발디 중앙역에서 전철로 약 40분 정도 간 것으로 기억 되는데 전철역의 종점이다. 이곳에는 수많은 이태리, 미국 등의 부호의 별장과, 호텔, 레스토랑, 기념품 가게등이 있는데, 단층으로 형성 된 것 같은 절벽이 바다에 면하면서 꿈의 섬 카프리와 베스비오 화산을 멀리 조망하고 있다. 이 절승의 땅에는 과거 세계의 유명한 문인, 음악가 등의 사람들이 찾아와서 그 이름을 각인 한 곳이 있다고 들은 적이 있다. 이 도시의 이태리명은 쑤리엔토 이다. 영어를 모르는 사람에게는 이렇게 말해야 된다. 이렇게 유명한 도시들은 영어로도 달리 부르는 것이 많은데, 예컨데 로마-Rome, 나폴리-Naples, 밀라노- Milan, 베니치아-Venice, 뮌헨-Munich, 취리히- Zurich, 빠리- Paris 등이다.

카프리 - 이 섬은 쏘렌토에서나 나폴리에서 배를 타고 가면 되는데, 로마 시대의 황제가 별장을 지을 만큼 경관이 좋은 곳이다. 영화 Love Affair에도 이 섬이 나온다. 이 꿈의 섬의 관광의 하이라이트 중의 하나는 안델센 동화에도 나오는 푸른 동굴 (그로타 아쭈라)이다. 이 동굴 속의 물 빛은 어떠한 화가의 붓으로도 그릴 수 없다는 신비스런 색깔이다.

아말피 해안 - 소렌토에서 과거의 유명한 해상 도시 살레르노로 가는 도중에 또 하나 풍광이 수려한 아말피 해안이 나온다. 소렌토 앞 바다는 나폴리 만이지만,이곳은 살레르노 만의 바다에 면한 곳으로 쏘렌토 못지 않게 풍경이 수려한 곳으로 다만 교통편이 전철이 없어 버스나 택시를 이용해야 하는 단점이 있다. 오른 쪽으로 바다를 면하면서 산복 도로를 따라 꼬불꼬불 달려서 포시타노, 라벨로, 아말피, 마이오리등을 경유하여 살레르노까지 가면 거기서는 나폴리로 가는 기차가 있다.

밀라노 - 이 곳은 공업 도시이지만 유명한 오페라 극장 라 스칼라가 여기에 있다. 또한 이 도시는 패션의 도시이기도 하다.

베니스 - 이 잘 알려진 수상 도시에는 통상 큰 건물은 없을 것 같지만 세계인 들이 즐겨 듣는 베르디의 유명한 오페라 '춘희 (라 트라비아타)'가 초연된 극장은, 밀라노나 나폴리나 로마가 아닌 바로 이 도시에 있는 라 페니체 극장이다. 한때 이 극장에 큰 불이 난 적이 있다 한다. 온통 적잖은 부분을 물에 담그고 사는 이 도시에도 불은 꼭 날 때는 나나 보다.

오스트리아

비엔나 - 유명 음악가들의 본거지가 된 이 도시에는 음악가들이 살던 집만 해도 도처에 있다. 베토벤 하우스 (다뉴브 강변의 하이리켄 시타트의 파르 광장 소재), 슈베르트집, 모짜르트 집, 하이든 집, 브람스집등. 베토벤과 슈베르트의 전기를 보면 이 두 사람 가난 했을 것 같은데 내가 가본 각각의 집은 그런 혼적이 잘 보이지 않았다. 이런 집들 중에는 그 각각의 음악가들의 박물관으로 바뀐 것도 제법 있다. 이 도시에는 이들 음악가가 이용하던 식당들이 아직 있는 곳도 있다. 쉰 부른 궁전은 유럽에서 가장 화려한 궁전으로 모짤트가 어린 나이에 홀륭한 연주를 하여 사람들을 놀라게 한 곳도 이 궁전이며 불란서 혁명 당시 단두대의 이슬로 사라진 마리 앙트와넷이 소녀 시절을 보내기도 한 곳이다.

다뉴브 강가로 내려가서 지나가는 배를 보는 것도 좋은 구경거리이다. 이 곳은 내가 갈 때만 해도 동양사람들이 거의 안 와 봤는지, 내가 전차를 타니 아이들의 시선은 나에게 온 통 다 모였다.

스페인

바르셀로나 - 바르셀로나는 남국의 정취가 서려 있는 항구 도시로 이 곳에는 치보다보 교회와 천재적 건축가 가우디가 짓기 시작 한 성가족 교회의 두 걸작이 있다. 이 건물 양식은 매우 독특해서 푸른 하늘을 배경으로 솟아 있는 이 건물들은 괴이 하면서도 환상적이다. 해변 근처에 있는 공항으로 비행기가 접근 할 때 근처의 해변가에 있는 숲도 매우 인상적이다.

마드리드 - 마드리드는 남국적인 활기가 충만하고, 유럽과 동양문명이 공존하는 독특한 매력과 무드가 있는 도시이다. 광장과, 거리를 거닐고 미술관을 구경하다가 밤에는 플라멩고를 추는 곳에 가면 스페인 특유의 이 춤을 구경 할 수 있다.

네멜란드

암스테르담 - 이 도시는 베니스처럼 온통 시내를 이리저리 운하들이 달리고 있다. 도시가 그다지 크지 않음으로 걸어서도 이런 저런 구경을 할 수 있는데, 봄철에 꽃을 실은 배가 미끄러져 가면 장관을 이룬다고 들었으나, 내가 갔을 때에는 계절적으로 맞지 않아 그런 황홀한 풍경을 볼 수 없었다. 시내 여기 저기를 거닐면서 구경하다가 영화 안네의 일기로 유명한 안네의 가족이 나치 독일군의 눈을 피해 산 집에 가 보았다. 이 집은 박물관처럼 유료로 운영 되고 있었다. 참으로 교묘하게 집 입구를 책장으로 위장 해 두었던데 그 방에서 그렇게 많은 식구가 오랫동안 은밀하게 산 것이 놀라워 보였다.

그리스

아테네 - 이 곳은 언뜻 보면 도시가 가뭄을 끼고 있는 듯한 인상을 받았으나, 가로수가 오렌지인 것이 남국적인 매력을 보탬에 모자라지 않았다. 시내 중심에 있는 아크로 폴리스에 올라 가면 파르테논 신전을 위시한 저명한 유적이 많이 있다. 헌법광장은 이 도시의 중심가로 호텔, 카페, 상사, 정부 기관 등이 들어서 있다.

덴마크

코펜하겐 - 이 도시는 북구의 제 1의 도시라고 불리 우는데, 이 곳은 무엇보다도 안데르센과 관련이 깊은 곳이다. 시가지는 조용하고 북 구라파 특유의 분위기가 잘 느껴 지는 곳이다. 시청 사 근처가 이 도시의 중심이다. 이 도시를 또 달리 유명하게 하는 것은 세계 3대 선박용 엔진 제조 회사 중 하나인 B & W 이다.

36) 사장이라는 이름의 엄마

점 복잡해져 가는 현대 사회에서 아이들의 보다 좋은 공부 할 여건을 갖춰 주기 위해서 주부가 할 일은 적지 않고 가정도 회사처럼 경영 해야 하는 시대이다. 주부 자신부터 고쳐야 할 것은 과감하게 고쳐야 한다. 아래는 나의 집에서 실제로 거의 지킨 방식이다.

1) 모든 고장난 제품들은 초기에 고쳐야 한다

아이들이 고장난 가구나 설비 (형광등, 보일러, 물새는 지붕등) 때문에 시간 낭비를 하지 않아야 된다. 배울 것은 자꾸 늘어나는 요즘 촌음이라도 귀한 시간 이다. 물새는 지붕은 누전 되기 쉽고 누전 되어 차단기가 내려오면 컴퓨터를 고치기 전까지 못 쓴다. 컴퓨터를 치다가도 갑자기 전기가 나가면 입력 했던 것이 다 나가니 아이들은 이런 것을 대비해서 자주 저장해야 한다. 물새는 지붕을 고치는 것은 쉽지 않아 예전에 옆집이 수 없이 고치는 것을 보았다. 지금도 과연 고쳐졌는지 모르겠다. 보일러가 고장나 추워지면 잠이 온다.

초기 대응의 소홀로 말미암아 일이 커지는 예는 얼마든지 있다. 미국 정치가 플랭클린의 경구를 인용한다

〈작은 태만이 화를 낳을 수가 있다. - 한 개의 못이 없어서 편자

(horseshoe)를 잃었고, 편자가 없어서 말을 잃고, 말을 잃었기 때문에 탈 사람을 잃었다〉

2) 시설 관리

제품을 고치기 전에 미리 손을 써서 고장을 막는 것이 최상의 방법이다. 배수구는 락스 종류로 일정 주기로 부어 주면 시원하게 뚫려서 물의 배수가 빨리 되고 악취도 덜 난다. 특히 아파트나 빌라 같은 다 가구 주택의 경우는 밑에 층에서 기름 같은 것을 부어서 그것이 웅고 되면 위의 층까지 애를 먹는다. 그래서 이런 것을 막기 위해서라도 거기 대응 할 수 있는 적합한 화학 용액을 주기적으로 부어 주는 것이 낫다. 우리 이웃에서는 딴 집 때문에 막혀서 아주 애먹은 적이 있었다.

한국에서 1년에 발생하는 화재가 생각 보다 훨씬 많았다. 집은 종류를 가리지 않고 화재가 발생 한다는데 특히 다가구 주택은 화재 경보기 (수입제로 한 개 2 만원도 채 안 되는 것으로 어른 주먹보다 조금 작은 크기 임. 국산도 다양한 사양과 기능의 것이 있다)같은 것을 사서 자기 주변 복도와 방안의 천정에 붙여 두면 만일의 경우에 연기만 조금 나도 경보를 울려 주니 편리하다.

천정의 너무 가장 자리 구석 모진 데(90도로 서로 만나는 곳)에는 공기의 흐름이 닿지 않음으로 거기로부터 적어도 10cm 이상 띄어서 설치 해야 한다. 생선 굽는 연기가 조금 나도 경보 빛을 발하며 울렸고 1년간 아직 밧데리 교환 하는 것 없이 써 보았는데 그 효과가 좋았다. 수시로 잘 작동 하는가 점검 해 보도록 단추가 있어서 이것을 눌러 보면 빛과 소리를 3초 정도 내어 준다. 아직 공급업체에서는 수입한지 얼마 안 되어 잘 모르겠다고 하는데, 한 1년 정도 있다가

battery는 갈아 주면 된다고 한다.

대 화재가 나서 어쩔 수 없이 옆집에서 난 불이 옮겨 붙었을 경우 불을 다 끄고 나도 잔불이 있나 살펴봐야 한다. 이것이 불씨가 되어 다시 문제가 될 수도 있다.

전국의 가정에 이것을 다 단다면 국가적으로 큰 이익이 될 것이다. 나는 과거에 살면서 바로 이웃에 또는 이웃까지 불이 난 적이 2번 있기 때문에 이런 것을 예사로 생각 하지 않고 대응한다. 불이 한 번 나면 아이들한테도 보통 일이 아니다.

70년 초쯤에는 빌딩에 참으로 큰 불들이 많이 난 시기였다. 그 당시 수 많은 사람들이 죽었는데 어떤 사람들은 위층에서 불길을 피해 창문 난간에 매달려 있다가 불길이 닿자 떨어져 죽기도 하고 빌딩 꼭대기에 헬리콥터로 내린 줄을 잡고 가다가 자신의 중력을 못 이겨 줄을 놓쳐서 죽기도 하고, 질식하여 죽은 사람도 많았다. 그런데 이런 와중에서도 마치 수영 선수들이 높은 대 위에서 공중제비 넘기 (tumbling)를 하는 것처럼 하여 옆 건물의 옥상에 발이 밑으로 가게 하여 떨어져서 약간만 다치고 목숨을 건진 경우도 있었다.

어떤 아파트 문 입구에서도 불이 나서 판사 가족들이 몰살 된 안타까운 사건도 있었다. 아버지가 아이들을 하나하나 이불에 싸서 밖으로 던져 버렸는데 결국 일 가족이 몰살 되어버린 일이었다.

나는 회사 사택으로 아파트에 잠시 살 때에는 먼저 입주 하자 말자 아래로

내려는 계단의 옆 난간이 구멍이 커서 아이들 떨어질 것 같아 판자로 막기도 하고 3층집에서 비상시에 탈출하기 위해 밧줄과 망태기를 준비 해 두었는데 이것을 본 같은 사택 딴 호의 부인이 얼마나 웃었는지 지금도 기억에 남아 있다. 그런데 실제 얼마 후 딴 동에서 불이 난 적이 있었다. 우리 나라 사람의 안전 불감증은 매우 높다. 그래서 사고가 나면 대형 사고가 난다. 현재의 규정으로는 밧줄은 타고 내려 갈 때 미끄럼을 방지 하기 위해 적어도 1미터 마다 매듭을 만들어 손이 걸리게 해야 하고 3층 정도 까지만 대체적으로 허용 됨을 한 참 지난 뒤에 알게 되었다.

우리가 항구의 멋진 경치가 보이는 언덕 배기에 살 때에 집에서 약 3 킬로 떨어진 시장에서 불이 난 적이 있었는데 할머니는 불을 보자 마자 벌써 짐을 싸고 있는 것을 보았다. 일제, 6.25 동란, 화재 등 온갖 난리를 다 겪은 할머니니까 안정권에 충분히 있을 것으로 보이는 거리에 우리 집이 있음에도 불구하고 짐을 싸신 것 같다. 불은 시장 자체에서 멈추고 끝났다. 이것은 우리 국내 화재 역사상 큰 불로 기록 되는 대 화재였다. 평소에 소방설비라든가 경보 장치등을 세심하게 해 두었더라면 이런 불행한 일은 최소화 되었을 것이다.

나는 어떤 건물에 들어가든 운동도 할 겸, 어지간하면 엘리베이터를 이용하지 않는다. 특히 일본에 가면 고객들 보고도 호텔에서 내려 갈 때에 건강에 좋다면서 걸어서 내려 가자 하고 내가 먼저 걸어서 내려간다. 불이 나서 엘리베이터에 갇혀서 죽은 사례가 몇 건 있었고 우리 나라의 부실공사 사건을 많이 보았기 때문이다. 일본은 지진이 잦고 지진으로 일단 문제가 크게 되면 화재 사건으로 번지게 되어 있다. 나의 선배 들은 일본 자주 출장가서 지진을 겪었다 하였는데 나는 몇 번 갔어도 지진 난 것을 본 적은 없었다. 일본 사람들 만성이 되어서 웬만하면 집안에서 장롱 쓰러 질까 봐 받히고 있는 경우가 고작이란다. 그러나 이 사람들의 안전대비 훈련은 잘 되어 있어서 최소화 되고 있다.

이런 나도 미국 뉴욕의 엠파이어스테이트 빌딩이라든가 테러로 없어진 쌍둥이 빌딩같이 400 미터도 넘는 건물꼭대기에 올라 갈 때에는 엘리베이터를 이용 했다. 건물의 안전도 믿었고 바쁜데 시간도 너무 걸리기 때문이다. 엠파이어스테이트 빌딩은 예전에 비행기가 사고로 충돌한 적도 있었는데 끄떡도 하지 않았다.

3) 3.3.3의 원칙

경영에서 3. 3. 3의 원칙이란 사람들이 어느 조직에 있을 때 3일 있다가 짜증내고 3개월 있다가 짜증내고 3년 있다가 짜증을 또 사람들이 낸다는 통계적 수치에 근거한 원칙이다. 사람은 이렇게 짜증을 잘 내게 구조적으로 되어 있는 만큼 너무 획일적으로 시계 추 같이 움직이는 생활은 피하는 게 좋다.

내가 아는 한 사람은 너무 취미가 몰 취미 하다. 음악,시, 술, 미술, 스포츠, 등산도 그 무엇에도 관심이 없다. 어디 놀러 다니지도 않는다. 내가 항상 즐겨 인용하는 말 중에 '마음이 부자라야 진짜 부자다'란 말처럼 처량하게까지 보이기도 한다. 박목월 시에 "나이 60에 겨우~ 눈이 열렸다.~ 세상은 너무나 아름답고~ "하며 자연을 칭송하는 시가 나오는데, 이 금수강산이 보통인지 그저 먹고 자고 먹고 자고 일터와 집을 왔다 갔다 할 뿐이다.

예전에 고생을 해서 그런지 도무지 어떤 것에 흥미를 잃고 있는 무미한 사람으로만 비친다. 이렇게 되면 아이들에게 자극이란 도무지 되지 않는다. 자극이 되어야 아이들이 움직여지는 경우가 많다. 신라의 화랑들이 전국 순례 한 것은 바로 이런 것을 노린 것임에 틀림 없다.

마당에 꽃이라도 심어야 된다. 취미도 자꾸 연습하면 붙어 진다. 오늘부터라고 가장 하기 쉽고 거의 돈 들지 않은 클래식 음악이라도 들어 보기로 하자. 그 감동의 깊이는 그 동안 대부분의 사람들이 들어 오는 음악들하고는 상대가 되지 않을 만큼 엄청나다. 식물도 클래식과 그렇지 않은 음악을 구별 하고 몇해 전 TV에 나온 개도 보니까 클래식에만 반응하여 따라 하는 것을 보았다.하물며 사람이 구별 못 하랴!!

요즘 인터넷에 들어가 Youtube라고 치고 노래 제목을 넣으면 길지 않은 많은 성악곡들을 기라성 같은 테너와 소프라노들이 부르는 것이 많다. 피아노 곡, 교향곡들도 있지만 이것은 기니까 우선 감성이 비교적 빨리 이는 성악곡으로 먼저 들어 보자.

집안 분위기가 달라지면, 도시 분위기가 달라지고, 도시가 달라지면 나라 분위기가 달라진다. 분위기가 달라지면 운명이 달라진다.

4) 헤이로 효과(Halo effect)

이는 어떤 사람의 장점을 보았을 때 딴 것도 잘 하겠지 하고 착각하는 효과이다. 예컨대 총각이 자기 어머니는 엄격하니, 신부감은 부드러우니까 좋다고 딴 것도 다 좋겠지 하고 졸속으로 생각하고 결혼하면 크게 후회 할 일이 생길 수 있다. 부드러워서 그 점은 총각에게 좋을 지 몰라도 그 신부의 다른 면이 다 좋다고 생각하는 것은 큰 착각이다. 우리가 이런 심리적 효과 때문에 간혹 당하는 것은 바로 예쁜 포장이다. 예쁜 그럴듯한 포장이 훌륭한 내용물을 꼭 보장하는 것은 아니다.

　그래서 공사 맡길 때 저 회사 이런 방면에 1위니까 딴 것도 잘 하겠지 하고 딴 일을 맡기면 고쳐도 고쳐도 끝없이 잘 안 되는 일이 생긴다. 그래서 잘 알아보고 회사를 선택하는 것이 좋다. 가정교사를 들일 때에도 마찬가지다. 병원도 마찬가지이다. 만능인간은 없다.

5) 돈 댈 사람은 돈만 대어라
　어떤 사람은 자동차나 집 고칠 때 자신이 아는 분야라고 직접 고치는 사람이 있다. 물론 아주 단순 한 것은 그렇게 할 수도 있고 비상시에는 그렇게 할 수밖에 없다. 그러나 스스로 알고 있어도 중요한 것은 돈이 들더라도 전문인력에게 맡기는 것이 더 낫기도 하다. 못이라도 하나 더 야무지게 칠 것이고 마무리를 깔끔하고 안전하게 할 수 있다. 같은 기술계라도 역할 분담 할 것은 분담 시키는 것이 낫다.

6) 병원의 선택
　아이들도 어른들도 초기에 대응 해 줘야 낫기도 잘 낫고 돈도 적게 든다. 양방, 한방가리지 말아야 된다. 병은 낫게 하는 것이 제일 중요하다. 중대한 병은 오히려 친척의사 쪽에 가지 않아야 된다. 돈을 많이 달라고 할 수도 없어 어처구니없이 적당히 치료해서 넘긴 것을 본 적이 있다. 만일 치과에서 이런 일이 벌어졌다면, 이 못 쓰게 만들어 놓고 나중에 보정할 수 없을 만큼 문제가 생겼을 때는 아예 자연수명을 누리지 못한다. 이름 있다고 월급의사 쓰는 병원 중에도 성의 없이 치료 하는 것도 보았는데 이 또한 경계해야 할 병원이다.

7) 책, 서류와 기물의 보관

책은 책장에 넣어야 먼지가 적게 앉는다. 개방 책장 위에는 최소한 뒷면을 막고 책 위에는 신문 등을 층마다 적당한 크기로 놓아서 신문지 윗면을 주기적으로 털어 주어야 한다. 책과 옷에 먼지가 잘 생긴다. 아기들이 있는 집은 어른들의 책은 위로 꼽아야 된다. 아래에 있다가 잘못 되면 낙서 세례를 받거나 아예 책 일부가 찢겨 버릴 수가 있다. 어떤 때는 주인집 아이 다한 숙제에다가 세든 집 어린 아기가 오줌을 싸기도 한다. 그래서 주인하고 세입자가 불편한 관계가 되기도 한다. 이런 것은 책상 위에 올려놓지 말고 적어도 책상 서랍에 넣어야 한다.

나는 대학교 다닐 때 하숙집에서 학교에 제출할 기계 제도 도면을 그려 방바닥에 놓았더니 하숙집 아주머니가 그 위에다 물품을 올려서 아주 당황한 적이 있다. 어른도 이 모양인데 하물며 아이들이 무엇을 알아서 하랴.

넣는 곳의 위치는 가족간에 약속을 하여 일정한 곳에 넣도록 해야 한다. 없어진 물품 찾아 거의 반나절을 보내는 사람은 귀중한 시간을 땅 바닥에 마구 버리는 행위를 하는 것이나 다름없다.

8) 폐기물은 아낌없이 쓰레기로

불필요 한 물품은 폐기 처분하라. 특히 오래된 옷은 아무짝에도 못 쓰고 나중에는 밀폐된 장에 넣지 않고 그냥 방에다 방치 해 두면 이것이 병균의 온상이 된다. 못 쓰는 물품을 도무지 못 버리는 사람이 있다. 이것은 신경증의 중의 하나이다. 누가 도와 줘서라도 버려야 한다. 아끼다가 결국 이용도 못하고 병 얼어서 병원비가 훨씬 더 든다. 지나치게 아끼면 낭비가 된다는 말이 바로 이런 것을 두고 말하는 것이다.

9) 방역

요즘 난방이 잘 되어 덜덜덜 떨면서도 슈퍼마켓에 와서 아이스 크림을 사가는 아이들도 있는 실정이다. 이러하니 모기같은 것도 사람과 같이 겨울을 나기도 하는데, 모기를 없애는 전자식 액체 약의 냄새는 사람에게도 좋지 않다. 공장에서 직접 제조자한테서 들은 것이다. 방충 망을 잘 하고 어쩌다 보이는 것은 물리적으로 잡는 것이 더 좋다. 구청에서 주기적으로 뿌리기도 하니까 대도시에는 그렇게 많지는 않을 것이다.

콤벳 같은 바퀴벌레용 약은 3달에 한 번씩 갈아 주면 된다. 이것을 쓴 후로 바퀴벌레는 보기가 매우 힘들었다. 이런 약 놓을 때에는 뿌리는 약 (레이드와 같은 것)은 삼가해야 한다. 콤벳 같은 것은 그 약 성분을 먹고 여기 저기 돌아다니다 죽은 바퀴벌레를 다른 바퀴벌레들이 또 뜯어 먹음으로서 연쇄적으로 죽게 하는 효과가 있다. 그래서 냄새가 나는 레이드를 뿌려 놓으면 바퀴 벌레 몸에 이것이 묻혀 져서 신경이 마비되어 돌아 다니지 못하니 그 원래의 의도 하는 바를 얻지 못한다. 그리고 이 레이드의 냄새는 사람에게도 좋지 않다.

재래식으로는 밥에다 하얀 고체의 붕산을 섞어 놓아도 바퀴벌레를 잡을 수 있다.

난방이 잘 된 현대에는 전염병이 겨울에도 이런 벌레에 의해서 전염된다. 병에 걸려 아예 한 학년을 새로 하는 아이들도 보았고, 이 의학이 발달한 현대의 세상에서 법정 전염병으로 어이 없게 사망한 경우도 보았다. 이것은 큰 손실이다.

10) 중요 사안의 복창과 뚜렷한 의사 전달

백화점의 점원이 돈 10,000원을 받고 나서는 10,000원 받았다고 손님한데 말하면서 확인한다. 고사포 포수가 상사의 발사 명령을 발사하기 전 다시 복창 한다. "북북서로 각도 45도로 발사". 이렇게 하는 것은 상대방의 행위의 확인 및 의사 전달의 확인을 하여 실수가 없도록 하기 위함이다.

아이에게 중요한 사항을 이야기 했으면 아이가 다시 확인 하든지 아니면 부모가 다시 확인 한 번 더 해 주는 것이 중요하다. 아이에게 말 할 때는 잘 들리는 소리로 또박또박 너무 빠르지 않게 표준어와 쉬운 말로 육하원칙 (언제, 어디서, 누가, 무엇을, 왜, 어떻게)에 따라 해 주어야 한다.

요즘 젊은이들 중에는 말하는 것이 살기도 싫은지 이상하게 발음 하는 사람들이 간혹 있다. 이나마도 앞의 말이 다 끝나기도 전에 뒤의 말이 앞의 말의 끝 부분을 집어 삼키면서 하는 것이다. 이런 식으로 말 하면 5분이면 끝날 말을 10분씩 이나 하게 된다.

영문 계약서를 쓸 때 will은 단지 할 것이다 라는 뜻으로 쓰는 것이 아니라 사족이나 다름 없이 그 냥 등장하는 것으로 이것이 있던 없던 어떤 사항을 이행 하여야 되는 것이다. 이것을 이용 하여 채무자인 망나니는 판사가 이 정도는 모를 것이다 하여 자신은 뻔히 이 영문도 알고 계약 이행 해야 할 것도 알면서도 이런 것을 악용하여 계약의 강행의무가 없다는 거짓 주장을 하는 우스운 사례도 있다.

그래서 집이든 사회생활이든 이런 식으로 악용 내지는 오해 될 수 있는 소지의 말은 피해야 한다.

11) 구체적인 지시

특히 어린아이의 경우에는 어떤 사항을 가르쳐 줄 때, 그것을 구체적으로 표현 하지 않으면 아이들이 잘 이해를 못 한다. 예를 들어 차를 조심 하라고 할 때에는 문제의 위치에 아이와 같이 가서 "여기 이 골목에서 이렇게 갑자기 나와서 이 방향으로 가면 앞에 오는 차를 볼 수 없으니, 위험하다. 그래서 조금 만 더 밑으로 가서 길을 건너면 차를 잘 볼 수 있다"고 설명 해 주어야 한다.

12) 학교 안 가기 운동

학교에 가서 교사들에게 돈을 줘 본들 아이들에게 결국 득 될 것 없다. 아이들이 이런 것은 결국 알게 되고, 이런 행위는 아이들에게 자신의 이익을 위해서는 돈으로 모든 문제를 풀도록 가르치는 것이나 다름없다. 돈을 사립학교 교사에게 주면 그냥 도덕적인 비난 만 받지만 공무원인 국립학교의 교원에게 주면 뇌물죄가 성립되어 형사범에 해당 된다. 오늘날 보면 뇌물수수, 횡령, 배임등의 온갖 범죄를 저지르는 고장난 화이트 칼라들이 이 나라에 너무 많다.

학교에 가지도 말고 속 보이는 교사들 뱃속 채울 돈도 내지 말고 아예 무시 해 버려야 한다. 나의 경험으로 봤을 때 무시 한다고 무슨 심각한 일이 생기지는 않았다. 최소한도의 염치는 교사들이 있기 때문이다. 학교에 꼭 가야 할 날은 입학 졸업식 등 불과 며칠 밖에 안 된다.

나는 나와 거래 하는 곳의 현장관리자에게서도 나에게 돈을 달라는 청탁을 하여 왔을 때 응하지 않아 그 악습을 고친 적이 있다. 많은 사람들이 자기네의 장비와 창고를 이용하여 독점적으로 일하니 그는 그것을 악용 한 것이다. 그것은 딴 사람들이 돈을 줘서 잘못 길들여져 만들어진 악습이었다. 돈을 달라고 직접이든 간접이든 말을 하면 구태여 직접 공격을 하여 괜히 껄끄럽게 할 것없이 동문서답하면 된다.

"이 일에는 기름을 확 쳐야 된다.(윤활유 역할을 하는 돈을 달라는 우회적인 말)"
"요새 미국 정세가 어떻게 될 것 같은가??"
"미국 정세는 모르겠다. 사실 이번 일 건은 돈이 좀 필요 한데….."
"요즘 등산코스로는 설악산 보다 남쪽이 더 좋더라. 어떤가??"
"돈이… 사실……."
"요새 아이들은 우리 때 하고는 많이 달라."

이런 식으로 이야기를 딴 쪽으로 돌려 김 빼게 만들어 놓으면, 상대방 스스로도 낯 간지럽게 자꾸 돈 이야기를 결국 꺼내지 않는다. 최소한도의 염치는 누구나 다 있기 때문이다. 나는 그래서 다시는 그의 입에서 돈 이야기를 안 나오게 했고 그 회사와의 거래 관계에서도 불이익 받은 것이 없었다.

13) 쓰레기

쓰레기는 음식물과 기타의 것으로 대별 되는데 음식물 쓰레기는 우리 나라의 경우 그 처리 비용이 수년 전에 이미 조원 단위임을 알 수 있다. 우리 집에서는 음식쓰레기는 아예 발생 하지 않는다. 먹을 만큼만 해서 아예 원천적으로 봉쇄하고 반찬 있는데 새 반찬은 안 하는 것으로 하기 때문이다. 최소한도의 조금 나오는 것은 건조기로 건조 시키니 음식물 쓰레기는 없다. 이런 식으로 대한민국 전체가 관리하고 재래식 화장실을 모두 수세식으로 개조 한다면 아마도 파리와 잡벌레는 대한민국에서 사라 질 것이다.

내가 스위스에 가서 놀란 것은 알프스의 아름다움도 그렇지만, 그 나라의 청결함이었다. 그 뒤 우리 나라가 여행 자유화가 되어 한국사람들이 가서 얼마나 어지럽히는지는 몰라도 하여튼 여행 자유화가 되기 전에 스위스는 굉장히 깨끗했다. 있는 동안에 단 한 마리의 파리나 잡 벌레도 본 적이 없다. 바퀴벌레 약도 사실 스위스에서 발명 한 것이다.

싱가폴도 청결 했는데 나중에 알고 보니 이 나라에서는 벌금이 엄청나게 많고 태형제도가 있었으나, 스위스는 자발적으로 사람들의 의식 수준이 높아 청결하게 한 것이다.

이런 쾌적한 환경도 이 작은 나라에서 노벨상 수상자가 많이 나오게 한 것에 크게 기여한 것이다.

14) 중요한 자료의 별도 보관
세상이 점점 복잡하게 되면서 생각지도 않은 사건들이 생긴다. 중요한 자료는 외장 하드나 디스크에 복사하여 독립된 광 같은 곳에 둔다. 수년 전 미국에 테러 사건이 발생 했을 때 그 누가 뉴욕의 쌍둥이 빌딩이 비행기와 충돌해서 무너지리라 생각하였을까!! 미국인 들은 이런 만약의 사태에 대비하여 이미 딴 건물에 그들 자료를 보관하고 있었던 것으로 밝혀졌다. 이조 때의 실록도 전란등을 고려 하여 여러 군데에 동시에 흩어져 보관 하였다.

15) 기록으로 움직이는 집

많이 살 것은 목록을 만들어서 나간다. 이런 것 대강 대충 머리에 넣고 나갔다가는 놓치고 몇 번이나 들랑날랑 하는 주부들이 있다.

16) 일기 겸 건강관리 일지

특히 질병이 있을 때 이런 일기를 써 두면 훗날 도움이 될 수가 있다. 회사도 기록이 없는 회사는 후임자가 인계 받을 때 상당히 어려움을 겪는다. 통계가 없으니 정보를 새로 만들어야 하는 것이다. 제강그룹의 어떤 후임 사장은 전임 사장한테서 업무 인계를 받았는데 너무나 자료가 없어서 엉엉 울었다. 기록이 없다는 것은 통찰력이 조금이라도 있는 사람들은 무엇을 의미 하는지 안다.

17) 빨래 줄 관리

몇 해 전 신문에 보니 아이가 빨래 줄에 목이 졸려 죽은 사건을 신문에서 보았다. 나의 집에서는 마당 화분에 감겨 있던 줄에 병아리가 목에 걸려 역시 질식사 한 일이 있었다. 병아리가 마당에서 화분이 놓여 있던 축대 위 위치에서 밑으로 내려 뛰다가 줄에 묘하게 감겨 이런 일이 생긴 것 같았다. 어찌 해서 아이에게 그런 일이 생겼는지 모르겠지만, 줄이 높으면 이런 일이 생기지 않을 것 같다. 우선 아이의 팔이 닿지 않으니까 줄을 만질 수가 없기 때문이다.

18) 형제들 간의 육아 시간의 배분

보통 경험이 없는 신혼 부부는 둘째 아이가 태어 나면, 첫째 아이에게는 아무래도 소홀 한 경향이 있다. 첫째아기도 둘째 못지 않게 신경을 고루 써 줘야 한다.

Chapter 6

태산은 하늘 아래
뫼일 뿐이다

커서 뭐가 되어야지 하고 이야기 하는 아이는 이미 그 계획의 큰 틀을 짜 둔 것이다. 여기에 강렬한 의지로 맹렬히 공부한다면 그는 누구라도 그의 뜻 한 바를 이룰 수 있다. 요즘은 장학금 제도도 잘 되어 있어서 공부만 잘 하면 장학금도 이중으로도 받아 공짜 공부를 한다.

놀면서
하버드
들어가기
생각을 바꾸어야 삶이 바뀐다

37) 꿈꾸는 자들이여, 야망을 가져라

사람은 자기가 진정으로 하고자 하는 만큼 한다고 한다. 어디 일등이라고 태어 날 때부터 따로 하늘이 점지 해 둔 사람은 없다. 아무리 늦게 출발 하더라도 늦은 출발은 없다. 60대에 새로운 전공에 도전하는 사람도 있고, 70대 중반에 사업을 시작 하는 사람도 있다. 앞으로 평균수명이 점점 더 길어 지니까 한 10년 쯤 뒤에는 수명이 100세도 넘는 사람들이 많이 나오게 되면 이런 수치도 많이 고쳐 질 것이다.

나는 커서 뭐가 되어야지 하고 이야기 하는 아이는 이미 그 계획의 큰 틀을 짜 둔 것이다. 여기에 강렬한 의지로 맹렬히 공부한다면 그는 누구라도 그의 뜻한 바를 이룰 수 있다. 요즘은 장학금 제도도 잘 되어 있어서 공부만 잘 하면 장학금도 이중으로도 받아 공짜 공부를 한다. 이미 딴 데서 받았다고 정중히 거절 해도 꼭 주려고 하는 것이다. 주는 쪽에서도 영광으로 생각하면서 주기도 한다.

사람들이 공부 해 가는 것을 보면 일생을 살아가면서 계속 잘 하는 사람, 잘 하다가 잠시 못 하다가 다시 계속 잘 하는 사람, 못하다가 잘 하는 사람, 잘 하다가 못하는 사람, 계속 변동이 많아 종잡을 수 없는 사람들, 계속 일생 동안 못 하는 사람이 있다. 공부는 이왕 하려면 계속 잘 하는 사람이 가장 이상적이지만 못

하다가 어떤 동기로 잘 하게 되는 경우도 그나마 괜찮다. 이런 범주에 안 속하더라도 실망 할 것은 없다.

처음부터 인정을 못 받았다고 실망 할 것도 없다. 원래 인정을 못 받는 것은 실력이 없어서 그런 것도 있지만 그 숨은 재능이 밖으로 드러나지 않아서 그런 것도 있고, 밖으로 들어 났다 해도 그것을 알아보는 눈이 평가자에게 없어서 그런 것도 있다. "명군이 명군을 알아 본다"는 말이라든가 "지성이란 그것을 갖추지 않는 자에게는 보이지 않는다"는 말은 바로 이런 것을 두고 말한다. 과학이나 예술 분야에 특히 이런 것이 많이 있다. 지금은 서유럽, 미국과 같은 선진국에서는 인식 수준이 많이 향상되었으나 예전에는 서유럽이나 미국같은 곳도 이런 일이 적지 않았다.

아인슈타인과 같은 과학자는 처음에 그리 인정 받지 못했다. 그는 고국인 독일을 떠나 스위스 취리히의 연방공과대학에 입학 하였다. 나중에 그의 뛰어남이 잘 알려지자 노벨상 수상 위원회에서 아인슈타인과 같은 사람에게 노벨상이 돌아가지 않는다면 노벨상의 권위가 땅에 떨어진다고까지 말 하였다. 아인슈타인을 제대로 알아 본 것은 미국이었고 그는 열렬한 환영 속에 미국으로 와서 맹활약을 하였다.

이태리에 있는 베르디 음악원도 베르디가 입학 거절 당한 음악원이다. 그 뒤 베르디의 주옥 같은 오페라들로 세계적인 명성이 자자하자, 그 음악원을 베르디 음악원으로 이름을 바꾸는 괴이한 일이 생겨 버렸다. 이탈리아 나폴리 출신의 세기의 테너 엔리코 카루소는 "네 목소리로는 안 된다"고 혹평을 받았지만, 지금껏 그는 테너 중 최고의 테너로서 군림해 오고 있다.

내가 중학교 때에 학교에서 단체 관람한 음악영화들에 주인공으로 곧 잘 나오던 이태리계 미국인 테너 "마리오 란자"는 청년 시절 트럭 운전수를 하고 있었는데 그를 알아 본 것은 오케스트라의 지휘자였다. 피아노를 어느 학교에 운반 해 놓고 마리오 란자는 잠시 쉬면서 혼자 노래를 불렀는데 이 지휘자가 지나가다가 그의 놀라운 목소리를 우연히 듣고 그를 발탁하였다. 재능이 좀 늦게 발견 된 것이다.

그리고 실수도 있는 법인데, 아무러한 미국의 최 우수 대학이라도 실수는 있을 수 있다. 사람이 하는 일이다 보니까 그런 것이다. 그래서 뛰어난 사람이 바로 붙지 않더라도 너무 실망할 필요가 없다.

그리고 평가자 중에는 자기 자리 보전 하기 위해서 뛰어난 사람을 탈락 시키는 경우도 있다. "이등은 일등을 잘 뽑지 않는다 "는 사실을 그 동안 살아오면서 내 주위에서 또 책 (전 클라이 슬러 자동차회사를 회생시킨 전설적인 기업가 아이아코카가 지은 자서전)을 통해서 여러 차례 보아왔다. 이러니 이등 회사가 일등 회사 되는 것이 쉽지가 않다. 이등 국가도 일등국가가 되는 것이 쉽지 않다.

스탠포드 대의 매우 유능한 젊은 공대 교수가 그의 학과 학생을 뽑아 놓고는 그 제자가 너무 똑똑하니 오히려 어찌 가르쳐야 좋을 지 몰라 난감하다. 그가 경험 많은 노장 교수에게 이런 사정을 이야기한다. 노장교수의 말은 이렇다. "그렇게 말하는 자네야 말로 정말 유능한 교수이네. 나는 교수들이 그 제자들을 시기하는 자들도 보았네". 이것은 "네가 명군이니 명군을 알아 보고 뽑은 것 아니냐"는 이야기다.

사실 회사에 다닐 때도 보면 이런 일들이 있다. 유능한 사람을 슬그머니 진급서열에서 제 통속(제 후배나 아첨이나 하는 자)이 아니라고 말도 안되게 탈락시켜 버리는 사람도 있는데 이것은 그 윗사람이 알아채고 다시 리스트에 올린다. 이런 일이 있다 해도 실망 할 것 없다. 결국 사필귀정 이니까.

공부 하는데 있어 치타 형이 안 되면 늑대형이라도 되어야 한다. 초등학교 때 내가 살던 집 중 한 곳에서는 시조액자가 벽에 걸려 있은 적이 있었다. 그 시조는 이러하였다.

"태산이 높다 하되 하늘 아래 뫼이로다
오르고 또 오르면 못 오를 리 없건 마는
사람이 제 아니 오르고 뫼만 높다 하더라"

이 벽걸이처럼 된 시조액자는 이사 통에 어디에 가 버린 지 알 수 없고 내가 결혼 하고는 아이들 한테 이 시조를 읊어 준 적이 있다. 이 시조는 사람들의 나태함을 나무라는 시조로서 사람들을 격려하는 시인 것이다.

신문에서 본 이야기 인데 운전면허를 약 50번인가 이상으로 해서 시험을 본 사람의 이야기가 있었다. 미련하다고 말 할 사람도 있겠지만 그의 투지는 정말 칭송해야 될 일이다. 정 안 되면 이렇게 할 수 밖에 없다.

나의 아들은 모든 공부에는 한국이든 미국이든 탁월하게 잘 했어도 한국에서 본 운전 면허 시험에는 한번 만에 이론이든 실기든 걸렸지만 겨우 걸렸다. 이것은 바쁜 와중에 반복 공부 하지 않고, 졸속으로 가서 시험을 쳤기 때문이다.

이것도 학점을 준다고 하면 아마 세계에서도 제일 좋은 점수가 나오지 않았을까 생각된다. 나 자신이 거의 면허 시험에 만점 가까이 받은 것을 보면 그러리라 추정된다. 여기서 이런 쉬운 시험을 두고 느낄 수 있는 것은 이유야 어쨌든 아무리 공부 잘 해도 소홀히 하면 못 할 수 있다는 것이고, 노력하면 누구든 잘 할 수 있다는 평범한 사실이다.

나는 이런 경험으로 사람들을 격려 하기도 한다. 능력 운운 하는 사람에게 면허 시험 이론 몇 점 받았나 물어 보고 90점 이상 받았다 하면 "그것 봐 노력하니까 잘 나왔잖아! 서울대 졸업한 내 아들 면허 시험에 겨우 붙었다"고 말해 준다.

뜻이 있는 곳에는 반드시 길이 있다. 다시 한 번 더 "사람은 자기가 진정으로 하고자 하는 만큼 한다"는 말을 강조한다.

초판 1쇄 인쇄일 2009년 10월 15일
초판 1쇄 발행일 2009년 10월 22일

지은이 김정수
펴낸이 노정자 · 정일근
펴낸곳 도서출판 고요아침
표지 정동열
편집 · 디자인 정동열

출판등록 2002년 8월 1일 제 1-3094호
120-814 서울시 서대문구 북가좌동 328-2 동화빌라 102호
전화 02-302-3194~5
팩스 02-302-3198
홈페이지 www.dabook.net
E—mail goyoachim@hanmail.net

ISBN 978-89-6039-228-1(03800)